Chardon bleu

Tome 1 :
Regarde-moi

C. ROZART

CHARDON BLEU

Tome 1 :

REGARDE-MOI

C. Rozart

www.soromance.com

Chapitre 1

Vendredi 22 mai

Mon survêtement à peine enfilé et le sac bouclé, je me dirige rapidement vers la chambre de Nine, mon petit rayon de soleil. Je dois me dépêcher, je n'ai que dix minutes pour lui faire un gros câlin, avant de prendre la route pour me rendre à mon cours de Zumba. Un câlin en dix minutes pourrait paraître aisé à n'importe qui, sauf à moi ! Car du haut de ses 3 ans, cette demoiselle aux yeux et aux cheveux sombres est habitée par un tempérament aussi autoritaire que charmeur ; charme dont elle sait user à foison pour me retenir près d'elle, surtout si cela lui permet de veiller un peu plus tard ! Tandis qu'elle est installée dans son lit, je me laisse happer un moment par ses câlins et ses baisers :

— Tu vas à ton chport, maman ?

— Oui, à la Zumba.

— N'oublie pas qu'on est chéries toutes les deux, me chuchote-t-elle au coin de l'oreille.

— Je sais ma fille. Fais de doux rêves mon petit ange. Je t'aime…

— … chusqu'aux étoiles !

— C'est ça, ma chérie, jusqu'aux étoiles, lui confirmé-je en m'esclaffant.

Je l'embrasse sur le front et la confie aux bons soins de Morphée. Il ne me reste plus qu'à me diriger vers le bureau de mon homme pour lui signaler mon départ, et je pourrai enfin me mettre en route sans trop de retard ! Avec lui, la tâche s'avère plus rapide – et un peu moins enthousiasmante – qu'avec Nine, puisque tout absorbé par le contenu de l'écran de son ordinateur, il parvient à peine à me souhaiter de bien m'amuser ! C'est mon Nathan, inchangé au cours de nos 7 années de relations ; toujours si proche et pourtant si éloigné… Je le sais amoureux de moi ; tout aussi gentil que disponible lorsque j'ai besoin de quoi que ce soit, mais pour toute démonstration d'affection, je peux me lever de bonne heure ! C'est la raison pour laquelle chaque fois que j'aborde le sujet du mariage, sa réponse accompagnée de son air pédant me revient en plein visage, tel un boomerang dont j'aimerais parvenir à dévier la trajectoire, mais, hélas, sans succès ! En fin de compte, c'est le cœur toujours un peu plus lourd, que je l'entends me répliquer : « Le mariage n'est pas une preuve d'amour. » Et si je souhaite une autre réponse, j'ai droit à quelque chose comme : « Je ne pense pas qu'il faille se marier pour signifier à quelqu'un qu'on l'aime. » Oui, Nathan est très obtus au point de me faire de multiples déclinaisons de son unique argument. Pour un directeur d'agence de communication, je le trouve assez peu imaginatif en la matière ! Du coup, tant pis pour moi qui rêve de sécuriser et surtout d'harmoniser notre famille en portant tous le même nom. Aïe, me voilà encore en train de ruminer un sujet que je m'étais promis de ne plus aborder – surtout avec moi-même ! Mieux vaut que je parte vite et que j'arrête de me torturer l'esprit avec tout ça.

Un petit coup d'œil dans le rétroviseur pour m'aider à attacher ma chevelure brune en une queue de cheval et c'est parti. Il est 20 h 30, il ne me reste plus que 15 minutes pour me rendre à mon cours de Zumba. Ça fait un peu juste, mais impossible pour autant d'envisager de me montrer trop hardie au volant, les routes de campagnes que je dois emprunter sont aussi étroites que sinueuses.

Les yeux rivés sur la chaussée, fort assombrie par les forêts qui la bordent ainsi que la tombée du jour, je quitte mon village de Saint-Just-Malmont. Je profite de ce début de trajet, avec la radio en fond, pour faire le point sur cette semaine écoulée avec notamment l'achat de mon reflex Canon EOS 5 D Mark IV. Cet achat représente tout un symbole : celui de la première pierre sur laquelle mon rêve s'édifiera ! Il y a déjà cinq ans que je travaille comme éducatrice de jeunes enfants dans une structure d'accueil et bien trois ans que je songe à donner ma démission ; songe qui devient obsessionnel avec le temps. Je me projetais dans ce métier depuis que j'étais ado, mais l'arrivée de Nine et le besoin de lui créer des souvenirs m'ont fait pénétrer dans le monde de l'image. Un lieu idéal où l'on modélise sa propre vision des choses au moyen de sa créativité. J'adore !

L'achat de ce boîtier reflex va me permettre de le prendre en main pour m'aider ensuite à me prendre en main ! Mon rêve de devenir photographe de mariage – de me mettre au service de l'amour, afin d'en sublimer ses acteurs l'espace d'une journée unique et mémorable – ne cesse de se renforcer. J'aimerais tellement que ce rêve se matérialise en un projet concret.

Après tout, à 27 ans, il est temps que j'apprenne à m'affirmer ; à faire tomber les barrières des mentalités exigües qui gravitent autour de moi et à l'intérieur desquelles je me sens prisonnière. Réussir à faire cela sans culpabiliser serait un bon point de départ. Tout comme il me serait souhaitable d'essayer de délaisser ce côté femme enfant, qui me caractérise – et me pèse – un peu trop.

Ce projet pourrait aussi amener un vent de fraîcheur sur ma vie et cela stopperait cette rengaine du quotidien qui est parvenue à me griser le moral. Un court instant une question me tracasse, se faisant l'écho de mes doutes les plus intimes : *et si c'était dans mon couple que cette lassitude avait trouvé sa source ?* Arrête Liz. Stop ! Je m'interroge trop en ce moment. La photographie pourrait me permettre de me réaliser professionnellement et je suis sûre que cette satisfaction rejaillira sur Nathan et moi ! Certes, Nathan n'est, pour l'instant, pas très chaud de me voir changer de travail, mais je ne doute pas de parvenir à le convaincre.

Je souris en repensant à ces dernières années où j'ai rempli notre maison de photos – en particulier de ma fille – nul doute que son arrivée dans mon existence nourrit un peu plus chaque jour ma force à sa racine. Je vais me laisser quelques mois pour me mettre en symbiose avec mon petit bijou numérique, finir de ficeler mon projet et ensuite j'essaie de me lancer ! Soudain, Enrique Iglesias, avec son titre *Duele el corazon*, vient achever mon ressassement et sans y prêter attention la voiture prend de la vitesse, au rythme endiablé des notes latines.

Alors que je me concentre sur la route et ses abords – en raison des chevreuils, lapins et autres espèces de gibiers qui prennent plaisir à traverser chaque fois de manière in extremis –, j'aperçois quelque chose sur la gauche… qui émerge à peine du fossé… Mais c'était un guidon de moto ! Si un chauffard avait percuté cette moto, laissant son pilote prisonnier sous l'engin… Oh non ! Pour me rassurer, je décide de faire demi-tour et je gare mon véhicule à l'entrée d'un chemin, en retrait de la chaussée, mais à quelques mètres seulement du bolide accidenté.

De ma voiture, le moteur coupé, j'aimerais réussir à observer quelque chose qui contenterait ma curiosité, malheureusement je ne vois rien de plus. L'heure tourne, il faut que je me bouge ! Mais alors que j'ouvre ma portière, un homme surgit de nulle part et fait irruption sur le siège passager. Je sursaute, surprise et effrayée par l'expression rageuse qu'affiche son visage. Je remarque qu'il ne parvient pas à plier sa jambe gauche pour s'asseoir. Horreur ! Elle est même complètement ensanglantée ! Putain ! J'essaie de reprendre mes esprits et de comprendre ce qui se passe, mais il enfonce le canon de son arme dans mes côtes, m'arrachant un cri de stupeur et de douleur. Son regard perçant, à la fois contrarié et déterminé me glace jusqu'aux os ; mon cœur s'emballe. Je dois rester calme, *fais ce qu'il te demandera, surtout ne panique pas !* En quelques secondes, l'analyse de la situation me déprime : non seulement cette route est très peu fréquentée, les automobilistes lui préférant en général, une départementale plus confortable – même si cela rallonge leur trajet –, mais en plus, elle n'a pas d'éclairage ni d'habitations alentour. Ici, la nature règne en maître ! Je suis perdue.

— Démarre tout de suite ! Roule ! m'ordonne-t-il férocement avec un ostensible accent slave.

Encore sous le choc, et pétrifiée par cette situation aussi brutale qu'irréaliste, je redoute de perdre pied. Il faut que je garde mon sang-froid ! Sous la menace de son arme à feu qui s'enfonce toujours plus profondément dans mes côtes endolories, je me raisonne et me répète en boucle que je vais m'en sortir. Guidée par cette volonté de sauver ma peau, je me déconnecte de mes émotions et – tel un automate – démarre mon véhicule. Mais quelque chose dans son comportement m'effraie ; son regard balaie nerveusement les alentours. Il semble terrorisé : mais par quoi ? Par qui ?

Je n'ai pas le temps de manœuvrer que la réponse se fait vite sentir : dans un grondement assourdissant, une salve de tirs percute le capot et les pneus avant de la voiture, m'obligeant à me recroqueviller contre mon volant, suffoquant sous la peur, tandis que mon agresseur ouvre sa portière et se retranche derrière celle-ci, afin de répliquer aux tirs. Les échanges de coups de feu cessent subitement au bénéfice d'un silence des plus menaçants. *Et si je m'enfuyais pendant qu'il est occupé ? Mais ceux du bois vont me prendre pour cible... Oh non !* Les rafales de tirs en direction de ma voiture reprennent et s'accompagnent de terrifiantes déflagrations ! Je suis tour à tour paniquée et sidérée ; les mains sur les oreilles, je me noie dans ce déchaînement de bruit et d'agressivité. Mais soudain, ma portière s'ouvre laissant apparaître un individu cagoulé, couché au sol, qui saisit avec fermeté mon bras gauche, me projetant brutalement à terre. La gorge serrée et le cœur battant, je ne lui oppose aucune résistance. L'homme encagoulé vient alors se placer au-dessus de ma tête et malgré la violence de la situation – pour la première fois depuis ce qui m'a semblé avoir débuté il y a une éternité – l'espoir d'une issue prend forme sous ce bouclier humain. Haletante et désemparée, je m'en remets à lui.

Soudain, le forcené se jette avec vélocité sur mon protecteur – lui arrachant un cri –, mais ce dernier parvient malgré tout à le désarmer et à lancer son pistolet au loin. À cheval entre l'extérieur et l'habitacle de la voiture, une lutte à main nue s'engage entre les deux individus. Je n'ose pas bouger ; je reste enroulée au sol, la tête pressée contre mes genoux. C'est alors qu'un autre homme en treillis noir uni et au visage découvert, de type afro, me dégage de cette scène de combat irréelle et d'une main autoritaire posée sur le bas de ma nuque, presse celle-ci en m'ordonnant de courir jusqu'à l'entrée du bois. De nouveau en mode automatique, je m'exécute.

Parvenue au bout du chemin, je me stoppe net devant le bois. Pendant que je reprends mes esprits et mon souffle, je réalise la présence d'un fourgon noir, dont le moteur tourne. Les vitres teintées ne me permettent pas de distinguer si quelqu'un est installé au volant ; à côté de celui-ci est aussi garée une moto dont le carénage indique qu'il s'agit d'une Kawasaki ZZR1400... *Putain ! Mais bouge-toi, ne reste pas là !* Je me remets rapidement à scruter les lieux afin de choisir la direction que je pourrais suivre, mais un type encagoulé – en tee-shirt et treillis noirs – équipé de ce qui me semble être une mitraillette, sort du bois de façon précipitée et fonce droit sur moi ; son regard, d'un bleu glacial, est fixe, rivé sur le mien. Je suis tétanisée ; ce cauchemar n'en finira donc jamais.

— Ne bouge pas !

Hagarde et grelottante, j'obéis. J'entends des voix derrière mon dos qui se rapprochent : il s'agit du terroriste menotté, maintenu par l'homme qui m'a aidée à m'enfuir de la voiture et du deuxième qui m'avait indiqué de courir jusqu'ici. À ces pensées, les images se bousculent dans ma tête, emmenées par une flopée d'émotions et de peur que je ne parviens plus à canaliser. Mon souffle devient court, j'ai du mal à trouver de l'air et je sens que mes bras sont parcourus de tremblements incontrôlables. *Nine, ma fille... Nathan, si je pouvais te prévenir...*

Sous mon regard fébrile, les trois individus me dépassent tandis que celui à la mitraillette s'est placé à mes côtés, telle une sentinelle. Arrivé au fourgon, le type en jean – celui qui m'a tirée de ma voiture – le visage encore encagoulé, confie le forcené menotté à son collègue au treillis noir, qui s'empresse aussitôt de lui assener un grand coup de pied derrière son genou blessé, le faisant ainsi plier par la force, avant de le jeter à l'intérieur du véhicule. L'estropié n'émet pas un son, d'ailleurs, sa façon de chuter me laisse penser qu'il a dû perdre connaissance. Mais à peine la porte se referme-t-elle, que les regards se tournent tous vers moi. Je me sens perdue. Je peux lire dans les yeux de chacun des trois hommes de la contrariété mêlée à de la colère… Et ce silence qui n'en finit pas ! Même le bruissement des feuilles agitées par le vent ne parvient pas à le rompre. Je n'en peux plus, je suis à bout… Que vont-ils faire de moi ?

L'homme en jean lance un regard furieux contre celui au visage découvert, amenant ce dernier à faire profil bas. Oh non ! C'est désormais à mon tour de subir ses foudres au travers de ses grands yeux verts, mystifiés par la cagoule qui dissimule les traits et l'expression de son visage. Cet instant me paraît une éternité, je ne suis plus que fébrilité et inquiétude. Lorsque je le vois se diriger vers moi, l'émotion me submerge. Que me veut-il ? Je sens ma tête qui n'en finit pas de m'étourdir ; les tremblements ont maintenant pris possession de tous mes membres ; mon cœur ne soutient plus le rythme, je suis en panique, j'ai chaud… Oh, non ! Mes jambes me lâchent…

Les vibrations dans mon corps accompagnent mon réveil. J'ai du mal à comprendre… Ce n'est pas vrai, je me suis évanouie ! Il fait nuit désormais, ce qui m'empêche de distinguer précisément où je me trouve. *Dans le fourgon.* Ce n'est pas possible ! Non, non ! Tandis que je me réinstalle dans mon fauteuil, les tremblements reprennent, me faisant m'apercevoir que mes poignets sont menottés. Suivant la progression du véhicule, la lumière des réverbères éclaire avec alternance les deux hommes assis à l'avant. Celui qui ne conduit pas est au téléphone. Ils ne sont ni encagoulés ni même vêtus de treillis. Mais qui sont-ils ? Est-ce les mêmes que tout à l'heure ? J'aurais mieux fait de ne pas me soucier de cette foutue moto, ça m'aurait évité de rencontrer ce fou à lier ! D'ailleurs, j'y pense… Je me mets en quête de le trouver du regard lorsque mes doutes se concrétisent. Il est installé sur un fauteuil juste derrière moi ! Menotté aux mains et aux chevilles, la mâchoire prognathe et les yeux clos, il paraît si affaibli, que j'ai du mal à admettre qu'il s'agit bien là du même individu déterminé et dangereux, qui avait fait irruption un peu plus tôt dans ma voiture. Je remarque que tout son corps n'est maintenu sur le siège que grâce à la ceinture de sécurité. Il semble dormir… Étrange ? En regardant la route, je constate qu'on suit une moto… C'est sûrement celle qui était dans le bois tout à l'heure. Et puis merde ! Mais où va-t-on ? J'aimerais comprendre !

Le passager – toujours au téléphone – se lève, et lorsqu'il se retourne en ma direction, émet un « Ah ! » de satisfaction. Il achève sa conversation téléphonique, donne une indication inaudible au chauffeur puis se dirige vers moi. C'est lui, l'homme qui me servait de bouclier humain, celui aussi qui me foudroyait de son regard vert, je le remarque à sa taille et à sa carrure.

— Ça y est, de nouveau parmi nous ? On dirait que tu as froid, dit-il en prenant place sur le siège jouxtant le mien.

Je constate que malgré mes efforts, je ne parviens pas à contenir ces maudits tremblements, manifestation indomptable de mon inquiétude. Il quitte son blouson en cuir, dont seul le bras droit est passé, en se contorsionnant comme pour éviter de mobiliser son homologue gauche, qui reste fléchi. Il le dépose sur mes épaules, ce qui a pour effet immédiat de m'apaiser et les tremblements s'estompent peu à peu. Avec sa main droite, il fouille dans la poche de son jean avant d'en retirer une clef, qui à mon grand soulagement lui permet de libérer mes poignets de la contrainte des bracelets métalliques. Machinalement, je me mets à les masser ; puis il me tend une petite bouteille d'eau. J'en avale quelques gorgées et la pousse vers lui.

— Enfile mon blouson.

Sa voix est ferme et posée, empreinte d'une virilité qui me déclenche des frissons… *Non, mais ça ne va pas !* Je m'exécute immédiatement, bien que j'aie des difficultés à bouger le haut de mon corps. Visiblement, mes cervicales endolories contraignent mes mouvements – un petit reliquat de ce début de soirée cauchemardesque… pas grand-chose finalement. Je n'en reviens pas de m'en être aussi bien sortie.

La nuit m'empêche de le distinguer clairement, mais il me semble, toutefois, mesurer dans les 1m85, avec une carrure assez développée au niveau des épaules.

— Comment te nommes-tu ?

Ah, parce qu'il me tutoie !

— Éliza. Éliza Ruiz.

J'essaie de voir son visage, au travers des éclairs de lumières projetés par les réverbères, mais il ne m'apparaît que par bribes.

— Enchanté, mademoiselle Ruiz, lâche-t-il avec un manque d'enthousiasme si évident, que je ne peux que me sentir mal à l'aise ; mon regard se porte alors sur mes chaussures, dans lesquelles j'aimerais tellement pouvoir me cacher tout entière !

Je sens que notre véhicule ralentit puis s'immobilise. Le chauffeur – tout en laissant tourner le moteur – indique à l'homme près de moi que nous sommes arrivés, avant de sortir, faisant ainsi apparaître un faible éclairage, dont la lumière baigne l'habitacle dans une atmosphère à la fois sécurisante et intime, presque rassurante. La porte ouverte permet d'entendre que le chauffeur s'entretient avec plusieurs individus, puis il passe la tête à l'intérieur et signale à mon voisin que « Tout est OK. » Celui-ci reprend aussitôt :

— Moi, c'est Silver.

Il soupire, visiblement irrité par mon manque de réaction.

— Sais-tu qu'il est inconvenant d'ignorer son interlocuteur ?

Sa voix grave me donne des frissons, mais la douceur qu'il met dans son intonation finit par me convaincre et oblige mon regard à sortir des bas-fonds, pour venir l'affronter dans la lumière. Mes yeux se lancent alors à l'assaut des siens et durant le bref instant que se poursuit cette ascension, je ressens un sentiment de malaise ; les battements de mon cœur s'accélèrent ; arrivée à son visage, mon souffle devient court et une agréable sensation de flottement émerge lentement – je suis désarçonnée.

Lui aussi me scrute. Je remarque que tout y passe jusqu'à ma taille, ma poitrine, mes épaules, et ma chevelure brune qui n'a pas tenu le choc des derniers évènements et manifeste tant de désordre que le pauvre élastique ne parvient plus à la contenir entièrement. Ce constat m'embarrasse. Je le retire, toujours sous son regard scrutateur. Il ne laisse rien paraître : ni sourire ni contrariété, seuls ses yeux semblent me signifier de l'intérêt.

Pour ma part, je suis impressionnée par son physique, que son sweat-shirt noir moulant met en valeur ; par le contraste qu'il souligne entre sa taille relativement fine et son torse plus large. Ses cheveux bruns sont assez courts, mais désordonnés et font ressortir ses grands yeux verts aux reflets céladon. Sa mâchoire, légèrement saillante, semble afficher un fort caractère. Beau à faire peur !

D'un coup, ses mandibules se contractent, ses lèvres se pincent, je devine qu'il s'impatiente. L'air faussement assuré, je tente de sortir de mon mutisme :

— Vous pensez que ça l'est davantage de me menotter pendant ma perte de conscience, ou de me tutoyer alors qu'on ne se connaît même pas ?

Oups, c'est moi qui ai dit ça ?

Ses sourcils se froncent, ses traits se durcissent, mon regard fléchit sous la sévérité du sien.

— Éliza… sa façon autoritaire de prononcer mon prénom me fait tressaillir. Ta fragilité ne serait-elle qu'apparente ? Quoi qu'il en soit, tu apprendras que je ne supporte pas l'insolence et qu'ici, c'est moi qui pose les questions auxquelles tu te contenteras de répondre. Éventuellement, si tu veux me remercier d'avoir donné de ma personne (il me montre son bras figé en flexion) pour te sauver la vie, je le comprendrais, mais pour le reste tu t'abstiens et tu changes de ton ! On n'avait pas le temps de surveiller le réveil de mademoiselle, on a donc pris des précautions. Quant au tutoiement, tu t'y feras !

Il est évidemment en position de force et c'est vrai qu'il m'a sauvée, mais le despotisme dont il use me coupe l'envie de le congratuler. Je préfère feindre l'approbation et me soumettre à ses exigences.

— Bien. On va faire vite, car on n'a pas trop de temps. (Il jette un coup d'œil au malfaiteur toujours assoupi.) J'espère qu'on n'y est pas allé trop fort sur la dose !

Je comprends mieux, il doit être sous sédatif ou quelque chose de la sorte.

— Qu'est-ce que tu es venue faire à l'entrée de ce bois, tout à l'heure ?

— Je me rendais à mon cours de sport, lorsque j'ai aperçu ce qui semblait être un guidon de moto, dans le fossé.

Ma voix est faiblarde, consciente de la naïveté de ma réponse.

— Regarde-moi !

Je soupire et poursuis en m'exécutant :

— J'ai eu peur que le motard soit blessé, je pensais que l'accident était récent pour que son engin soit encore là.

Je m'efforce de masquer les tremblements dans ma voix, mais sans succès.

— Ça partait d'une bonne intention, mais tu t'es mise en danger. Un conseil à appliquer pour l'avenir : lorsque la nuit tombe, que tu es seule, n'essaie pas à nouveau de jouer les mères Teresa, surtout quand le coin est aussi isolé que ce trou. La prochaine fois, tu appelles les flics et tu passes ton chemin. Il aurait suffi que tu arrives cinq minutes plus tôt, pour que tu te prennes une balle perdue de ce connard, même si je te concède qu'on n'avait rien à faire ici, seulement la situation a dérapé… disons qu'un élément a échappé à notre contrôle.

Il secoue la tête, avant de poursuivre :

— Tu rejoignais quelqu'un à ce cours de sport ?

— Non.

Il m'observe silencieusement un instant, puis se passe une main dans les cheveux.

— L'ennui, maintenant, c'est que tu as vu beaucoup de choses. Trop ! À commencer par le visage de cet individu. (Il opine de la tête en direction du forcené.) Étant donné ce que tu as vécu, ça m'étonnerait que tu puisses garder cette expérience pour toi, ce qui crée un vrai problème pour nous. Cet homme et son devenir doivent rester entre nos mains et à l'écart de la justice française. Si tu parles de tout cela à quelqu'un, ça pourrait avoir des répercussions sur la suite de nos investigations.

J'éprouve des difficultés à déglutir à l'écoute de ces mots. Je représente un « problème » ! Je suis choquée et terrifiée. J'aimerais lui demander comment il pense le résoudre, mais si je lui pose cette question, j'ai peur d'aggraver ma situation. Et autre chose me tracasse… Pourquoi « à l'écart de la justice française » ? Que redoute-t-il le plus : la justice ? Ou le fait qu'elle soit française ?

— Je lis l'anxiété dans ton regard et je ne souhaite pas te stresser davantage, alors dis-toi que le pire est derrière toi, Éliza. Pour la suite des évènements te concernant, tu seras informée sous peu, mais là ce n'est ni le lieu ni le moment. Sois simplement assurée de revoir bientôt les tiens.

— Ils seront terrifiés d'apprendre que j'ai disparu, surtout avec ma voiture qui est criblée de balles…

Le stress étouffe la fin de ma phrase.

— On a tout prévu : à l'heure actuelle, une équipe s'occupe de nettoyer la scène. Elle récupère tes biens personnels, qu'elle confiera à ton conjoint et ton véhicule subira un broyage express. (Je suis sous le choc : ma voiture… broyée !) Ton homme et ta fille seront rassurés sur ton état et tenus en patience jusqu'à ton retour. Tu percevras d'ailleurs un dédommagement financier pour ton absence. Es-tu soulagée ?

Scandalisée, oui ! Il m'impose une situation, il veut me retenir loin des miens, et cerise sur le gâteau, pour mieux faire passer la pilule, il l'enveloppe de quelques billets ! Et puis comment sait-il pour Nathan et Nine ?

— Comment êtes-vous au courant pour mon conjoint et ma fille ?

Ses yeux se plissent, il penche la tête sur le côté tout en scrutant mon visage de façon intense :

— Femme enfant qui se transforme en lionne lorsqu'on évoque sa famille. Dis-moi, tu es tout en complexité.

— Répondez-moi !

— Change de ton, Éliza, me reprend-il de sa voix tranchante.

Son regard, à la fois tranquille et dominateur, ne cesse de semer le trouble en moi, *mais que m'arrive-t-il ?*

— Ton sac est resté dans la voiture, on s'est permis d'y jeter un coup d'œil intéressé. Ça suffit maintenant, je pense t'avoir donné assez d'éléments pour te rassurer. Quant à nous, nous allons devoir composer avec notre maladresse.

Et moi donc !

— Mais alors… vous connaissiez mon identité !

— Oui.

Une lueur espiègle naît dans son regard – toujours rivé sur le mien – pendant que sur ses lèvres s'esquisse un sourire. J'aimerais bien savoir à quoi il pense… Ah, puis peu importe ! Je me préoccupe de ses pensées alors qu'il est en train de s'emparer de ma liberté ! Je ne supporterai pas d'être absente trop longtemps. Je suis sûre que ma fille va s'inquiéter et j'ai vraiment peur que Nathan ne soit pas à la hauteur. Si seulement je pouvais lui donner quelques consignes…

— J'ai besoin de savoir combien de temps je vais rester éloignée d'eux afin d'organiser, avec Nathan, la garde de ma fille. Je veux aussi pouvoir leur téléphoner pour…

La lueur s'éteint ; le sourire s'évapore. Il ne me laisse pas poursuivre :

— Je t'ai déjà dit tout ce que tu dois savoir, pour le reste tu patienteras un peu. Gérer la garde de ton enfant n'est pas ton problème. Je te le répète, ce n'est ni le lieu ni le moment et il s'agit là de circonstances exceptionnelles. Pour cette raison, je n'ai pas encore toutes les réponses que tu souhaites.

Je suis stupéfaite, la situation m'échappe complètement. Alors je suis contrainte de subir le sort qui lui conviendra ?

Il jette un regard vers la porte du conducteur, toujours restée entre-ouverte, puis m'observe d'un air concentré.

— À partir de maintenant, je veux que tu te montres extrêmement coopérante, Éliza. Les rebondissements de cette soirée m'ont passablement irrité, sans compter que j'ai dû cumuler à peine 5 h de sommeil en trois nuits, ça te laisse deviner le niveau de patience qu'il me reste.

Mes yeux se réfugient à nouveau sur mes baskets. *Mais qu'est-ce que je fous ici ?*

— Suis-je assez clair, Éliza ?

— Oui.

— Regarde-moi bon sang !

Je m'exécute, les sourcils froncés et la gorge nouée par l'excès de tristesse et de colère, que j'ai du mal à réfréner.

— Bien. Il y a une voiture de location à l'extérieur qui nous attend. On va libérer le fourgon et tu vas me conduire aux urgences les plus proches. Je veux qu'un médecin jette un coup d'œil à mon bras.

— Mais je n'ai aucun papier sur moi ni mon permis de con...

— En dehors de ce que je te demande de faire, ne te préoccupe de rien de plus, m'interrompt-il sèchement.

Pas de problème !

À la descente du véhicule, je constate que nous nous trouvons sur un parking en terre battue, situé derrière un grand entrepôt, dont l'état des vitres me fait supposer qu'il est laissé à l'abandon.

Mon attention se porte sur l'homme à l'allure rigide resté vers le fourgon, les mains ramenées l'une sur l'autre : le chauffeur. Châtain clair, la quarantaine, dans les 1m75, son regard bleu glacial se mêle – dans un flash – à celui du gars qui tenait la mitraillette à l'orée du bois... Il est accompagné de deux autres individus, parmi lesquels je reconnais celui dont le visage n'était pas dissimulé sous une cagoule lors de l'assaut contre le forcené : le sosie de Lance Gross. La peau ébène et la silhouette trapue, il semble âgé d'une petite trentaine. Ses cheveux très courts – autant que sa barbe de trois jours – font ressortir le diamant qu'il porte à l'oreille gauche ainsi que de grands yeux en amande qui renvoient beaucoup de douceur. Pourtant, quelque chose me dit qu'il vaut mieux ne pas se fier aux apparences. Je blêmis en voyant Silver extraire une arme à feu de dessous sa veste et la confier à ce dernier. Ils s'échangent quelques mots à voix basse, mais je n'entends rien. C'est comme si mon corps s'était dissous, écrasé par l'étrange sensation d'apesanteur qui émane de cette vaste scène invraisemblable. La présence de la pleine lune, partiellement visible entre les nuages, finit de renforcer l'étrangeté de la situation.

Le chauffeur ouvre la porte côté conducteur de la voiture, et me fait signe de la tête d'y prendre place. Machinalement, je m'exécute, pendant qu'un autre homme aide Silver à s'installer sur le siège passager, puis dépose un sac dans le coffre.

— Ce n'est pas le moment de dormir, Éliza. Regarde le GPS, me commande Silver d'un ton ferme.

Dur retour à la réalité. J'aurais tellement aimé que tout cela ne soit qu'un cauchemar.

— On t'a programmé l'adresse du C.H.U. de Saint-Étienne, je veux que tu la suives, même si tu connais d'autres routes qui y mènent.

— Je ne comprends pas pourquoi.

— Disons que par ce moyen je garde le contrôle du trajet, ce qui t'évite donc de penser à bifurquer inutilement… ou d'aller chercher du secours quelque part.

Il prévoit tout ! Mes yeux se portent sur notre localisation actuelle, je n'en reviens pas…

— Nous sommes à Firminy !

— C'est bien ce que le GPS indique, oui, confirme Silver, agacé.

Firminy est seulement à une dizaine de kilomètres de mon village, et pourtant, à cet instant, je ne me suis jamais sentie aussi loin de chez moi.

Il est tout juste 22 h 50 lorsque je gare le Nissan Juke sur le parking des urgences de l'Hôpital Nord. Silver est resté tout le trajet connecté à sa messagerie et au GPS, s'assurant que je ne m'égarais pas – seule la voix dématérialisée du GPS me sortait de mes torpeurs. À peine ai-je le temps de couper le moteur que Silver récupère les clefs.

— Désolé, mais il va falloir que tu me rendes mon blouson, je ne tiens pas à exposer mon bras.

Quel blouson ? Oups, j'avais oublié.

— Je comprends.

Il pivote sur son siège en abaissant la nuque afin que je le lui dépose sur les épaules, mais la fatigue amplifie ma maladresse naturelle et mon coude s'écrase contre son bras blessé. *Merde !*

— Pardon, lâché-je d'une petite voix paniquée.

Sa mâchoire se crispe, ses yeux se plissent.

— Fais attention ! hurle-t-il.

Il soupire ; son regard se radoucit :

— Excuse-moi, mon antalgique n'agit plus vraiment.

— Ce n'est rien.

Quelle gourde !

— Écoute-moi, dès que nous serons à l'intérieur des urgences, je veux que tu restes en permanence près de moi, sans que j'aie besoin de te le rappeler. Sois calme et autant que possible : naturelle. Il faut qu'on ressemble à un couple banal. Si tu croises quelqu'un que tu connais, tu me le dis. Tu peux saluer les gens, mais sans chercher à discuter avec eux, je ne souhaite pas qu'on marque les esprits. Ne t'inquiète pas, ajoute-t-il devant ma mine perplexe. Reste sereine et tout va bien se dérouler. OK ?

J'acquiesce de la tête, peu convaincue, en m'efforçant toutefois de le regarder pour m'éviter une énième remontrance.

— N'aie pas l'idée de t'enfuir pendant que je suis entre leurs mains, ce serait peine perdue. À l'heure actuelle, une équipe est avec ton homme pour le rassurer et aussi lui donner les indications à suivre, avec notamment ce qu'il va devoir dire aux amis et à la famille. Pour ainsi dire, le train est en marche Éliza, donc si tu le fais dérailler, je te promets que je reprendrais vite le contrôle de la situation pour te remettre sur la bonne voie !

Son ton tranquille tranche avec l'autorité de ses propos ; son visage fermé exprime clairement son intransigeance. *Message reçu !*

— La loi du talion, dis-je en pensant à voix haute.

— Précisément.

— Je ferai au mieux.

— Alors, allons-y.

Malgré mes 1m72, je me sens toute petite à ses côtés et un peu ridicule aussi : alors que je suis affublée d'un survêtement et d'une paire de baskets, la chevelure libre et négligée, de son côté Silver est… à l'opposé. Il a beau ne porter qu'un blue-jean et un sweat-shirt, il met sa tenue en valeur grâce à son corps, à la fois mince et musculeux. Je remarque également qu'il se détache aisément des autres hommes, par sa démarche ferme et ce charisme… *arrête Éliza !* Nathan doit se faire un sang d'encre en t'attendant, et toi tu laisses tes pensées divaguer vers quelqu'un de séduisant, certes, mais qui se permet de régir tes actions. Ressaisis-toi !

Les portes automatiques se referment derrière nous, et je découvre avec soulagement que la salle d'attente n'est occupée que par un couple et leur garçonnet d'environ 2 ans.

Silver me souffle à l'oreille :

— Assieds-toi ici, je reviens.

Je l'observe se diriger vers le bureau d'accueil pendant que je m'exécute.

La mère de famille installée en face de moi entreprend de bercer son garçon dans ses bras. Je suis alors totalement absorbée par ses gestes tendres, son regard bienveillant et son amour manifeste, qui trouvent une résonance tout aussi affectueuse dans le sourire de son enfant… Le même sourire que m'a offert Nine, lorsque je lui ai dit au revoir quelques heures auparavant. Pourvu que mon absence ne soit pas longue, je n'ai jamais été séparée de ma fille plus de trois jours. La comptine s'interrompt, m'extrayant en même temps de mes pensées. Silver rentre dans la pièce. Il lance un regard poli au couple et, en retour, reçoit de la femme un sourire qui semble venir d'ailleurs, bien loin de ses préoccupations immédiates de maternage – c'est ce qui s'appelle : faire une entrée remarquée ! Il s'installe à mes côtés, en continuant de maintenir son membre blessé immobile, tout contre son torse.

Pendant que je suis les échanges de tendresse entre le petit garçon et ses parents, je perçois le regard de Silver posé sur moi. Cela me gêne, à quoi songe-t-il au juste ?

— Gaétan.

Par le prénom de l'enfant, l'infirmière invite la petite famille à la rejoindre, me laissant ainsi seule avec lui… et mes angoisses. *Ouf !* Je constate que cette interruption détourne son attention ; il ne m'observe plus. Je pourrais essayer de lui parler, cela me détendrait un peu. Heu… Pouvez-vous me dire ce que vous regardiez ? *Non !* Sinon… Où allons-nous après ? *Oui ! Non !* Ça va le contrarier si j'aborde ce sujet ici… Bon et bien, je ne vois que sa blessure alors. Mais tu ne vas quand même pas te montrer empathique envers lui ? Si, après tout il m'a sans doute sauvé la vie !

— Votre bras ne vous fait pas trop souffrir ?

Un subtil sourire en coin naît sur ses lèvres.

— Toujours moins que la fatigue qui commence à m'assaillir. Du grand bonheur, cette soirée ! ironise-t-il.

Sa voix douce me rassure.

— Si vous le souhaitez, en sortant de l'hôpital, je pourrais vous conduire chez moi. Je n'habite pas très loin…

Son soupir m'interrompt. Il se redresse ; ma proposition ne semble pas lui convenir – dommage !

— On est attendu non loin de là.

Son regard franc m'indique de ne pas insister. Cette fois, c'est moi qui souffle ; confuse, j'attrape un magazine pour me donner une contenance, mais je suis bien incapable de porter le moindre intérêt à ce qui est écrit à l'intérieur tant il règne dans ma tête un bazar monstrueux, où l'inquiétude et l'insécurité ont pris possession des lieux.

Et voilà qu'il me dévisage à nouveau. *Mais il va arrêter !*

— Cela me gêne que vous me regardiez de cette façon. Si vous vous ennuyez, je peux vous proposer une revue ? Jetez un œil sous la table, vous avez le choix.

Et tac !

— De quelle façon ?

Quelle gourde ! Comment veux-tu qu'il fasse ?

— Ah oui mince, vous ne pouvez pas mobiliser votre bras.

— Non. Selon toi, de quelle façon est-ce que je te regarde ?

Je suis confuse, il se joue de moi !

— De manière désagréable : avec insistance.

Il sourit, visiblement amusé de ma réaction. Je suis outrée.

— Effectivement, votre bras ne paraît pas vous faire souffrir ! constaté-je avec amertume, à voix basse, tentant de camoufler ma colère.

— Ici, tutoie-moi, tu reprendras les bonnes habitudes une fois dehors.

Il continue de m'observer. *Je rêve !*

— Je sais, j'ai des petites cicatrices un peu partout sur le visage. Rien qui ne soit à votre goût, j'imagine !

Ses sourcils se froncent, ses yeux ratissent chaque millimètre de ma peau. *Un calvaire !*

— Je ne vois pas grand-chose : des irrégularités, çà et là... À quoi est-ce dû ?

Respire Liz ! Respire !

— De l'acné à l'adolescence !

— Hein hein...

Il affiche un large sourire, que soutiennent ses grands yeux vert céladon, brillants d'un éclat dont je n'en connais pas la cause : la fatigue ? L'amusement ? Peu importe, en tout cas il est magnifique... Magnifiquement railleur surtout !

— Vous moquez-vous de moi ?

— Tutoie-moi bon sang !

Ses mots glissent dans un chuchotement, sans perdre une once d'autorité.

— Tu te fiches de moi !

Il prend, cette fois, un air satisfait.

— Je ne me le permettrais pas.

La malice transparaît sur son sourire, aussi subtil soit-il.

— Excuse-moi de te faire ainsi l'objet de ma curiosité, la fatigue et la douleur me rendent indiscipliné, ajoute-t-il.

— J'aurais plutôt dit… pénible.

Il prend une profonde inspiration, comme pour se remplir d'indulgence devant ma remarque désagréable. Je peux me réfugier à nouveau dans mon magazine, cette fois je devrais avoir la paix !

Chapitre 2

Enfin! Une infirmière se présente devant la porte de la salle d'attente. Je ressens un immense soulagement, comme si elle n'était là que pour moi, capable à elle seule de m'extraire de cette situation.

— Monsieur Rostand Julian.

De qui s'agit-il? Il n'y a que nous deux dans cette pièce. Non sans surprise, Silver se lève et m'invite à le suivre par un signe de la main. Il porte un nom d'emprunt! Mais pourquoi?

— Votre amie peut patienter ici! objecte la soignante.

Quelle autorité! Je me rassieds immédiatement.

— Non, elle m'accompagne.

L'infirmière – une quadragénaire rousse, longiligne et assurément très dynamique – se montre étonnée de la réaction de Silver. Son expression me dépite : elle le reluque la bouche ouverte, complètement béate! Elle me paraît aussi satisfaite par ce qu'elle voit que contrariée parce qu'elle entend.

Elle nous conduit dans une salle de soins, à l'ambiance froide et impersonnelle, dont l'éclairage agresse mes yeux fatigués. Tandis que je reste près de la porte, j'observe Silver s'installer sur le divan d'examen. Il se contorsionne pour ôter son blouson, devant une infirmière entièrement focalisée sur son patient. *Mouais... Pathétique!* Le spectacle du blouson terminé, elle s'attelle finalement à l'interroger sur les circonstances de sa blessure. Silver use de son autorité naturelle, pour, me semble-t-il, la détourner de son objectif. Je l'observe la soumettre doucement à ses propres questions, à son regard séducteur – presque prédateur – jusqu'à ce qu'il parvienne enfin à la déstabiliser complètement, au point qu'elle préfère sortir, prétextant aller chercher l'interne.

La voir quitter cette pièce ne me réjouit guère, car cette petite scène avait au moins pour mérite de me distraire de mes inquiétudes.

— Dans tes pensées ?

Oups, oui, je n'avais pas réalisé que depuis le départ de l'infirmière, je fixais la porte.

Il a encore cet air enjôleur et ce sourire perturbant, mais je réussis néanmoins à le regarder sans ciller. Après tout, il semble avoir la trentaine, donc il n'est guère plus âgé que moi et c'est de sa faute si je suis dans cette situation ! Il n'avait qu'à maîtriser son arrestation et rien de tout cela ne serait arrivé. Et puis, si je le souhaite, je peux faire un scandale dans cet hôpital et l'on verra bien ce qui se passera ! Tiens d'ailleurs… pourquoi pas ?

Sa tête se penche légèrement sur le côté. Il me scrute plus sévèrement :

— Tu peux m'expliquer pourquoi ton regard se durcit au fur et à mesure que tu m'observes ? m'interroge-t-il prudemment.

Je sens poindre comme une inquiétude dans sa voix, sa mâchoire se contracte : douleur ou contrariété ?

Il poursuit :

— Je sais que la fatigue commence à se faire sentir et que tu risques de trouver le temps long ici, mais souviens-toi des consignes : si tu veux qu'on soit arrangeant avec les tiens, il va falloir te montrer très obéissante à mes côtés ! Suis-je suffisamment clair, Éliza ?

— Je crois, oui.

En l'entendant ainsi évoquer les miens, mon cœur se fendille de toutes parts : tous deux me manquent tellement.

La porte s'ouvre en grand, je m'écarte pour laisser rentrer l'interne, talonné de près par l'infirmière. Après avoir salué Silver, il observe son bras, puis le regarde à nouveau d'un air étonné. Je me demande bien ce qu'il en pense. Il se retourne vers moi :

— Excusez-moi, mais comme vous avez pu le constater l'espace est assez exigu et je vais devoir appeler le chef de service, je vous saurais donc gré de bien vouloir patienter dans le couloir, s'il vous plaît.

Une petite mimique en signe de remerciement vient étayer sa requête, puis il s'éloigne dans l'angle de la pièce pour répondre à un appel. Je hausse les sourcils en regardant Silver qui m'observe avec hésitation. Je suis étonnée de le voir finalement se lever pour se diriger vers moi. Il se rapproche ; trop. *Stop !* Je ferme les yeux, comme pour ne pas concrétiser le contact qui s'annonce inéluctable. Le pouce de son bras valide caresse subtilement ma joue gauche, pendant que ses lèvres effleurent un baiser sur mon autre joue ; je suis prise de vertiges par cette proximité, par l'effet de son souffle sur ma peau… et j'attends le dénouement, dans cette parenthèse temporelle… insolite.

— Reste tout près de la porte, si jamais j'ai besoin de toi, ma belle.

Sa bouche se rapproche encore de mon oreille :

— Pas d'idées tordues, Éliza !

L'autorité de ses derniers mots, mêlée au souffle chaud de son murmure, me décontenance. J'ouvre les yeux, mais ceux-ci se réfugient instantanément sur mes baskets. En retour, je l'entends expirer bruyamment. Je suis sûre que ma réaction lui déplaît. Peu importe, je ne suis pas capable d'affronter son regard que j'imagine aussi sévère qu'il l'était, après la mise dans le fourgon du malfaiteur. Je sors immédiatement, lui refermant presque la porte au visage – mais quel soulagement !

Obéissante, je rapproche une chaise qui se trouve dans le couloir, juste à côté de la porte. L'idée de détaler d'ici m'obnubile, mais j'essaie de me faire une raison : il n'y a pas d'issues puisqu'une équipe est déjà présente chez moi. Et puis je refuse de faire courir le moindre danger à ma famille. Quelque chose me dit qu'il vaut mieux se préserver des foudres de cet homme et ainsi, tout se passera bien... *Enfin, je l'espère !*

Mes yeux me brûlent sous l'effet de la fatigue. L'angoisse éprouvée au cours de ces dernières heures m'a épuisée. Je n'ai jamais eu aussi peur de toute mon existence. Je n'en reviens pas de m'en être sortie vivante avec pour seul dommage : un torticolis !

« Mademoiselle... Mademoiselle... Mademoiselle, réveillez-vous ! »

Tandis qu'une main frotte de manière dynamique mon épaule, une voix féminine émet des sons, puis des mots, qui parviennent lentement jusqu'à ma conscience. Cette voix... je la connais. Mes yeux s'ouvrent sur la chevelure rousse de l'infirmière. Oh non ! Je me suis endormie !

— Oui ? Il... Il est où ?

— Prenez le temps de vous réveiller, me rassure la soignante sur un ton énergique. Vous pouvez rejoindre votre ami, il est au bureau d'accueil.

Son sourire est intense, elle ne me lâche pas du regard. Je vois bien qu'elle veut me dire quelque chose... Mais rien ne vient. Je pousse un long soupir et lui fais un signe de la tête, lui indiquant ainsi que j'ai bien compris son message : Julian – alias Silver – est un homme très séduisant… ou quelque chose de la sorte. Navrant.

Je me dirige avec indolence jusqu'au bureau d'accueil. Je me demande bien où nous allons nous rendre désormais. J'espère seulement que ce ne sera pas loin, car toutes ces péripéties m'ont épuisée. J'imagine aussi qu'il a davantage besoin de sommeil que moi.

Je sors à peine du couloir, que Silver vient déjà à ma rencontre, le bras en écharpe. Ses yeux ne sont que légèrement cernés, mais cela n'empêche pas la fatigue de transparaître.

Il me sonde de son regard, le visage fermé :

— Bien dormi ?

— Pas assez. Et vo… ton bras ?

— J'ai une grosse lésion des ligaments du coude, mais je suis plutôt content, je craignais me l'être luxé.

J'opine de la tête. Il a l'air si sérieux ; son ton est grave. Sans doute a-t-il encore mal, en même temps, il n'y a bien que dans la salle d'attente et avec l'infirmière que je l'ai trouvé plus léger, sinon il a toujours eu cet air soucieux.

— On y va, m'enjoint-il.

Oui, mais où ?

Le vent frais de l'extérieur me réveille cette fois complètement. Lorsque j'arrive à hauteur de la voiture, il se met à fouiller dans la poche de son jean.

— Tu auras besoin de ceci, me dit-il en me lançant les clefs.

— Pour aller où ?

— Tu vas nous conduire ici.

Il me tend son iPhone sur lequel figure une adresse, celle d'un hôtel très chic à Saint-Étienne, dont je connais la bonne réputation : l'hôtel du Golf.

— Mais je croyais que nous étions attendus ?

— Parce que la réservation est faite, m'explique-t-il d'un air distrait, en consultant rapidement sa messagerie.

— OK, mais on ne s'arrête pas à la pharmacie de garde ? J'imagine que l'on vous a prescrit des analgésiques, non ?

Il hausse les sourcils, surpris.

— Alors il suffit d'un petit baiser sur la joue pour que tu te préoccupes de moi ? fanfaronne-t-il, un sourire narquois sur les lèvres.

Quel culot ! Je soupire, exaspérée.

— Vous ne doutez jamais de rien, vous !

La fatigue aidant, je ne contrôle plus ma colère et c'est sans effort, cette fois, que je parviens à le regarder droit dans les yeux pour poursuivre :

— Tout d'abord, vous ratez votre arrestation, pas de soucis : vous embarquez la témoin avec vous. Vous avez besoin d'un chauffeur ? J'assure la corvée ! Vous vous permettez même de faire du zèle aux urgences ! Je suis certaine qu'il n'était pas utile d'en faire autant pour paraître en couple. Et en plus, vous me menacez afin d'être sûr que je ne m'éloigne pas de la salle de soins ! Vous n'avez donc aucune considération pour moi ? Vous semblez penser que tout vous est toujours dû ! Je me fiche de vos cachetons, je me contrefiche de votre compensation financière, je veux simplement rentrer chez moi et retrouver mon homme et ma fille !

La tension retombe, entraînant dans sa chute mon audace apparente, pour ne laisser transparaître que ma pusillanimité, mais qu'importe, quel soulagement ! À nue, et minuscule au milieu de ce vaste parking silencieux, je ne sais plus où regarder. Face à moi, Silver a absorbé toute ma colère d'un air stoïque et concentré. J'attends sa réaction, pour laquelle chaque seconde me paraît une éternité.

— Toi aussi, Éliza, commence par me considérer. Lève au moins les yeux vers moi.

Je n'y parviens pas, je suis comme murée dans mon chagrin, digne successeur de ma colère. Je sens ses doigts repousser une de mes mèches de cheveux – qui s'était placée devant mon front – jusque derrière mon oreille, puis il saisit mon menton entre son pouce et son index, m'obligeant ainsi à le regarder. À mon grand soulagement, il ne paraît pas fâché contre moi, même si son visage reste impassible. Que ressent-il vraiment ?

— Excuse-moi, si mon comportement à ton égard t'a laissé penser que je ne me préoccupais pas de toi.

Sa voix grave me donne des frissons. Il m'examine attentivement :

— Je crois pourtant m'être montré efficace pour ta prise en charge, notamment à l'égard de ta famille. J'aimerais que tu en aies conscience, Éliza. Sache que nous allons mettre les tiens dans les meilleures conditions possibles, afin qu'ils patientent sereinement jusqu'à ton retour et que de la sorte, tu n'aies pas à t'inquiéter à leur sujet. Et je peux aussi t'assurer que j'ai bien remarqué la bonne volonté dont tu as fait preuve jusqu'à présent, malgré les incertitudes qui doivent te tracasser. Je souhaite que tu continues ainsi, d'autant que tu m'as l'air d'être quelqu'un de pondéré, n'est-ce pas ?

J'acquiesce d'un hochement de tête.

— Je ne te connais pas assez, mais j'aurais envie d'ajouter : altruiste, intelligente, sensible et… un brin timide, peut-être dû à un petit manque de confiance en toi, hum ?

Je fronce les sourcils en entendant cette dernière remarque. Mais pour qui il se prend, pour pointer ainsi du doigt mes traits de caractère ! Je crois également qu'il m'est pénible de constater qu'il peut lire en moi avec autant d'aisance. Ce type a un scanneur à la place des yeux ! À cause de ce passe-droit illégitime, il possède un accès direct à mes complexes.

— Ne me foudroie pas du regard comme ça… cerner le profil psychologique des individus est dans mes aptitudes, Éliza. Tout ça pour te dire que ta réaction ne me surprend pas. Je la trouve même plutôt saine. Et puis concernant les menaces auxquelles tu fais allusion, il s'agissait simplement d'une mise en garde. J'aime prendre des risques, mais je déteste les jeux de hasard. En d'autres termes, tu ne représentes pas un danger, pour que je ressente le besoin de te menacer, mais davantage une source d'ennuis possible, dont je préfère me prémunir. (Il lâche mon menton, tout en continuant de me sonder du regard.) Es-tu désormais rassurée sur ma considération à ton égard ? me demande-t-il, sur un ton à la limite de la condescendance.

Au-delà de mes espérances !

— Oui, réponds-je faiblement, en haussant les épaules, la mine contrite.

Il m'offre son subtil sourire en coin et bizarrement, je me sens apaisée… Décidément, ce type me fait passer par tous les états ! Il faut que j'essaie de lui faire davantage confiance et de me détendre un peu. Après tout, il est sûrement aussi contrarié que moi par cette situation inopinée, mais ça me rassure vraiment de le voir prendre le temps d'éclaircir les choses. Oui, c'est certain, il semble se soucier de moi.

Seulement, son côté trop confiant me déroute, tout comme je déteste l'état dans lequel il me met lorsqu'il me regarde avec trop d'insistance, ou qu'il m'adresse son fameux demi-sourire : j'ai alors l'impression d'abriter un festival d'émotions aussi complexes que contradictoires ; je m'y perds.

— Ils m'ont donné ce qu'il fallait comme antalgique pour cette nuit, et pour les prochains jours je dispose du nécessaire à la résidence.

— La résidence ?

— Notre Q.G.

— Vous m'en direz mieux sur vous et la date de mon retour lorsque nous serons là-bas, c'est ça ?

Il hoche la tête en signe d'approbation.

— Rassurée ? On peut y aller ?

J'inspire alors bruyamment pour me remettre de mes émotions et laisser ainsi l'oxygène circuler à nouveau librement dans mes poumons.

— Oui, partons.

Je m'installe machinalement dans le véhicule. Silver entre l'adresse de l'hôtel dans le GPS, qui nous annonce un trajet d'environ cinq kilomètres, puis il s'enfonce dans son siège, en calant sa nuque contre l'appuie-tête et sa main droite sous son écharpe. Son attitude me laisse à penser qu'il est épuisé. J'ai hâte d'aller me coucher moi aussi, en espérant que mon sommeil efface le stress de cette soirée cauchemardesque...

La façade grise de l'hôtel se dresse devant nous, chic et imposante, au milieu d'un cadre verdoyant dont il ne m'apparaît que peu de choses, à travers l'obscurité de la nuit.

L'homme qui se tient à la réception nous accueille d'un « Bonsoir et bienvenue à l'hôtel du Golf ! », fort énergique.

— Monsieur et madame… ?

— Bonsoir. Martin, se présente Silver d'un ton sec, l'air pressé d'en finir.

Alors après Rostand, voilà Martin ! Silver est-il seulement son vrai prénom ?

— Oui, vous avez réservé la suite Zénith, annonce le réceptionniste avec un enthousiasme orné de bonnes manières, que même l'attitude inconvenante de Silver ne parvient pas à décontenancer.

Je laisse ce dernier régler les détails administratifs liés à notre enregistrement, pour m'installer dans un des spacieux fauteuils proches du comptoir. Si de l'extérieur la façade évoque un style classique, je suis surprise de découvrir, une fois dedans, une décoration résolument moderne et chaleureuse, où le design semble dédié au service du confort et de l'élégance. C'est vraiment chouette ! Je n'en reviens pas d'être dans cet hôtel de luxe, de surcroît dans cette tenue. Tout va si vite… J'espère surtout que Nathan n'a pas été trop effrayé par ce qui lui a été annoncé…

Une main sur mon épaule me tire de mes chimères… Silver m'invite à me lever. Nous suivons le réceptionniste jusqu'à notre suite. Il nous informe que nous sommes les derniers attendus. *Tu m'étonnes vu l'heure ! Il doit bientôt être 2 h du matin !*

Silver me laisse le précéder pour entrer dans la suite. J'entends le réceptionniste prendre congé, la porte se refermer et là… je me sens perdue.

— C'est… immense !

Il hausse les épaules.

— C'est assez grand, oui, lâche-t-il avec pondération.

Sa façon de considérer ce lieu me laisse supposer qu'il doit en avoir l'habitude, à moins qu'il n'attache pas d'importance au matériel. Hum, je penche plutôt pour la première option, surtout lorsque je le vois se déchausser avant de jeter avec décontraction son sac à dos et son blouson sur un fauteuil du salon, pour m'observer ensuite la main dans la poche ; l'air réjoui face à mon émerveillement.

— Première fois ? me demande-t-il.

— Pff..., je viens fréquemment dans ce genre d'établissement. Cela se voit, n'est-ce pas ?

J'achève ma phrase dans un glissement de sons à peine audibles, en lui montrant ma tenue d'un timide geste de la main. Silver me renvoie un petit rire habillé d'un large sourire, de mèche avec l'ironie de ma réponse. Un malaise naît en moi et gagne du terrain de minute en minute. *Mais qu'est-ce que je fais ici, bon Dieu, avec cet inconnu ?*

L'opulence des lieux accroît ma gêne. Le salon très cosy jouxte une discrète salle à manger ainsi qu'un coin bureau. Derrière une porte, je découvre la chambre : immense, où trône en son centre un superbe lit king-size, avec, face à ce dernier, dissimulée par une cloison partielle : la salle de bain. Celle-ci regorge de confort à travers ses diverses propositions : le gigantesque plan double vasque, la douche à l'italienne équipée de multiples jets ou la baignoire. J'admire les courbes du plafond mansardé, qui donnent du rythme à cet écrin de volupté et de quiétude, animé de tons bruns, beiges et blancs.

— Si les lieux te plaisent, nous pourrions en prendre possession, hum ? me susurre Silver, dans l'oreille.

Je sursaute de surprise, je ne le savais pas derrière moi ! Et c'est quoi cette proposition ? Je me retourne pour lui faire face :

— Pardon ?

Ses yeux m'hypnotisent complètement. Bizarrement, je sens la scène de tout à l'heure, avec l'infirmière, se rejouer. Tel un chat s'amusant d'une souris entre ses pattes, parfois, la malmenant, d'autres fois, la choyant. Silver est visiblement conscient de son pouvoir de séduction et le manie avec délectation.

— On va aller se coucher tout de suite. On ne profitera de tout ça que demain.

Et maintenant son regard s'intensifie. Il sourit largement, comme je ne l'ai jamais vu faire jusqu'à présent.

Il s'empare de la fermeture éclair de ma veste de sport et la descend lentement… si lentement, des frissons me parcourent le dos et m'irradient de partout. *Non, Liz ! Ne te laisse pas avoir !* Immédiatement, je recule – sans que cela l'interrompt – jusqu'à buter contre l'immense miroir mural. J'ignore ses intentions, mais une chose est sûre : je ne peux pas être son genre de femme ! À l'image de cette suite, j'imagine qu'il aime les belles femmes, celles qui n'ont pas peur de se mettre en valeur, de se sublimer par l'artifice et les minauderies… À moins qu'il saute sur tout ce qui bouge ? Il pousse ma veste, dénudant mes épaules et la laisse glisser le long de mes bras. Ses gestes sont des caresses qui ont quartier libre, ses yeux me gardant en leur possession.

Oh non ! Il se saisit du bas de mon tee-shirt et commence à le remonter. J'essaie de le redescendre, mais sans succès, cela lui procure juste l'occasion d'arborer son sourire arrogant !

— Je te sens tendue, Éliza, fait-il d'une voix suave.

J'aurais dit : empotée.

— Vous ne m'enlèverez pas ce tee-shirt ! Cette fois, ma colère s'exprime sans retenue.

Mais son coude... son bras... il s'en sert !? Je suis médusée.

— Et votre écharpe ?

— Trop contraignant. Je n'en étais pas satisfait.

Son ton tranquille accompagne ses gestes efficaces et voilà qu'il me plie le bras, pour le faire passer dans la manche. *Je suis sa souris !*

— Aïe !

Le retrait de mon tee-shirt ravive les courbatures au niveau de mon cou et de mes épaules.

— Ta nuque, lâche-t-il comme une évidence, tu n'as pas mal à la tête ?

— Non.

— Tant mieux. Pour ma part, je te dirais que les antalgiques ne me sont pas inutiles, même si dans mon job, c'est le genre de douleurs qu'on apprend à maîtriser facilement.

Je souffle bruyamment pour m'empêcher de penser à voix haute, ce qui anime sa curiosité :

Tu peux m'en dire davantage, s'il te plaît.

Oups !

— Vous maîtrisez la douleur, les gens, les situations. Comme vous me l'avez déjà dit, vous ne laissez aucune place au hasard. N'est-ce pas ennuyeux de toujours être dans le contrôle ?

Ses mâchoires se crispent. Est-il contrarié ?

— Il y a longtemps que je serais mort si ce n'était pas le cas. J'aime maîtriser les choses. (De son pouce, il effleure ma joue jusqu'à la commissure de mes lèvres.) Et rares sont les situations... les personnes... qui me déstabilisent...

Il s'exprime avec un tel flegme. Et ce sous-entendu… *Moi ? Je le déstabilise…* Je n'ose pas comprendre ce que j'entends ni traduire la sensation de chaleur qui grandit dans mon ventre.

Putain ! Cet homme me captive au point de me faire oublier que je suis en brassière de sport et en pantalon de survêtement devant lui ! D'ailleurs, il est encore en possession de mon tee-shirt, qu'il jette à côté de l'une des vasques.

— À quoi jouez-vous avec moi ?

L'anxiété étreint ma voix.

Tout son visage s'illumine. Un visage marqué par la fatigue, où les cernes m'apparaissent bien plus distinctement qu'à l'hôpital, mais un visage radieux. Je suis perturbée et exaspérée de le voir ainsi s'amuser avec mes nerfs… et ma pudeur !

— L'idée de jouer avec toi est très séduisante… mais je vais me contenter de soulager tes douleurs aux cervicales.

Au secours ! Je chute du dixième étage !

— Très bien, dans ce cas vous me laisserez remettre mon tee-shirt, lui dis-je fermement, en reprenant le dessus sur mes émotions.

— C'est plus simple de faire sans. Je vois que j'ai bien fait de ne pas te demander de l'enlever. Allez, retourne-toi !

Mon regard, honnête traducteur de l'anarchie régnant dans mes pensées, va et vient d'un coin à l'autre de la pièce. Impatient, Silver agrippe mon épaule et me fait pivoter contre le miroir m'arrachant un petit cri de surprise. Ses mains se mettent à exercer des passages appuyés sur ma chair, à partir des trapèzes en remontant jusqu'à la nuque. Je suis tellement tendue, que je me fais l'effet d'être un morceau de bois prêt à rompre. Le massage s'intensifie ;

je baisse les armes et bats en retraite. Ma pudeur bafouée commande à mes yeux de se fermer ; j'appuie alors mes mains contre le miroir et pose mon front dessus. Je sens la chaleur naître sous la pression de ses doigts et se frayer un passage à travers la raideur de mes muscles. Peu à peu, je me détends, la chaleur gagne enfin tout mon corps. Je me surprends à prendre de grandes inspirations, à me délecter de ces frissons qui se créent tous azimuts... et de ce feu qui se répand et descend le long de mon échine.

— Il y aurait moyen d'être plus efficace si je pouvais te débloquer le plexus solaire, mais je suis à peu près sûr que si je m'y risque, tu vas te montrer un brin agressive...

Il achève sa phrase dans un rictus. *Ses mains vers ma brassière ? Certainement pas !*

— On vous a aussi appris à soigner les contractures, dans votre « job ».

Je l'entends pouffer de rire.

— Ouais...

— Pourquoi est-ce que vous prenez la peine de faire ça pour moi ?

— Regarde-moi quand tu me parles.

Sa voix virile, enrobée de douceur, retient toute mon attention et tous mes sens. Je lève les yeux vers le miroir pour y rencontrer les siens ; il me fixe, satisfait malgré une expression de gravité dans le regard.

— C'est la moindre des choses, après tout ce que tu as vécu ce soir. J'apprécie vraiment que tu te montres à ce point conciliante, ça me paraît donc normal qu'en retour je me préoccupe de toi. (Il prend un air songeur, sans me lâcher des yeux.) Et tu te trompes. Ça me plaît, parce que ça te rend unique.

Je le regarde, déconcertée.

— Je ne comprends pas.

— Tes petites cicatrices. Tu supposais tout à l'heure qu'elles n'étaient pas à mon goût. Je trouve, au contraire, qu'elles te démarquent des autres.

— Si je vous en parlais, c'était seulement parce que vous les scrutiez !

— Tu te méprends, c'était toi que j'observais : les lignes douces de ton visage… la longueur de tes cils… la forme de tes yeux… immense, leur couleur… noisette ?

Je déglutis péniblement. D'un côté, je voudrais pouvoir prendre mes jambes à mon cou à la Woody Woodpecker, mais de l'autre, j'adore l'effet de ses paroles sur les sensations déjà délicieuses qu'il a fait naître avec ses mains.

Je me retourne, abasourdie et haletante, tentant d'apaiser le rythme tonitruant de mon cœur, dont les battements résonnent jusque dans ma tête. Face à moi, confiant, il me caresse la joue puis laisse descendre sa main sur ma poitrine, mes côtes, et se stoppe à mes hanches.

— Arrêtez !

Ma voix se brise.

Il ne réagit même pas ! *Voyons, faites comme si je n'étais pas là !* Il descend lentement ses yeux jusqu'à mon buste. Puis d'un air impudent et tranquille, je le vois contempler mes seins si peu couverts, mon ventre, mon intimité et mes cuisses. Son regard rejoint enfin le mien, secondé cette fois d'un demi-sourire arrogant qui me fait l'effet d'une bombe. Je tente de le repousser violemment de la main, mais il arrête mon geste avec une facilité déroutante, me maintenant la main derrière mon dos.

— Chut ! Pas de ça entre nous, Éliza. Je ne te veux aucun mal. Je fais plus ample connaissance avec toi, rien d'autre. Ce qui me permet d'ailleurs de constater que ton jogging ne te met vraiment pas en valeur. Tu as de très belles courbes à ce que je vois.

— Lâchez-moi !

— Ne me crie pas dessus. Tu n'as qu'à demander.

Il porte ma main jusqu'à ses lèvres pour l'embrasser puis la libère, tout en m'observant d'un regard dur et pensif.

— Demain au réveil, tu devrais avoir retrouvé toute la mobilité de ton cou. Mais pour l'heure, allons nous coucher, avant que la fatigue annihile le peu de moral qu'il me reste.

Je récupère à la hâte mon tee-shirt que j'enfile à toute vitesse. Cet homme m'inspire des émotions contraires. Un instant j'ai envie de lui faire confiance et la seconde d'après, son assurance pétrie d'insolence me fait sortir de mes gonds ! Malgré tout, je dois bien reconnaître que je ressens déjà les bienfaits de son massage puisque je n'ai quasiment plus mal. Au milieu de ma réflexion, mes yeux se portent sur mon pantalon où je distingue la présence de ronds sombres…

— Oh non !

Des taches de sang de l'autre fou ! Silver vient de se passer le visage sous l'eau froide ; en s'essuyant, il lance un regard en direction de mon pantalon :

— J'avais déjà remarqué dans la salle d'attente. Ça ne se voit presque pas.

— Comment se fait-il que le vôtre soit impeccable ? Je l'ai bien vu se battre ?

— J'en avais un de rechange, au cas où.

— Évidemment !

Le lit est tout bonnement immense, et c'est tant mieux ! Ce sera : chacun de son côté !

— Pas de réticence à ce qu'on partage le même lit, Éliza ?

— Vu sa taille, ça ne devrait pas être trop gênant, lui répliqué-,je en lui lançant un coup d'œil un peu craintif.

— T'inquiète, l'incube que je suis saura se contrôler. Assieds-toi sur le lit s'il te plaît.

Je m'exécute, malgré tout je le trouve soucieux. Il sort de la pièce et en revient avec son blouson à la main et toujours cet air préoccupé… *Que me prépare-t-il encore ?*

Il s'installe à côté de moi.

— Je dors peu habituellement. Mais là, j'ai une grosse dette de sommeil et avec les cachets qu'ils m'ont donnés, je devrais sombrer comme une masse. Le problème, c'est que pour que je puisse dormir sereinement, il faut que je sois serein ! Et bien que tu sois une jeune femme intelligente et de bonne volonté, je crains que la tentation de fuir en pleine nuit ne devienne trop forte. D'autant que la nuit, c'est bien connu, nous sommes sous l'influence de la plus mauvaise des conseillères : notre fatigue. (Il inspire profondément.) Bref, pour remédier à ce petit souci, je suggère que nous prenions… un bracelet chacun.

Il extrait une paire de menottes de la poche de son blouson sous mes yeux stupéfaits.

— Jamais !

Aïe ! sa ride du lion se creuse…

— Poignet ou cheville ? Je te laisse choisir.

— Cela revient à proposer : de gré ou de force, n'est-ce pas ?

— Ce sera de gré Éliza, me commande-t-il.

Il appuie clairement son autorité à travers son regard et ses injonctions, alors que sa voix grave se pare de douceur, comme pour ne pas risquer de me heurter davantage.

Faire de la résistance, ce n'est que repousser un peu plus l'échéance. Je veux que ça s'arrête.

— Ce sera la cheville.

Si nos deux pieds sont forcés d'être proches, nos deux corps s'inclinent vers leur bord de lit respectif, résolument décidés à ne pas s'effleurer.

— Vous allez me dire que cela ne vous gêne pas de dormir avec ma cheville contre la vôtre ?

Et mince ! C'est sorti tout seul. Je crois en fait que c'est la question que j'aurais aimé qu'il me pose. Ce à quoi j'aurais répondu : « Bien sûr que si ! »

Il se rapproche subitement, jusqu'à se placer en lévitation au-dessus de moi. Je suis incapable de réagir. Je devrais le repousser… mais je n'y parviens pas !

— Je pourrais te sentir davantage contre moi, que cela ne me dérangerait pas le moins du monde.

Il attrape sa montre, qu'il avait dû déposer un peu plus tôt sur la table de chevet située de mon côté, puis se réinstalle du sien.

Je suis choquée ! Et déçue qu'il ne soit pas resté ainsi, que rien ne se soit passé. *Non, mais sérieux, il faut que je me reprenne !*

— Bonne nuit, Éliza, me souhaite-t-il tout bas.

Sa voix chaude me donne des frissons. *Ne montre rien !*

— C'est ça ! lui rétorqué-je, froidement.

J'entends son souffle trembler sous l'effet d'un petit rire contenu. Songe à autre chose, Liz ! Heureusement, le sommeil arrive en trombe et vient comprimer littéralement mes pensées. Je peux me laisser aller, demain tout sera plus clair.

N'ai-je rien oublié ? Tout excitée par la séance d'engagement des futurs mariés que je dois réaliser ce matin en extérieur, je fouille à l'intérieur de mon sac bandoulière afin de m'assurer que mon matériel photo est complet : cartes mémoires OK, objectifs OK, piles OK.

— Nine, allez ma puce monte dans la voiture. Nous allons être en retard à la crèche !

Je dépose mon sac dans le coffre et jette un coup d'œil par-dessus la plage arrière, pour vérifier qu'elle s'installe correctement.

— Cha y est maman, tu viens m'attacher ? me demande-t-elle.

— Super, j'arrive.

Je commence à tirer sur sa ceinture de sécurité, mais celle-ci est bloquée. J'insiste ; elle ne coulisse pas, ça m'agace !

— Bonjour monchieur, dit Nine avec enthousiasme en regardant derrière moi.

Quoi ? Je me retourne. Silver est juste là, face à moi. Il tient la ceinture et répond à Nine d'un « bonjour » appuyé d'un sourire affable.

— Où vas-tu ? me demande-t-il froidement.

Sa voix souffle sur moi comme une bise glaciale.

— Quoi ? Mais qu… que faites-vous ici ? Vous êtes chez moi !

L'inquiétude, mêlée à la colère, étouffe mes mots. Le coin de sa bouche se relève en signe d'agacement et au même moment, il tire sur la ceinture de sécurité et l'attache à ma cheville droite ; j'essaie de la soustraire à ses mains tyranniques, mais impossible, ma jambe est comme paralysée !

— Nine, descends ! Rentre à la maison ! lui ordonné-je avec autorité, en prenant sur moi pour ne pas hurler.

Elle m'observe sans broncher. Je suis exaspérée. Pire, alors que je tente de l'attraper, elle se renfonce dans son siège ! Je la vois désormais sourire tout en regardant derrière moi. Je n'aime pas cette scène, c'est du déjà vu...

— Bonjour monchieur !

Quoi ? Je me retourne inquiète, Silver a disparu. Où est-il ? Des pas résonnent... Mon sang se glace en devinant une silhouette se former au sortir de l'ombre ; un homme aux yeux perçants, nichés dans un visage anguleux, m'apparaît maintenant distinctement : le détraqué se tient là, pile devant moi. Il pointe son arme sur ma tempe – sa jambe ensanglantée contre la mienne – et tire sur la sangle, nouée à ma cheville, pour me maintenir contre lui. Prise de panique, je suffoque et me débats, tout en cherchant Nine du regard, mais elle aussi a disparu.

— Non... Nine... non, non... Nine ?

Mes yeux noyés de larmes fouillent le garage, tandis que le détraqué continue, avec un soin machiavélique, de tendre la ceinture, strangulant toujours plus douloureusement ma cheville. Soudain, il lâche la ceinture et je sens alors sa main venir s'écraser contre ma joue, tentant désespérément de m'empêcher de bouger. J'asphyxie sous la peur...

— Non !

J'ouvre les yeux, agitée et affolée, je cherche le visage du fou, mais c'est celui de Silver qui m'apparaît – je n'y comprends plus rien !

— Nine, où est-elle ?

Ma question m'échappe, car au même moment la raison me revient : avec Nathan, à la maison.

Silver tient ma tête entre ses mains. Il a l'air inquiet. « Respire. Chut, tout va bien. Respire. » me répète-t-il, tout en s'écartant lentement de moi, avant de s'asseoir au fond du lit, tout près de ma cheville menottée.

En observant autour de moi, je reprends doucement contact avec le présent. *C'est bien vrai : je suis à l'hôtel !* Ce retour à la réalité m'apaise, mon essoufflement ralentit. La chambre baigne dans une lumière chaude et vive : la matinée doit être bien entamée.

Silver ôte les menottes de nos chevilles. Maintenant assis en tailleur, il se frotte les cheveux d'avant en arrière, en me regardant par en dessous comme s'il était gêné. Cela m'étonne. Je m'assieds à mon tour, encore étourdie par l'excès d'anxiété généré par ce maudit cauchemar.

— C'est un peu rude comme réveil !

— Je suis désolée.

Mes yeux se portent sur mes doigts, qui se mettent à tricoter entre eux.

— Ne le sois pas. Je parie que tu as revécu ta folle soirée d'hier.

— Non, je dirais plutôt que cette soirée de folie s'est invitée dans mon quotidien, mais le drame pour moi, c'est que ma fille était présente.

— Ah ! Je comprends mieux maintenant pourquoi tu l'appelais. Ton homme n'est pas venu te sauver ?

Pourquoi ai-je l'impression que c'est ironique ?

— C'était le matin, il était déjà parti à l'agence.

Il soulève ses sourcils en signe d'interrogation, alors je complète :

— L'entreprise de publicité dont il est le patron… ou l'esclave, je ne sais pas.

Mince ! Ça m'a échappé – moi et ma foutue spontanéité !
Il me sonde de son regard – profondément inquisiteur –
me faisant l'effet de vouloir s'imprégner de mon état pour
mieux le décrypter. C'est bien vrai que cela fait partie de
ses compétences !

— J'ai bien cru que je ne réussirais pas à te réveiller,
conclut-il, sans donner plus d'importance à ma remarque
concernant Nathan.

Son regard électrise le mien, me rendant hypersensible
au moindre de ses mouvements : sa langue humecte ses
lèvres, ses yeux se plissent, sa mâchoire se contracte... À
quoi pense-t-il ?

Il se lève d'un bond, d'un geste vif écarte les rideaux et
observe l'étalage verdoyant qu'offre cette vue plongeante
sur le green de Saint-Étienne. Il se frotte à nouveau
les cheveux... C'est bizarre, comme monsieur plein
d'assurance me paraît hésitant en cet instant.

Il se retourne vers moi :

— Je te laisse te réveiller tranquillement, je file sous la
douche en attendant. (Il jette un coup d'œil à sa montre.)
Il est presque onze heures et demie, j'aimerais qu'on ne
traîne pas.

— Ça marche.

Je le regarde se diriger vers la salle de bain, mais à mesure
qu'il s'éloigne, je ressens un vide grandir en moi... Je dois
bien avouer que malgré son air provocateur qui me dérange
franchement, je me sens bien à ses côtés. Si seulement il
pouvait me donner quelques renseignements sur son
activité, cela m'aiderait à me détendre complètement...
Ou pas ! Stop ! Direction les toilettes puis la douche !

Waouh… La serviette enroulée autour de la taille, Silver se brosse les dents et moi, j'en prends plein la vue ! Même de dos cet homme est vraiment canon. D'ailleurs, quel dos ! Sous son cuir halé se dessinent des muscles saillants, à la façon de lianes qui s'entrelacent. *Détourne les yeux Liz, détourne les yeux !* Oups, trop tard, il se retourne vers moi.

J'ouvre des yeux tout ronds en m'apercevant qu'il porte un tatouage qui lui recouvre toute la partie gauche du buste : un dragon noir et un serpent vert – un cobra ! – s'entremêlent ; finalement, arrivé au niveau de sa poitrine, le dragon plante ses crocs acérés sur la tête du cobra. Ce dernier tient quelque chose dans sa gueule… un…

— Un poignard, me renseigne Silver de façon abrupte.

Merde ! Je ravale ma salive et me redresse, un peu gênée tout de même, de l'insistance avec laquelle j'examine son torse.

Chapitre 3

— Votre tatouage m'intrigue. Il est vraiment très réussi. Enfin, je n'y connais pas grand-chose, mais... Il est très bien dessiné, c'est... intéressant.

Intéressant ? Liz ! Dis surtout qu'il le porte bien !

— Intéressant ? reprend-il, étonné.

— Oui... On croirait qu'il raconte une histoire ; un peu violente, tout de même.

Je lui indique du doigt la morsure du dragon.

— La taille de ses crocs laisse supposer que le cobra n'a pas eu le temps de souffrir, commente-t-il dans une moue sarcastique.

J'incline la tête, un rien dubitative. Un petit sourire accroché aux lèvres, il se rapproche, se saisit de ma main et la dirige fermement vers la gueule du dragon. J'ai un mouvement de recul, mais rien à faire, il la pose, comme il a prévu de le faire, sur la créature légendaire.

— Tu ne crains rien, me rassure-t-il.

— On dirait.

— Non, c'est une certitude.

— Ce n'est quand même pas la plus docile des bêtes.

— Il connaît ses ennemis (avec son autre main, il rassemble une mèche de cheveux derrière mon oreille, me transformant en une vibration humaine), ainsi que ses amis.

Ses doigts viennent maintenant caresser le bas de mon visage puis de son pouce, il suit la ligne de ma mâchoire jusqu'à mon menton. Mes yeux se referment sous l'effet de la sensation délicieuse qui m'envahit. Chacun de ses gestes est celui d'un pyromane en action.

— Ouvre les yeux. Regarde-moi. Partage avec moi ce que tu ressens.

À contrecœur, je m'exécute et retire ma main de son torse. *Je suis sûre que mes joues ont viré à l'écarlate !* J'essaie, d'une voix peu assurée, d'en revenir au tatouage pour tenter de m'évader de cette situation :

— Je m'interroge sur la raison qui peut motiver à choisir un tel tatouage.

— Je ne l'ai pas choisi.

— Vous voulez dire qu'il s'est imposé à vous ?

Une ombre obscurcit son visage.

— En quelque sorte, conclut-il avec laconisme.

Mince ! Qu'est-ce que j'ai dit ? Je ne comprends pas... Il retourne vers la vasque où est posé son tee-shirt et le met aussitôt. *Bordel !* Il quitte sa serviette comme s'il était seul ! Je commence à reculer pour partir dans la chambre, mais par-dessus son épaule, il m'ordonne de rester. Mon regard court nerveusement dans toute la pièce, en évitant soigneusement le miroir, pendant qu'il enfile tranquillement – face à celui-ci – son caleçon puis son jean.

— J'avais l'intention de te laisser patienter à la résidence, le temps qu'on termine notre affaire. Le problème, c'est qu'à la lumière de ce matin, les choses m'apparaissent différemment et ça me paraît beaucoup plus compliqué aujourd'hui. Pendant que tu te douches, je vais passer quelques coups de fil afin de voir si tu ne pourrais pas séjourner chez un copain, qui n'habite pas très loin du lieu initial où tu devais rester.

Je fulmine intérieurement ! Qu'est-ce qu'il a bien pu arriver entre hier soir et ce matin, pour qu'il change d'avis de la sorte ? Et c'est qui, ce fameux copain ?

— Attendez, je commence à peine à vous faire confiance. Je m'étais fait à l'idée d'aller à la résidence alors il est hors de question que j'aille ailleurs !

— Tu iras où je l'aurais décidé.

Le calme de sa voix et la lenteur avec laquelle il énonce chaque mot m'intiment l'ordre d'obéir. *Mince, je n'en ai rien à faire !*

— Je ne comprends pas ce qu'il y a de compliqué à ce que je reste avec vous !

Oups, je ne me suis même pas aperçue qu'en parlant je m'étais rapprochée de lui.

— Hé !

Ses mains me saisissent sous les fesses et me montent d'une vingtaine de centimètres si brusquement, qu'un cri d'étonnement m'échappe. J'agrippe ses épaules pour ne pas tomber jusqu'à ce qu'il me dépose – assise et confuse – sur le meuble double vasque. Là, il écarte mes cuisses et se faufile jusqu'à mon entrejambe, sans même me laisser le temps de réagir. J'ai envie de le fustiger, mais je me ravise devant son air mécontent.

— Je constate que ta nuque ne te fait plus souffrir.

Ah ! C'est vrai ça, je ne m'en étais même pas aperçue. D'ailleurs, l'instant d'un flash, je me rappelle les sensations qui naissaient à chaque passage de ses doigts habiles… Mais je me souviens aussi de son regard abusif, quand je ne l'y avais pas autorisé. Et toujours ce malaise qu'il crée en moi dans ces moments-là, comme maintenant. Cette proximité me donne le vertige.

— Si je ne sens plus rien, c'est grâce à vous. Mais vous concernant, je suis surprise que vous vous serviez à ce point de votre bras.

— Je force surtout avec le droit, mais rassure-toi, il est bien assez douloureux.

— Pas assez visiblement…

Ouille, c'est sorti tout seul ! Ils froncent les sourcils, son front se plisse.

— Je suis sûre que tu n'es pas sincère. Tu n'es pas le genre à souhaiter du mal, encore moins à quelqu'un qui tu veux du bien, hum ?

Décidément, rien ne le désarçonne ! J'aimerais l'éloigner de moi, mais je me fais l'effet d'être David contre Goliath. Nerveusement, je me mets à triturer mes doigts, ce qui semble l'agacer. D'un geste, il sépare mes mains et les maintient sur le meuble.

— Je vais t'expliquer pourquoi je ne veux pas de toi à la résidence. Il y a trois raisons à cela. La première : c'est que tout le monde autour de toi devra se montrer vigilant à ce qu'il dit et fait, afin que tu rapportes le moins d'informations possible sur chacun d'entre nous. C'est faisable, mais contraignant. La seconde : est qu'il faudra t'accorder un minimum de temps, s'assurer que tu ne manques de rien… On est assez mal placé pour ce genre de prestations. (Il esquisse un demi-sourire.) Enfin, la dernière raison, celle qui ne m'est apparue qu'avec le lever du jour – et le voilà à nouveau avec cet air troublé ! – c'est que… comment dire…

Il pose ses mains sur mes fesses et m'avance subitement jusqu'à buter contre son sexe dur ! À l'intérieur de moi, c'est : « panique à bord ! » Tous les compteurs s'affolent. La décharge d'adrénaline est telle que j'ai l'impression que mon cœur n'arrive plus à suivre la cadence infernale qu'il subit, tant il cogne trop vite, trop fort. Tout en maintenant ses mains plaquées contre mon fessier, il colle son front au mien. Je sens son souffle me chatouiller le visage et me transporter de désir. C'est fou, je n'ai même pas envie de le repousser, pourtant... Je dois ; du moins, je devrais. Il passe son nez dans mes cheveux, les respire pleinement, puis se redresse. Il m'observe avec une telle assurance, une telle droiture ! Tandis que moi, je me fais l'effet de n'être qu'une constellation de neurones hypersensibles, qu'il pourrait dissoudre d'un simple geste.

— Le voilà mon problème mademoiselle Ruiz, tu représentes une trop grande source de distraction, conclut-il de sa voix rauque, tout en continuant de me maintenir contre son érection. Je ne te veux pas en permanence sous mes yeux ni sous ceux de mes hommes, surtout lorsque je vois comme tu es attirante en étant aussi mal fagotée.

Moi ? Attirante ? Et pour la tenue, c'est parce que j'allais à la Zumba ! Tandis que son nez amorce un contact doux et sensuel contre le mien, ses prunelles scrutent mon visage avec attention, comme pour s'assurer qu'il ait bien un droit d'accès. *Liz, tu te laisses faire ? Punaise, j'en crève d'envie ! Mais je ne dois pas !* Sa bouche se rapproche jusqu'à venir effleurer la mienne... *Nathan.*

— Non ! lui dis-je faiblement.

Il reste interdit et me sonde de son regard magnétique.

— Reculez... s'il vous plaît.

Ma voix n'est que supplique. Ses lèvres se pincent, les traits de son visage se durcissent tout autant que son regard, mais il s'exécute et recule. J'en profite alors pour descendre. Je ramène mes cheveux sur le côté, afin de me redonner une allure correcte, et tente de me justifier :

— J'ai une famille, qui plus est, je suis heureuse en ménage.

Ma voix se brise sur ces derniers mots. Il secoue la tête tout en me regardant sévèrement.

— Même toi, tu ne crois pas ce que tu dis ! Depuis hier soir, tu ne m'as quasiment toujours parlé que de ta fille. Tu es sûrement une très bonne mère, mais je ne vois pas en quoi cela t'empêche d'être aussi une femme. La vraie vie ne commence que lorsqu'on est capable de sortir de sa zone de confort, Éliza. Tu préfères te laisser guider par la peur et la convenance toute ton existence durant, afin de te préserver du danger ? Mais tu te plantes, ma belle !

J'aimerais tellement m'enfuir de cette salle de bain à toutes jambes, tout autant que j'ai envie de lui demander de développer. Devant le manque de clarté qui m'anime, mes yeux le fuient une fois de plus.

— Je te parle, lève les yeux vers moi, bordel !

Je lui obéis.

— Je veux pouvoir me regarder en face lorsque je rentrerai chez moi. Et puis, je n'ai pas à me justifier !

Une main dans la poche, il se caresse furtivement la joue, l'air songeur en m'examinant de biais. Je poursuis :

— Une fois que vous aurez goûté à votre « trop grande source de distraction », vous passerez à la suivante sans vergogne, tandis que moi, je devrais faire subir les conséquences de ma malhonnêteté à ma fille et à mon homme. La note de frais serait trop élevée. Si ça vous plaît autant de prendre des risques, alors faites ! Je m'en fiche, moi je ne quitterai pas ma « zone de confort ». Et retenez que je n'ai aucune leçon à recevoir de qui que ce soit et encore moins de vous !

Il affiche un air surpris.

— Chuuuut… Éliza.

Son souffle me fait frissonner. Il faut que je me canalise. Je suis dingue de lui parler comme ça, après tout, je ne sais pas de quoi il est capable si je continue à l'agacer. Il se rapproche de moi, au plus près ; dépose son index sur mes lèvres tandis que mes yeux le fusillent.

— Chut. Calme-toi. Tu as raison, tu fais bien ce que tu veux. (Ses yeux se plissent comme pour mieux s'immiscer à l'intérieur des miens.) Mais je reste convaincu, même si tu refuses de l'admettre, que tu en as autant envie que moi. *(Grrr... Il ne lâche rien !)* Tu peux juste m'expliquer ce que tu entends par « encore moins de vous », quand tu me disais que tu n'avais aucune leçon à recevoir ?

— C'est simple. Je ne vous connais pas, je ne sais pas ce qu'est votre profession. Vous êtes peut-être agréable à regarder, mais…

— Peut-être ? me coupe-t-il avec amusement.

— Je crois que vous le savez suffisamment, que vous êtes… séduisant.

Je rougis. *Ne le laisse pas te déconcentrer Liz.* Je poursuis en regardant mes chaussettes :

— Oui, mais vous êtes tellement arrogant, autoritaire et… effrayant.

Pendant que sa main relève doucement mon menton, mes yeux explorent son visage pour jauger sa réaction… Il reste impassible, comme d'habitude !

— Effrayant ? répète-t-il, en relâchant mon menton.

— Ce n'est pas tous les jours que je rencontre des gens aussi sûrs d'eux, qui manipulent des armes à feu et cela dans un cadre qui ne me semble pas très règlementaire.

— Ne t'engage pas sur ce terrain. Tu ignores tout de notre activité et c'est une bonne chose pour toi, crois-moi.

— Mais j'ai besoin d'être rassurée.

— Je vois ça. On est les gentils, Éliza, contente-toi de ça, m'ordonne-t-il avec sévérité.

— Je passe mon temps à me demander si oui ou non, je peux vous faire confiance.

— Tu dois me faire confiance ! Je te l'ai déjà dit, je ne te veux aucun mal.

— D'accord, fais-je en tentant surtout de me convaincre moi-même.

— Bien. Je te laisse prendre ta douche, tu me trouveras dans le salon, j'ai des appels à passer.

— À vos ordres, fais-je d'une voix à peine audible.

— Éliza… Douce Éliza… Tu ignores à quel point j'aime que l'on me parle ainsi.

Quoi ? Son visage est radieux comme je l'ai rarement vu. Il me regarde avec une telle intensité ! Un peu comme s'il me regardait pour la dernière fois. Silver a tellement de charisme et de magnétisme, qu'il me fait perdre le nord toutes les cinq minutes. *Pars, ou je vais venir m'aimanter à toi !* Il quitte enfin la pièce en sifflotant. *Ouf !*

C'est affreux ! J'ai l'impression d'être à l'intérieur d'un gigantesque labyrinthe émotionnel et de ne plus savoir où je dois me diriger. J'ai vécu l'enfer hier soir au milieu des détonations, je ne peux pas rentrer chez moi dans l'immédiat, ma fille me manque déjà et pourtant… C'est lui qui me préoccupe ! Comment se fait-il que ce ne soit pas Nathan ? On s'est un peu éloigné ces derniers mois, mais comme la plupart des couples avec un enfant en bas âge, j'imagine. J'avoue que si Nathan pouvait se montrer plus démonstratif dans l'affection qu'il me porte, ou l'exprimer davantage, alors je serais plus confiante en notre couple. En tout cas, je suis fière de moi ! Car éconduire les avances de Silver me donne l'effet de refuser un cadeau à un million d'euros ! Mais au moins, je reste droite dans mes bottes, fidèle à mes convictions et à Nathan. Et puis ce genre d'homme ça s'admire, mais ça ne se consomme pas ! Pour sûr que ça doit laisser un goût d'amertume, lorsqu'il passe à la suivante. Je respire un grand coup, heureuse d'y voir plus clair, au milieu de toutes ces tracasseries.

Quel bonheur de se sentir propre, c'est à croire que cette douche m'a lavée de toutes mes émotions négatives, qui n'ont fait que se cumuler depuis hier soir. Je grimace en enfilant mon bas de survêtement, j'aurais tellement aimé ne plus voir ces maudites taches ! Une brosse à cheveux dépasse de sa trousse de toilette, il ne verra pas d'inconvénients à ce que je la lui emprunte. *Tiens, j'ai encore l'élastique autour du poignet...* La vue de ce dernier ramène mes souvenirs à la rencontre de Silver dans le fourgon : mon Dieu que j'étais terrifiée ! Bon, je les laisse détachés le temps qu'ils sèchent, au moins. Lorsque je me regarde ainsi dans le miroir, je me demande bien ce que Silver me trouve. Une brune aux yeux marron, c'est plutôt banal. Lui, en revanche... *Stop, Liz !*
À peine sortie du couloir, je découvre Silver, l'iPhone à l'oreille, faisant les cent pas dans le salon. Apparemment, la contrariété l'a gagné. Je m'installe dans le recoin de la pièce sur le canapé d'angle, retranchée derrière mes genoux, ramenés contre mon menton.

— Écoute, on s'en dira plus à mon retour, là je ne suis plus seul. Transmets à Jess de lui prévoir ce qu'il faut pour la dizaine de jours qu'elle restera chez Alex et à peu près une vingtaine chez nous… Non, tiens-moi informé. Je veux des nouvelles toutes les heures et garde le nouveau à l'écart de tout ça, je ne le sens pas ce gosse… Allez, je te laisse, à plus.

Il enfonce son portable dans la poche arrière de son jean puis se dirige vers moi. Ses pas s'allongent :

— Éliza, tu pleures ? me demande-t-il d'une petite voix.

Sa question est teintée d'inquiétude. Il ramène la table basse jusque devant moi et s'assied dessus.

— Eh ? Tiens, me dit-il en me tendant la boîte de mouchoirs qui se trouvait sur la table.

Sa main caresse ma cuisse dans une tentative de réconfort, mais son soutien accentue la déferlante et c'est un torrent de vagues salées qui jaillit, malgré mes efforts pour l'endiguer. Les mouchoirs défilent dans mes doigts, les uns, pour absorber mes larmes, les autres, pour me moucher ; enfin, un peu penaude, je me souviens qu'il est toujours là, à observer ma mine défaite. Les larmes séchées, il m'apparaît plus distinctement.

— Dites-moi que j'ai mal compris… S'il vous plaît.

— Non, Éliza, tu as bien entendu. Tu resteras un mois, mais c'est approximatif.

— Vous devez trouver une autre solution, car je refuse de m'éloigner de ma fille durant autant de temps.

Il se racle la gorge et se pince les lèvres, comme pour effacer les doutes et maintenir sa ligne de conduite.

— Cette situation ne me convient pas non plus, mais je m'adapte. Fais de même ! Regarde : je souhaitais te laisser un mois chez mon ami, mais il doit s'absenter. Tu n'y resteras donc que les dix premiers jours puis tu viendras à la résidence. Tu perds trop d'énergie à t'apitoyer sur ton sort et celui de ta fille. Je suis sûr que pour elle tout se passe bien avec son père. Tu n'as qu'à te considérer en vacances ! Je ne vois pas où est le problème, d'autant que...

— Vous...

— Non, tu me laisses finir s'il te plaît ! Pendant un mois, je t'offre la chance de n'avoir aucun souci : de tes fringues jusqu'à tes repas, nous gèrerons tout. Et lorsque tu rentreras chez toi, il te restera toute ta vie pour profiter de ta fille avec, en prime, un compte en banque, qui entre temps, se sera refait une santé.

Des vacances ? De l'argent ? Il est à côté de la plaque ! Tout cela est trop illusoire face au manque de mon enfant !

— Je veux au moins pouvoir lui téléphoner. J'ai vraiment peur qu'elle pense que je l'ai abandonnée du jour au lendemain.

Il lève les yeux au ciel, peinant à contenir son exaspération et son impatience.

— On va manger.

Il me laisse pour disparaître brièvement dans le couloir. Il en revient avec son sac à dos et sa veste. De mon côté, le temps s'est arrêté. Je suis restée prostrée sur le canapé.

— Debout Éliza ! crie-t-il depuis l'entrée.

— Si vous voulez que je me montre conciliante, soyez-le vous aussi.

Je lui parle par-dessus mes genoux recroquevillés ; le regard dans le vide, je poursuis :

— Acceptez que je téléphone à ma fille au moins un jour sur deux.

— Impossible. Dépêche-toi d'arriver ou tu vas m'obliger à venir te chercher.

Il en serait capable!

Devant son ton menaçant, je me lève et me dirige jusqu'à lui ; parvenue à sa hauteur je m'arrête et reprends ma plaidoirie :

— Seulement UN appel alors, un seul, afin de lui mettre des mots rassurants sur mon départ ; elle m'attendra plus facilement et moi je serai soulagée. S'il vous plaît... un seul coup de fil ?

Silver soupire, peut-être las de mon insistance ou, j'ose l'espérer, parce qu'il ne parvient plus à dissimuler son empathie et que c'est celle-ci, qu'il me semble poindre à travers son regard. Il se passe nerveusement la main sur le front, pendant que de mon côté, j'attends fébrilement le verdict. À ma plus grande joie, je le vois secouer la tête d'une façon qui signifie : « je ne devrais pas, mais bon... exceptionnellement ». *Oui !* Je souris à pleines dents et respire à pleins poumons !

— Un seul coup de fil. Je ne te limiterai pas en temps, mais on est bien d'accord : tu ne pourras leur téléphoner qu'une seule fois !

Oui !

— C'est très clair, merci.

— Tu as un très beau sourire Éliza, je ne te l'avais jamais vu, dit-il, le regard enjôleur.

C'est vrai, ça, depuis hier soir je suis en mode haute tension. Il faut que je me détende un peu maintenant.

— Merci encore.

J'esquisse, cette fois, un sourire timide mais complètement sincère. Silver me veut du bien, désormais j'en suis sûre, son changement d'avis vient de me le prouver.

Le serveur nous installe sur la terrasse, nous permettant ainsi de profiter de la chaleur enveloppante de ce début d'après-midi. La carte du menu recèle de trésors aux noms enchanteurs, idéal pour me mettre en appétit ! À vrai dire, il ne m'en faut pas tant pour éveiller mes papilles. La faim me tiraille l'estomac depuis ma sortie de la douche. Ce n'est pas étonnant, je ne mange jamais avant d'aller à la Zumba ; cela fait donc vingt-quatre heures que je n'ai rien avalé.

Sous l'effet de la chaleur, la détente me gagne. Je me cale dans mon fauteuil et profite ainsi du cadre naturel et de la vue sur la piscine. Silver ne semble pas être dans les mêmes dispositions. Alternant l'envoi et la réception de messages sur son portable avec la lecture de la carte du menu, il pose finalement la carte pour se consacrer à l'objet de toutes ses attentions. Le serveur revient :

— Désirez-vous prendre un apéritif messieurs-dames ?

Je découvre alors un Silver amateur de whisky, qui se montre exigeant quant au choix de sa boisson incontestablement fétiche. In fine, sa préférence ira vers un Bowmore 15 ans d'âge, ce qui semble ne le satisfaire qu'à moitié. Pour ma part, j'opte pour le cocktail sans alcool : l'Albatros, au nom du restaurant de l'hôtel, probablement une valeur sûre !

À la demande de Silver, qui se montre clairement pressé, le serveur prend nos commandes. Pour lui, c'est le menu Green, pour moi, qui n'ai pas vraiment eu le temps de mûrir mon choix, ce sera une salade américaine. Lorsque j'énonce le nom de ma salade, instinctivement mon regard interpelle celui de Silver qui me répond par un léger sourire. Je ne prête pas attention au vin qu'il choisit, je remarque à peine le départ du serveur... Une question me turlupine : Silver est-il américain ? Je me remémore ce qu'il m'avait dit à l'intérieur du fourgon : « Cet homme et son devenir doivent rester entre nos mains et à l'écart de la justice française. » Il n'est peut-être pas français, pourtant je ne lui distingue aucun accent. Silver… c'est anglais ou plutôt américain ? Cette deuxième option m'inspire mieux que la première. Mais, est-ce seulement son vrai prénom ? Portés par l'impatience, les mots m'échappent :

— Vous vous appelez réellement Silver ou bien ça ne vaut guère plus que Rostand ou Martin ?

Il délaisse un instant son téléphone pour m'observer, les sourcils froncés :

— Oui, me confirme-t-il sèchement.

OK ! Et maintenant, tentons la nationalité :

— Et vous êtes américain, n'est-ce pas ?

Je rêve ou il ne me calcule même pas ! C'est à peine s'il me jette un coup d'œil. Il préfère s'intéresser à son portable qui vient de vibrer. Le serveur nous apporte notre apéritif. Silver en boit une gorgée, alors je fais de même pour masquer mon exaspération.

Les tables autour de nous se vident doucement. Son entrée est servie en même temps que ma salade. Tandis que je plante mes couverts dedans, je lui jette un regard interrogateur, comme pour lui laisser une dernière chance de s'exprimer, ce qu'il ne fait pas, trop accaparé par son téléphone qui se manifeste toutes les deux minutes. Repue, je commande un thé vert au serveur qui note également le dessert et le café de Silver. Je soupire de soulagement, en le voyant – enfin ! – ranger son fichu portable dans la poche arrière de son pantalon. *Ce n'est pas trop tôt !* Il lève les yeux vers moi, visiblement surpris par ma réaction :

— Désolé, j'étais un peu occupé.

— Préoccupé surtout.

— Aussi, convient-il avec son demi-sourire.

— Vous n'avez toujours pas répondu à ma question.

Ça passe ou ça casse !

— C'est parce que je n'ai pas entendu de question, précise-t-il, du tac o tac.

— En début de repas, je vous demandais si vous étiez a...

Ses lèvres se resserrent ; son regard fait obstacle à ma phrase en me lançant quelque chose du genre : « Arrête-toi, je ne te dirai rien de plus ! » *Idiote ! Il vient de te répondre.* Mais, comment se fait-il qu'il n'ait aucun accent ? Je le regarde un peu perplexe, mais un mur se dresse devant moi. Il m'est inutile de l'interroger davantage, ce ne serait qu'une perte de temps.

— Bon (il s'interrompt pour boire une fine gorgée de son expresso), on y va vite, on a un jet qui nous attend. Je t'expliquerai tout, une fois à bord. Ça te fait envie ?

Il fait mine de pousser son assiette contenant la tarte au chocolat en ma direction.

— Quoi ? Heu... votre dessert ? Non merci. Un jet... ? Un avion !?

Il hausse un sourcil, peinant à comprendre ma réaction.

— Mais je n'ai plus aucun papier sur moi !

— Chut, grogne-t-il les dents serrées. On s'occupe de tout. Toi tu te laisses vivre pendant un mois, ce n'est pas plus compliqué que ça.

— Sauf que je n'ai jamais pris l'avion, lui lâché-je presque sur le ton de la confidence, quand j'aurais envie de hurler : « pas question ! »

Plus ça va et plus j'ai l'impression qu'on vit vraiment à des années-lumière l'un de l'autre, tant nos univers paraissent différents.

Il se penche en avant, rapproche son visage du mien et me glisse à voix basse :

— Je n'ai jamais eu autant de déconvenues sur une mission, j'ai bien su m'adapter ; je n'ai jamais partagé chastement un lit, pourtant je ne t'ai pas sauté dessus cette nuit, alors tu vas monter dans ce foutu avion et voir comme c'est agréable de regarder les choses avec de la hauteur.

Un court instant je me dis que je suis la chose qu'il regarde constamment de haut !

— Où allons-nous ?

— À l'aéroport de Lyon-Bron, me répond-il sèchement, certainement conscient de ma véritable question.

Je veux savoir ! Je reformule :

— Très bien, mais où l'avion nous conduit-il ?

Il soupire, son visage se ferme ; il se lève et vient se placer juste derrière moi, une main sur mon fauteuil, pour m'inviter à faire de même. En d'autres termes : fin de la discussion.

À l'approche de la voiture, je suis étonnée de le voir se diriger côté passager.

— Vous ne voulez pas conduire ?

Pour toute réponse, il secoue la tête de gauche à droite, en esquissant un sourire. Pourtant cette fois il n'a pas l'excuse de la luxation. C'est bon, j'ai compris : il va passer son temps scotché à sa messagerie ou à téléphoner, tandis que je vais devoir me dépatouiller avec la circulation en ce samedi après-midi. Merci du cadeau !

— On met de la musique ?

Il secoue de nouveau la tête négativement sans perdre la moindre attention pour le contenu de son écran. J'hallucine !

— Excusez-moi de vous déranger (il me regarde enfin, d'un air crédule), mais vous allez être absent durant tout le trajet, alors si je pouvais au moins mettre la musique pour me tenir compagnie...

— Je ne préfère pas.

Pas très loquace !

— Moi je ne préfère pas conduire, pourtant je vais bien devoir le faire !

— Parfaitement, achève-t-il avec fermeté.

Sans montrer une once d'agacement ni d'impatience, il s'en retourne à sa messagerie. Contrariée, mais vaincue, je mets le contact et passe la marche arrière.

— Vos désirs sont les miens ! lâché-je, avec amertume.

Il lève quelques secondes le nez de son téléphone et me dévisage d'un air amusé... *Eh, c'est de l'ironie !* Finalement, il allume la radio comme si de rien n'était puis replonge dans sa lecture. Un « merci » faillit sortir de ma bouche, mais je parviens à refermer les lèvres dessus avant qu'il ne s'échappe. Il est hors de question que j'asseye davantage sa supériorité !

Une vingtaine de kilomètres après le contournement est de Lyon, apparaissent enfin des panneaux mentionnant « Bron-Aviation » – un soulagement, car j'avais un peu de mal à situer cet aéroport, celui de Saint-Exupéry m'étant plus connu. Tiens, ça me fait penser qu'il ne m'a pas fliqué avec le GPS cette fois, pour le coup ça m'aurait été utile.

Après une heure de route et autant d'« *Hit music only* », j'entre sur le parking de l'aéroport. Silver range son téléphone. Deux hommes nous font signe.

— Gare-toi sur la place qu'ils t'indiquent.

C'est ce que je fais tout en m'interrogeant sur leur compte. À notre descente du véhicule, l'un d'eux me tend une main en me demandant les clefs, que je lui remets, pendant que Silver se tient à l'écart pour échanger quelques mots avec le deuxième individu. Finalement, d'un signe de la tête il me convie à le suivre, et d'un pas rapide nous nous engouffrons tous deux dans le terminal. Il passe un appel sans ralentir la cadence : « Vous êtes où ? » ; il s'éloigne de plus en plus de moi, qui marche sans avancer réellement…

— Hé ! Ce n'est pas le moment de rêvasser ! me réprimande-t-il, en faisant demi-tour pour venir me rejoindre.

Je suis prise d'un étourdissement lorsque je le regarde enfin.

— Qu'est-ce qu'il t'arrive, Éliza ?

— J'ai besoin de savoir où l'on va. C'est idiot d'avancer en ignorant où je dois me rendre. Mets-toi à ma place un instant !

Ses yeux se parent d'une lueur d'amusement.

— Tout de même !

— Quoi ?

— Tu me tutoies, tu oses.

Sa remarque me trouble.

— Ça m'a échappé.

Grrr… Ce n'est pas le sujet ! Et je ne comprends pas pourquoi ça le réjouit puisqu'il veut que je le vouvoie.

— Voyons voir… Tu trembles chaque fois que je te regarde de trop près, tu te fais du souci toutes les cinq minutes pour ta gamine, tu as peur au moindre évènement qui n'a pas eu sa dose de réflexion au préalable et tu me demandes de me mettre à ta place : non merci ! conclut-il dans un rire de gorge. Lorsque tu seras dans l'avion, je t'en dirai un peu plus, car je pense que les choses seront plus concrètes pour toi et quoi qu'il en soit, j'aurai moins de risques de te perdre en route. Allez, suis-moi.

Sans me laisser davantage le temps de réfléchir, il passe son bras autour de ma taille – tel un ange me recouvrant de son aile – et à nouveau je me sens bien. Rassurée, je peux le suivre.

Il s'arrête devant une enseigne pour enfant où se trouve un individu d'à peu près une cinquantaine d'années, qui semblait justement l'y attendre. Tous deux se serrent la main, puis l'homme me salue d'un signe de la tête en se présentant :

— Laurent Gaillet, mademoiselle. À votre service.

— Enchantée, Éliza Ruiz.

— Monsieur, le jet est prêt à décoller.

— Très bien, allons-y, commande Silver.

Il continue de m'enlacer fermement lorsque nous rejoignons l'avion sur le tarmac. Monsieur Gaillet nous conduit jusqu'à deux personnes qui se tiennent au pied de l'escalier. Les deux hommes nous saluent et se présentent à nous. L'un est le copilote qui assistera monsieur Gaillet, l'autre, le steward.

Entre le bruit assourdissant d'un avion qui atterrit à proximité, le bras de Silver autour de ma taille et maintenant les marches d'escalier du jet que je gravis en jogging… je me dis que j'ai toutes les raisons d'être stressée. Je n'ai de cesse de penser que tout cela est vraiment étrange et s'enchaîne trop rapidement…

Waouh! La classe! Alors voilà à quoi ressemble l'intérieur d'un jet! Tout y est épuré, mais les fauteuils n'en paraissent pas moins confortables. Il y a même un coin salon avec une banquette et un écran de télévision!

— Attends d'être installée pour commencer à admirer la décoration, me conseille promptement Silver, penché au-dessus de mon oreille.

C'est vrai que je suis tellement impressionnée que je me suis stoppée au beau milieu de l'allée. Je m'assieds finalement sur un fauteuil proche du hublot et à ma grande surprise, Silver prend place juste à côté de moi.

— Au cas où le décollage te ferait un brin peur, se justifie-t-il.

Bonne idée! Je me mords la lèvre inférieure, incapable de lui répondre quoi que ce soit ou tout simplement de le remercier. Ma gorge est sèche, mes mains extrêmement moites et mon rythme cardiaque frôle l'excès de vitesse. Finalement, et pour faire bonne figure, je le gratifie d'un sourire.

Éric, le steward, nous demande d'attacher nos ceintures, ce que je fais consciencieusement tout en observant minutieusement les consignes de sécurité diffusées sur l'écran, à côté du hublot. Je sens les battements de mon cœur s'accélérer, j'appréhende tellement ce premier vol. Toute mon attention est centrée sur les bruits inconnus qui s'enchaînent et sur les mouvements de l'avion.

— Dans quoi travailles-tu Éliza?

Je le regarde un peu surprise, le stress du décollage ayant emmêlé les mots dans mon esprit. Je prends quelques secondes, le temps de remettre la phrase en ordre, mais je ne parviens pas mieux à lui répondre.

— Dis-toi que c'est comme les manèges dans lesquels tu montes à la vogue, propose Silver, avec empathie.

Non, mais là, mon gars, je suis terrorisée! Aucun sujet ne me distraira assez pour faire diversion.

— Je ne fais jamais de manèges, parviens-je à articuler.

Attention… Monsieur adrénaline va encore se payer la tête de madame endorphine ! Pas manqué, il sourit à pleines dents.

— Et en dehors de te préserver de tout danger et de prendre soin de ta fille et peut-être de ton homme, que fais-tu dans la vie ?

— Pourquoi « peut-être », je tiens à Nathan autant que je tiens à Nine, alors cessez vos insinuations.

— Mouais… si tu veux.

Il me gonfle! L'avion s'incline pendant qu'il monte en altitude. Je ressens un petit vide dans l'estomac, mais rien de plus. *Cool!* Je peux poursuivre :

— Je travaille dans une crèche comme éducatrice.

— Je vois. Tu aimes ce job ?

— Disons que je…

Je m'interromps quelques secondes, le temps d'analyser ce qui me met mal à l'aise dans cet échange. En effet, une question me tracasse… Je soupire fortement avant de continuer :

— À quoi bon vous expliquer tout cela, quand je suis à peu près sûre que vous savez déjà tout.

Bon sang! L'avion ne cesse de gagner de la hauteur.

— Exact, mais rien ne nous empêche d'en discuter un peu, hum ?

Dans quel but? Admettons...

— C'est vrai. Pour en revenir à mon boulot, je pense que je vais bientôt démissionner pour me lancer dans la photographie. Cela fait presque trois ans que je mitraille ma fille et que je suis régulièrement des stages pour me perfectionner. Cette semaine, je me suis même équipée d'un super boîtier, que je n'ai pas encore eu vraiment le temps d'essayer...

C'est fou comme ça me détend de parler de choses qui me sont familières. Voilà où voulait en venir Silver... Je n'ose pas le regarder, mais, à ma grande surprise, je le sens attentif à tout ce que je lui dis.

C'est le regard absorbé par la vue aérienne que je parviens enfin à apprécier ce vol.

Éric, le steward, nous invite à nous détacher et nous propose une boisson. Silver prend un café, mais pour ma part, je ne souhaite rien... Je préfère éviter, au cas où des turbulences me mettraient l'estomac en vrac. Quelques minutes plus tard, le pilote nous annonce que le trajet sera calme et surtout – l'information qui retient toute mon attention : que le temps de vol est estimé à 1 h pour nous rendre à l'aéroport du Castellet !

— Le Castellet ? C'est là-bas que je vais résider ? je lui demande, surprise.

— Entre le Castellet et Marseille, me précise-t-il.

— OK.

Je suis rassurée, ça ne me paraît pas trop loin.

— C'est quoi ton domaine de prédilection en photo ?

Tiens, ça l'intéresse vraiment on dirait.

— Le mariage, ses acteurs et la cérémonie par elle-même. Je rêve de pouvoir exercer dans ce domaine exclusivement.

— Mouais... laisse-t-il échapper, d'un air perplexe.

— Allez-y, dites toujours...

Je sens que ça va me plaire encore !

— Je ne trouve pas que le mariage soit un sujet franchement excitant.

— Il s'agit de ma vie, non de la vôtre.

— Heureusement, approuve-t-il avec condescendance, ce qui me fait bondir intérieurement.

Comment ose-t-il !

— C'est sûr que dans la mienne je ne blesse personne (son visage se rembrunit), je ne bouleverse pas l'existence des autres dans un intérêt obscur et comble de l'ennui : j'ai une famille dont je dois prendre soin, mais pour moi, ça vaut tout !

Il se lève, contourne la petite table et s'assied en face de moi ; puis il patiente, le temps qu'Éric lui dépose son café et s'en retourne dans sa cabine, avant de poursuivre :

— Que l'amour des tiens ait de l'importance pour toi, je le conçois complètement, mais ne dis pas que prendre soin de ta famille vaut tout le reste ! J'espère qu'au fond de toi, tu n'y crois pas, sinon c'est que ta vie est bien vide.

Il retire son téléphone de la poche de son jean et le consulte un moment. Je n'arrive pas à digérer ses paroles. Elles tournent et retournent en boucle.

— Quel culot !

Il pose son téléphone sur la table. N'y tenant plus, je reprends :

— Je ne vous permets pas de juger de ma qualité de vie. Par ailleurs, celle-ci n'est pas vide, mais bel et bien garnie ! En tout cas, elle l'était avant que vous ne veniez y faire votre apparition !

Pour qui se prend-il pour me donner des leçons ? Si à l'intérieur de moi je bouillonne, lui par contre, garde son sang-froid habituel. Il secoue la tête en tordant les lèvres, refusant, visiblement de me croire. *Ah, et puis je m'en fiche !*

— Maintenant que tu es à l'intérieur de l'avion qui t'effrayait tant tout à l'heure, comment te sens-tu ?

Quoi ?

— Heu… Bien, lui réponds-je, décontenancée, cherchant où il veut en venir.

— Tu semblais appréhender le décollage, mais une fois cette épreuve passée, tu t'es détendue. Ta façon d'admirer le ciel me laisse même penser que tu éprouves de l'émerveillement et peut-être aussi du plaisir d'être là, et de profiter de cette vue… Hum ?

— Peut-être… Probablement… Bon oui, c'est vrai.

— Tu vois, Éliza, comme il peut être agréable, voire parfois excitant, de sortir de sa zone de confort ?

Je hoche la tête presque hypnotisée par sa voix grave et tellement magnétique. Pourquoi ça me gêne autant de reconnaître qu'il a raison ?

— Te souviens-tu de ce que je t'avais demandé de faire, une fois que tu serais montée dans l'avion ?

Houla… Ah oui :

— « Regarder les choses avec de la hauteur. »

Il affiche un large et doux sourire en signe d'approbation… Il est rarement comme ça, quel dommage, ça lui va si bien. Il ne se défait par contre jamais de son aplomb. J'adorerais avoir une aussi grande maîtrise de mes émotions… surtout en ce moment. Je suis certaine qu'il doit se régaler à observer le malaise qu'il crée en moi.

Je soupire en repensant à Nathan. À travers le hublot, les nuages semblent me dessiner son visage, beaucoup moins viril que celui de Silver, certes, mais tellement plus familier – et peut-être plus rassurant. Même si dès que je songe à lui, des idées négatives endiguent mon esprit. Nous sommes censés partager nos vies, mais en fin de compte, nous sommes englués dans une maison, un agenda, un rôle d'éducation et des tas de désaccords. Nathan est frileux à l'idée que je me lance dans la photo, car sa boîte est récente et lui prend beaucoup de temps. Il a peur également que nous nous éloignions davantage, sans parler du fait que financièrement, c'est un peu tendu. En effet, sa clientèle est encore maigre et il a ses employés à rémunérer. Malheureusement, le frein qu'il met à mon projet contribue à nourrir la distance qui s'est déjà installée entre nous à cause d'autres sujets de discorde tels que le mariage, pour ne penser qu'au principal. Je trouve injuste de devoir sacrifier mes ambitions sur l'autel des siennes. Je regrette tant l'époque plus insouciante où nous partagions autre chose que des tracas, mais aussi des désirs, des rêves… des sentiments… D'ailleurs, avant l'arrivée de Nine, nous nous faisions un restaurant chaque vendredi soir, une soirée chez des amis le samedi, où généralement il refaisait le monde à son image : pacifique et généreux, et le lendemain après-midi nous allions au cinéma. Si je parvenais à le convaincre, c'était une comédie romantique, sinon j'avais le droit au dernier thriller mouvementé et ensanglanté, qui le rendait toujours plus viril à la sortie de la salle de projection. Mais il suffisait d'un trajet en voiture et Rambo redevenait Balou. Tout cela est bien loin désormais. Les copains ont cédé leur place aux relations de travail, notre temps libre s'est chargé d'obligations financières pour lui, surtout maternelles pour moi, et nous voilà rentrés dans ce moment de notre couple qui me plaît le moins. Il faut que ça change.

— Tu reviens vers moi ? me prie Silver, en penchant la tête sur le côté.

— Je prenais de la hauteur, lui confié-je, un peu gênée.

Il m'adresse, en retour, un petit sourire qui me fait me sentir mal à l'aise. Peut-il se douter que je me tracasse pour mon couple ? Non, mais il ne sait pas à quoi je pense ! Le problème, c'est qu'avec lui, rien n'est moins sûr… Qui est ce type, qui sait maîtriser le maniement de l'arme à feu, se battre, endurer la douleur et traduire le comportement non-verbal avec autant de justesse ? Sans compter qu'il est à la tête de son équipe. Une question me vient…

— Seriez-vous un agent de la DGSI ou… d'un service secret étranger ?

Chapitre 4

Il avale rapidement son café tandis que son regard traverse le hublot et effectue des loopings dans le ciel… Aïe… Sa tasse connaît un atterrissage bruyant sur la table, lorsqu'il me regarde à nouveau :

— Tu m'agaces Éliza, me gronde-t-il d'un ton calme, mais inébranlable. Arrête de vouloir me ranger dans une case afin de te rassurer. Ça ne t'est pas indispensable de savoir ce que je fais, alors contente-toi des infos que je peux te donner. Si tu continues à me saouler, je vais devoir te raconter des craques, tu n'y gagneras rien.

Je me mords les lèvres de regrets ; je ne souhaitais pas le mettre en colère. Je n'ose d'ailleurs plus lui parler.

Il se redresse tout d'un coup, se rapprochant de la table. Il pose ses avant-bras sur cette dernière et entrecroise ses doigts. Il est impressionnant de sérieux et de gravité :

— Bon, nous nous sommes organisés : ton lieu de travail va recevoir un arrêt maladie d'un mois et demi pour dépression. (Mes yeux s'écarquillent. *Mais comment fait-il ça ?*) La quinzaine supplémentaire, c'est pour te permettre de profiter des retrouvailles avec ta fille. (*Ah ? Bonne idée !*) Selon ton conjoint, ta sphère professionnelle ne côtoie pas ta sphère personnelle. Tu confirmes ?

— Heu… oui, mais en quoi cela vous préoccupe-t-il ?

— Parce que pour tes amis et ta famille, le scénario est totalement différent. En effet, pour eux, tu seras absente de ton domicile durant un mois.

— Et je peux savoir de quel mensonge il retourne, cette fois ?

— Il y a de ça quelque temps, tu avais sollicité un stage auprès d'un grand photographe, et tu as eu la chance d'avoir été retenue. L'ennui, c'est qu'il ne t'a avertie que tardivement et il a donc fallu que tu t'organises rapidement, ce qui explique pourquoi tu n'as pas pensé à prévenir tout le monde de ton départ. Ainsi, il t'a emmenée couvrir deux mariages consécutifs à Dubaï, façon reportage. C'est un stage d'un mois, quinze jours par mariage, car les clients veulent la totale, avec des photos de la cérémonie bien évidemment, mais aussi de leur séjour en famille. Et tu broderas un peu si l'on t'en demande davantage, en essayant le plus possible d'orienter la conversation sur un autre sujet.

Je suis scotchée ! Quelle imagination pour des gens qui ne sont pas du milieu de la photographie ! Je le regarde avec un air hébété… Je n'ai rien à ajouter. Il me vole mon mois et en plus, il en écrit l'histoire !

— J'imagine que c'est Nathan qui vous a parlé de ma passion pour les cérémonies de mariage ?

— Oui. On ne trouvait rien d'assez crédible avec ton job d'éducatrice, et puisque tu as déjà réalisé des stages dans ce domaine-là…

Devant mon silence stupéfait, il poursuit :

— Dis-moi, y a-t-il des gens, en dehors de ton homme et de ta fille, qui pourraient s'inquiéter de ton absence ?

Je réfléchis un instant, tentant de remettre en marche mon cerveau nébuleux.

— Inquiets, non. Mais mes voisins vont peut-être trouver ça un peu curieux. Quant à mes parents, je ne pense pas…

Son sourcil se soulève, quelque chose semble l'interpeller :

— Tes parents ne se montreront pas plus intrigués que les voisins ?

— Ils habitent à une petite heure de route de chez moi, mais on ne s'appelle qu'une fois par mois. J'ai également deux frères, mais je ne les vois qu'à l'occasion de Noël, puis à l'anniversaire de chacun de leurs enfants. On n'est pas très famille, lui dis-je en conclusion.

— Je vois ça.

— Mais ça ne veut pas dire qu'on ne s'aime pas. Uniquement que l'on ne prend pas le temps de s'aimer correctement.

Mais pourquoi est-ce que je lui parle de tout ça ? Il m'écoute avec intérêt et pour une fois, son portable ne loge pas dans l'une de ses mains.

— Et dans tes amis, personne pour nous compliquer la tâche durant ce mois ?

— Je ne crois pas. On s'est vu il y a peu de temps avec ma meilleure amie et Nathan devrait parvenir à faire patienter les autres.

— J'oubliais tes beaux-parents : ils sont en Suède, c'est bien ça ?

Ah oui ! punaise, c'est vrai ! Nathan ne pourra pas s'appuyer sur sa mère, du coup il va devoir mettre Nine à la crèche...

— Oui, ils sont partis il y a à peine quinze jours et ils y restent au moins deux mois.

C'était bien le moment d'aller vadrouiller en Suède à bord de leur Camping-Car ! *Calme-toi, Liz !* Ils n'y sont pour rien, ils ont le droit de profiter de leur retraite.

— Tu as l'air contrarié, observe-t-il, intrigué.

Non... tu crois !?

— Mais comment Nathan va-t-il faire pour travailler un minimum et organiser la garde de Nine ?

— Il compte alléger son emploi du temps, exercer autant que possible de chez lui et faire appel à une nounou à domicile.

Quoi ?

— Une autre question ?

— Cela me déplaît qu'une étrangère s'occupe de ma fille.

— Ce sera une professionnelle qualifiée et pour quelques jours seulement. Cette solution évite qu'il augmente son contrat à la crèche ; les bonnes femmes sont parfois pires que les flics. Autre chose ?

— Je n'ai rien à vous demander de plus, de toute façon j'aurai Nathan au téléphone ce soir.

Il tord la bouche.

— Ouais. Tant que j'y pense, Alexandre, chez qui tu vas rester une dizaine de jours, est un très bon ami à moi, il a toute ma confiance. Alors même si Jessica, une collaboratrice, lui a fourni tout ce qui pourrait t'être utile durant ton séjour chez lui, n'hésite pas à lui faire part de ce qui te manque. Ah oui ! Au fait, il est viticulteur. Te voilà rassurée, j'imagine, de côtoyer quelqu'un qui a une profession nommable.

— Au comble du bonheur !

Je lui adresse un sourire forcé pour répondre à sa raillerie.

Le coude posé sur le fauteuil, il caresse sa lèvre inférieure de son index, tout en maintenant son regard appuyé sur moi, c'est fou... pourquoi ai-je l'agréable impression que c'est ma bouche qu'il effleure de la sorte ? Soudain, il se lève :

— Je reviens tout de suite, me lance-t-il avant de se rendre dans la cabine du steward.

À son retour, il tient un verre d'eau qu'il dépose devant moi – mais il reste debout.

— J'ai demandé au steward de ne pas nous déranger, jusqu'à ce que l'on approche du Castellet.

— Ah bon ? Et le verre... ?

Punaise, je suis sûre qu'il a une idée derrière la tête... Le regard frondeur qu'il m'adresse finit de me déstabiliser.

— C'est pour toi, cela fait un moment que tu n'as rien bu, et puis ça t'aidera peut-être à te détendre un peu.

— Je ne suis pas stressée.

Tu essaies de convaincre qui, là ? Le verre d'eau ? Ses lèvres se pincent dans une grimace malicieuse, comme pour réprimer un sourire. *Allez Liz, tu n'as plus qu'à te noyer dans ton verre !* Finalement, je l'avale presque cul sec, dans l'espoir peut-être d'un petit coup de pouce... Mais si l'eau ne peut suffire à m'enivrer, son charme naturel y parvient doucement. Il me tend une main que je regarde d'un air douteux et malgré beaucoup d'appréhensions, je la saisis. Il me conduit alors jusque sur la banquette située au fond de l'avion. Un écran se trouve en face, mais il est éteint. Je choisis de m'asseoir à l'extrémité. Un peu ennuyée de ne pas savoir comment me mettre, je croise finalement les jambes et j'entrelace les doigts. Malgré toute la place qui reste sur le canapé, Silver s'installe à côté de moi. *Décidément, il semble toujours aussi à l'aise !* Il soupire un grand coup, puis il glisse une main dans mon dos, et d'un geste vif – créant la panique en moi – attrape mes jambes emmêlées et me fait pivoter face à lui. La banquette est heureusement assez large, ce qui m'offre une petite distance de sécurité. Il allonge maintenant ma jambe gauche, qu'il fait passer sur la sienne. *Oups !* Je retire à toute vitesse ma main de son avant-bras.

— Hé, on n'est pas là pour se mater un film.

Sa voix est grave et chaude à la fois… Un vrai cocktail Molotov pour mes sens. Malgré ma volonté de ne rien montrer, je sens mes pommettes me trahir et crier tout haut : « Regarde un peu l'effet que tu me fais ! » Et pas manqué ! C'est le coude appuyé sur la banquette et la tête pressée contre sa main, qu'il semble s'amuser de l'embarras dans lequel il me met une fois de plus. *Qu'est-ce que je fais ? Je me lève où j'attends de constater où il veut vraiment en venir ?* Cette mise en scène n'est peut-être pas aussi dangereuse qu'elle y paraît.

— Je ne me sens pas bien ainsi. Je ne vois pas l'intérêt de se rapprocher autant pour discuter.

— C'est parce que tu m'intrigues… Comment une fille de 27 ans, mère de surcroît, qui a donc une petite expérience des choses de la vie, peut-elle se montrer aussi peu confiante en elle ?

— J'ai confiance en moi !

— Dans certains domaines comme ton boulot peut-être, et encore… Quand je t'entends dire que tu « penses » que tu vas bientôt démissionner ou que tu « rêves » de devenir photographe de mariage, tu me parais plutôt en admirer l'idée que d'être dans l'action pour y parvenir. Pareille en matière de féminité, tu dois pouvoir faire mieux, j'en suis persuadé.

Il va arrêter de me juger ?!

— On ne quitte pas son emploi du jour au lendemain, ce genre de décision se réfléchit, et quant à ma tenue : je me rendais à mon cours de sport !

— Méfie-toi, à trop mûrir une idée, on la laisse se périmer… et mauvaise réponse concernant ton sport : tu allais te défouler à la Zumba. Faire une activité une fois par semaine ce n'est pas vraiment du sport, et ce type de jogging (ses yeux se posent avec mépris sur ce dernier), ça fait une paie que je n'en ai pas vu. Enfin, ce qui me surprend c'est surtout la façon que tu as de flipper à chaque fois que je te mate.

— Oh, vous ! Arrêtez de me juger immédiatement ! Pour qui vous prenez-vous ?!

— Merde… c'est sûrement très mal tourné. Je voulais dire que je trouve ça agréablement étonnant. Comment peux-tu être à ce point jolie et aussi peu assurée de l'être, hum ?

Il se redresse et de son pouce, effleure la ligne de ma mâchoire. Son contact anesthésie la partie révoltée de ma conscience, du moins une minute. Finalement, d'un geste lent et prudent, je parviens à écarter sa main.

— Pourquoi ? s'enquiert-il d'un ton dur, mais assorti de son regard aussi doux qu'ardent.

— Vous me troublez.

— Non, ce sont les sensations que tu ressens qui te dérangent autant.

— Arrêtez votre petit jeu, vous savez très bien que je ne suis pas votre genre de femme !

— Je ne me suis amusé toujours qu'avec des créatures à la féminité et à l'assurance affûtée jusqu'au bout des ongles. Je n'avais jamais côtoyé d'aussi près…

— Arrête !

Mince, ça m'a échappé ! Voilà que je le tutoie encore ! De satisfaction, son sourire irradie tout son visage. Un air juvénile traverse un instant son regard… Ses changements d'humeur me déroutent complètement.

— … une femme enfant, achève-t-il malgré tout.

Pourquoi cela me gêne-t-il autant qu'il l'ait remarqué ? Peut-être qu'au fond, ce qui me dérange le plus, c'est qu'il s'en soit aperçu aussi vite.

— J'en ai conscience.

— Tu dis ça comme si tu t'excusais. (Il caresse mes cheveux.) Ça me plaît ce petit côté naïf, fragile qui émane de toi. D'ailleurs, si j'en avais eu le temps, j'aurais volontiers essayé de t'amener à gagner de l'assurance, sans te dénaturer complètement.

Sa main glisse lentement dans mon cou avant de se retirer subitement, abandonnant ainsi ma peau dont les frémissements commençaient déjà à s'étendre. Mais dans ce moment de transition, où le silence a toute sa place, sa dernière phrase ne cesse de faire le grand huit dans ma tête. Que s'imagine-t-il ? Qu'il pourrait être mon mentor ? Et quoi, encore ! *Enfin... Il est tellement attirant... Non, non, Liz !*

— Je vous arrête tout de suite ! Je vous rappelle que j'ai une fille et un conjoint, d'ailleurs, et vous ? Je ne pense pas que vous soyez célibataire.

Il éclate de rire :

— Je ne connais que le célibat, alors ne t'encombre pas de ce genre de questions.

Tu m'étonnes, vu la facilité qu'il doit avoir à passer d'une femme à l'autre. Cette dernière idée confirme ma décision. Je tente ainsi de me lever, mais saisissant sûrement mon intention, il place ses mains sous mes cuisses et me ramène contre lui. J'en ai le souffle coupé : je me retrouve presque à califourchon sur lui qui me maintient en m'encerclant fermement de ses bras !

— Je ne te propose pas une relation suivie, mais juste un moment de plaisir, entre deux adultes plus que consentants.

Putain ! À cause de cette proximité imposée – ma distance de sécurité ayant sauté comme un verrou en papier – mes yeux plongent dans les siens et durant un instant je crois céder à l'appel de son désir... et du mien.

— Je ne peux pas, lâché-je d'une petite voix tremblante.

— Parce que tu te caches derrière des putains de barricades qui sont censées faire l'intégrité des bonnes personnes. Éliza, si tu te respectes complètement là-dedans, alors OK ! Je n'insisterais pas davantage. Mais si tu as le moindre doute avec ce que tu ressens, dans ce cas creuse un peu ! (Il soupire et grimace en regardant son bras gauche qu'il fléchit, comme pour se soulager un moment, avant de le replacer contre moi.) Je n'aime pas du tout ce que tu es en train de créer en moi et à ce jeu-là, plus je patiente et plus ça m'agace...

Ses muscles des bras se détendent légèrement traduisant sûrement sa volonté de me laisser maintenant le libre arbitre de la suite, pourtant je ne parviens pas à éloigner mon visage du sien. Quoi faire ? Ne le regretterai-je pas après ?

— Hé, Éliza... fait-il en me soulevant le menton.

Mes yeux le fuient à nouveau.

— Regarde-moi.

J'essaie et cela me donne l'impression de n'être plus que l'extension de son désir tant – je dois me l'avouer – je suis bien contre lui et que j'aimerais me rapprocher encore un peu plus...

— Dis-moi quelque chose... me presse-t-il de son timbre paré de velours.

— C'est vrai. (Je déglutis péniblement.) Je dois reconnaître que... vous ne me laissez pas indifférente. (Il hausse un sourcil.) OK, vous me plaisez même beaucoup au point que j'en perds tous mes moyens. (Il affiche cette fois un sourire de vainqueur.) Je n'ai jamais ressenti ça auparavant, alors je me dis que peut-être tout cela ne tient pas seulement à vous, mais à la situation...

— La situation ?

— Mon couple un peu vacillant en ce moment et cette proximité passagère entre vous et moi.

— Arrête de réfléchir, putain. Une fois que l'avion aura atterri, il n'y aura peut-être pas de suite à tout ça, Éliza. C'est maintenant ou jamais. Alors, que décides-tu ?

Sa main caresse ma joue et je ne parviens à m'empêcher de lui sourire. De toute façon, je le veux son baiser et plus encore... Tellement plus... ça me prend au ventre ! Encouragé par mon sourire, son pouce vient s'infiltrer entre mes lèvres qui s'entrouvrent à son passage et je goûte enfin à sa bouche, à la volupté de sa langue ; sa manière d'embrasser est si tendre, une douceur à l'état brut. Je ne parviens pas à croire que c'est moi, là, en jogging et les cheveux aussi mal arrangés qu'ils puissent l'être sans élastique ni lissage, qui se trouve ainsi embrassée par l'homme le plus viril et sexy que je n'ai jamais rencontré ! Et tout cela à bord d'un jet privé !

Doucement, ses lèvres quittent ma bouche pour migrer jusqu'à mon cou. Tandis que sa main gauche s'enfuit dans ma chevelure, sa main droite, elle, descend lentement vers mon sein, qu'il masse sensuellement. Tout en agrippant ses bras, je m'abandonne à lui, à ses baisers, à ses caresses ;

Silver se redresse et de ses mains désormais placées sur mes fesses, me remonte jusque sur son entrejambe.

— Silver... je ne sais pas...

Il stoppe tout et je sens son regard nourri d'impatience me défier d'insister. Ma tête s'écrase sur son épaule en signe d'aveu et je l'entends pousser un soupir façon : « Elle m'agace ! »

— Tu en crèves d'envie... Pourquoi !? Et puis non, je ne veux pas savoir. C'est ton choix, grommelle-t-il.

Je relève la tête alors il m'embrasse à nouveau... et à nouveau, je suis à lui, laissant l'accès libre à sa langue, de toute façon décidée à se frotter à la mienne. Reniant presque les paroles prononcées quelques secondes plutôt, je m'abandonne complètement à son baiser. Que sa bouche est exquise ! Mais le retrait brutal de ses lèvres sonne la fin de la récréation :

— Tout cela va trop vite pour toi, je parie. Dommage, c'était peut-être notre unique occasion, Éliza.

Mais il vient de trancher là !? Si seulement j'arrivais à me décider franchement. Tu es une mère de famille, Liz ! Oui, mais tu n'es pas que ça et puis Nine n'a rien à voir dans cette histoire... Je vais devenir dingue !

— Tu as raison, c'est trop rapide pour moi, reconnais-je, la mort dans l'âme.

— Mais je te l'accorde, ce n'est pas le lieu idéal, conclut-il avec son indéfectible sourire en coin qui me fait tant craquer.

Poussée par ma bonne conscience, mais à contrecœur, je descends de lui et vais me rafraîchir au lavabo des toilettes. Mon Dieu que je ne suis pas rassurée de me laver les mains, en imaginant le vide titanesque qu'il y a sous mes pieds. Titanesque... Titanic... Mais je suis cinglée de penser à ça et puis il s'agit d'un avion, non d'un paquebot ! Je n'ai rien à craindre. Je profite du miroir pour attacher ma chevelure, j'ai alors l'impression que mes idées s'ordonnent en même temps que je rassemble mes cheveux.

En sortant des toilettes, je découvre Silver assis à côté de mon fauteuil et Éric a réapparu.

— Nous allons bientôt atterrir, me renseigne Silver.

Ce que confirme Éric en opinant de la tête et en affichant un sourire poli, avant de regagner sa cabine. Je prends place à côté de Silver, qui m'observe m'attacher avec attention. Je le trouve prévenant envers moi, tout comme sa proximité me réconforte le temps de l'atterrissage. J'aimerais le lui dire, mais je me ravise devant son air sérieux et concentré… Comment fait-il ? Pour ma part, les frissons me ravagent la peau chaque fois que je le regarde et me remémore notre baiser…

— Prête ? me demande-t-il, en m'observant minutieusement.

— De toute façon, je n'ai pas le choix, il va bien falloir atterrir à un moment donné ! Et puis, tout va bien se passer n'est-ce pas ?

Il éclate de rire, avant de pencher sa tête en direction de mon épaule :

— Bien sûr… Tout se déroulera au mieux. Je veillerai à cela personnellement, me chuchote-t-il.

Respire Liz ! J'acquiesce d'un signe de la tête instinctivement, mais aucun son ne parvient à sortir de ma bouche. Silver s'avachit dans son fauteuil tandis que mes pensées s'entremêlent à nouveau : Silver, son baiser ; Nathan, notre éloignement ; Nine, mon ange… Et l'atterrissage qui approche à grand bruit !

Sous le soleil provençal et le ciel bleu azur, je suis Silver d'un pas léger. L'épreuve de l'atterrissage est enfin terminée et finalement, cela ne fut pas aussi stressant que je l'avais imaginé, en partie grâce à lui – sa seule présence m'apaise tellement. Tandis que nous nous éloignons de l'avion, je me remémore ses paroles : « Une fois que l'avion aura atterri, il n'y aura peut-être pas de suite à tout ça, Éliza. C'est maintenant ou jamais. » C'en est fini, alors, de ces situations à la fois incommodantes et tentantes. J'imagine que ce trajet lui a offert une parenthèse de repos, mais désormais il sera sûrement moins disponible. C'est mieux ainsi. Et puis finalement, même si ça ne me réjouit pas, c'est une bonne chose que j'aille chez cet Alexandre pendant une dizaine de jours… au moins, je serai loin de lui, de ce Lucifer croisé Gatsby.

Des hangars se dressent le long de la piste d'atterrissage. Silver me conduit à l'entrée de l'un d'eux situé face à la sortie de l'avion. Nous y rejoignons deux individus adossés à une Mercedes SUV noir. Tiens ! Derrière le SUV se trouve la moto du bois. Silver serre la main des deux hommes avant de jeter son sac à dos sur le siège arrière du véhicule, puis se retourne vers moi :

— Éliza, je te présente Markus, peut-être le reconnais-tu ? me demande-t-il, en m'indiquant de la main celui à la peau ébène – qui porte un diamant à l'oreille – et que je me remémore parfaitement.

Je lui fais signe que « oui » de la tête, alors il poursuit :

— Le gamin, à côté, c'est Raphaël (ce dernier, vexé par le terme : « gamin », lance à Silver un regard contrarié). Tu ne t'adresseras jamais à lui, on va dire que pour l'instant il est en formation.

Raphaël semble avoir dépassé de peu la vingtaine. C'est un jeune homme blond dont la silhouette paraît bien plus frêle que celle de Markus ou Silver. Markus lui fait un signe de la tête, lui indiquant ainsi de s'éloigner un peu, ce qu'il fait immédiatement. Je suis Silver qui se rapproche alors de Markus :

— Tout est prêt chez Alexandre ?

— Jess a tout préparé, mademoiselle sera accueillie dans les meilleures conditions, répond Markus en m'adressant un léger sourire.

— Lorsque tu la déposeras, reste un moment le temps qu'elle fasse connaissance avec Alexandre et surtout qu'elle passe un appel téléphonique à son homme et à sa fille.

Les sourcils de Markus bondissent jusqu'à la racine de ses cheveux.

— Tu l'y autorises ?

— Mouais, fait Silver mollement. Elle a besoin de rassurer sa famille. Je ne la limite pas en durée (Silver tourne la tête vers moi), mais n'y reste pas une heure non plus.

Puis, reprenant à l'attention de Markus :

— Tu précises bien à Alexandre que c'est le seul appel que je lui permets.

Markus opine de la tête, l'air un peu déconcerté toute fois par cette largesse visiblement inhabituelle.

— Bon ! Passons aux choses sérieuses : elle va comment ? demande Silver avec entrain à son collègue, tout en balayant du regard la grosse cylindrée.

Markus émet un petit rire de satisfaction avant de répondre :

— Je peux t'assurer qu'elle est en forme. Putain, qu'elle envoie !

Silver se rapproche du bolide noir, tout en la choyant toujours du regard. Markus et moi lui emboîtons le pas.

— Tu as fait parler la poudre un peu ? interroge Silver, le sourire aux lèvres.

— Disons qu'en venant j'ai pu constater qu'elle encaisse comme une reine le 290 ! le targue Markus.

— Tu ne m'apprends rien là, c'est une hérésie de brider un 4-cylindres à 300 km/h.

Ce que j'entends me révolte ! De fait, mes paroles m'échappent :

— Si vous aimez les sensations fortes, vous feriez mieux de sauter d'un pont ! Avec ou sans parachute d'ailleurs, ça m'est égal !

Les deux hommes me lancent un regard, mélange à la fois de stupéfaction et d'incompréhension. Je viens tout bonnement de dissoudre ce qui s'apparentait à un pur moment d'extase masculin. C'est tout moi ça : réservée presque à outrance, mais capable de m'embraser, animée par une conviction toute personnelle. Ainsi, portée par mes idées, mais avec la crainte tout de même de fournir le bois pour allumer le feu à mon bûcher, je réponds à leur questionnement muet :

— Sous prétexte d'aimer faire rugir votre engin ou de coller l'aiguille au plafond, vous mettez directement la vie des autres conducteurs en danger ! C'est presque criminel ! Il existe des circuits pour ce genre de défi.

Des vrombissements émanant du circuit Paul Ricard, qui longe l'aéroport, viennent appuyer la fin de ma plaidoirie – *À bon entendeur !*

— Merci de nous informer de ta position sur le sujet… Ta suggestion est pleine de bon sens, ironise Silver.

Ses yeux effectuent un bref aller-retour entre la moto et moi, ses lèvres se pincent… J'ai l'impression qu'il est pris de remords. Tranquillement, les mains dans les poches, il se rapproche de moi. Markus se détourne poliment et là tout de suite, je me sens beaucoup moins sereine.

— Dans la prudence et la prévision, il n'y a pas d'excitation Éliza. Markus et moi savons profiter de ces petits plaisirs qui se jouent sur le fil du rasoir. Ces moments-là se cueillent sur l'instant… après ils disparaissent.

Ses mots raisonnent en moi comme un message très clair, à tel point que ce qui me parvient aux oreilles c'est plutôt : « Tu n'aurais pas dû te défiler tout à l'heure ! C'était notre seule occasion ». Je déglutis péniblement.

— Cela ne fait pas de nous des criminels, Éliza, ajoute-t-il avec aplomb, une poignée de secondes plus tard.

— Sauf que parfois il n'y a pas que la moto qui peut déraper, mais la situation également… Et la note de frais peut se montrer plus élevée que prévu.

J'ai dit ce que j'avais à dire, maintenant libre à lui de jouir de son existence de la façon qui lui convient le mieux, aussi irresponsable soit-elle. Animé d'un flegme éclatant, il me sourit à pleines dents :

— C'est exact, mais j'ai appris récemment que les dérapages pouvaient conduire à de belles surprises… aussi belles qu'emmerdantes ! conclut-il, en allant chercher le casque laissé sur la selle de la moto.

Ah ! J'en reste bouche bée. Il ne manque pas de toupet ! Je le regarde enfiler son casque tout en enfourchant la diabolique.

— À ce soir, lance-t-il à Markus qui lui répond en opinant.

Il jette un simple coup d'œil à Raphaël comme pour s'assurer que malgré sa discrétion il est toujours là, avant de m'envoyer un regard que je ne parviens pas à décrypter... mais dont la profondeur me fait tressaillir. Dans un ronflement vigoureux, il s'éloigne, emportant avec lui quelque chose de moi, qui donne naissance à un vide désagréable, juste ici. (Ma main effleure mon tee-shirt au niveau du nombril.) Je sursaute brusquement en entendant le « Let's go ! » claironné par Markus, en même temps qu'il m'ouvre la porte côté passager du SUV. Machinalement, je m'engouffre à l'intérieur avec la sensation de vivre les premiers instants de ce destin hasardeux et transitoire, qui tout en étant mien, ne m'appartient déjà plus.

Ce trajet a quelque chose de rassurant, peut-être parce que le paysage me rappelle mes vacances entre copines, à Bandol. Et puis, comment ne pas céder à un peu de détente entre la chaleur ambiante, la lumière douce produite par le déclin léger, mais perceptible de l'ensoleillement sur ce décor rassérénant de Provence et la compagnie de Markus, dont la bonhomie joviale contraste d'ailleurs avec sa silhouette de colosse. Ce dernier accompagne de ses sifflements approximatifs des morceaux de *Rag'n'Bone Man*, tandis qu'à l'arrière de la voiture, Raphaël semble concentré sur la route. Je me demande si l'un d'entre eux est père. Raphaël me paraît un peu jeune pour ça, mais sait-on jamais ? Je me demande surtout ce que fait Nine à ce moment même ; elle a dû finir de goûter et doit sûrement être en train de jouer. À moins que Nathan ne l'ait calée devant la télévision pour avoir la paix. Non, mais non, il ne ferait pas ça ! En même temps, comment le savoir puisqu'il ne s'en est jamais occupé seul aussi longtemps.

Cependant, j'espère qu'il saisit l'importance de lui accorder du temps de qualité, car Nine peut ne rien faire paraître de ses questionnements ni de ses appréhensions et ainsi, Nathan ne se doutant de rien, passera à côté en toute bonne conscience. D'autant qu'il n'est pas très doué en psychologie infantile ni féminine d'ailleurs… *Grrr, arrête Liz !*

Tiens ? Il n'y a plus de musique, ni les airs sifflotés qui la plagiaient maladroitement… Je délaisse le paysage pour oser un regard vers Markus ; regard qu'il semblait attendre, tout autant que le changement de couleur de ce feu rouge :

— Ça va ? me questionne-t-il, le sourire aux lèvres.

— Bien, merci.

— Cool… (Sa bouche se tord, ses yeux se plissent.) Mais je ne crois pas. Tu as l'air bien trop préoccupée et trop tendue pour aller bien.

— Disons que je vais aussi bien qu'on puisse aller en pareille situation.

Sa langue claque à répétition, accompagnant un signe de désapprobation de la tête.

— Non, non, Éliza, la situation va on ne peut mieux pour toi, je t'assure. Tu ne vas rester éloignée de chez toi qu'un petit mois et tu as déjà droit à un coup de fil. (Il ricane bruyamment.) Voilà un truc que j'aimerais piger, hein ? m'interroge-t-il avec un regard de biais paré d'une incompréhension réelle.

Je lui renvoie sa curiosité en une version personnelle et forcément timorée.

— OK, pas très bavarde en plus.

— Non.

— Tant mieux, c'est assez rare chez vous.

— Chez vous ?

— Chez vous, la gent féminine.

— Ah !

Je ravale un petit rire. Il semble maladroit dans ces mots, mais aussi confiant en lui que l'est Silver.

— Nous n'allons pas tarder à arriver. Alexandre habite à Ceyreste, pour te situer c'est à une quinzaine de minutes de La Ciotat, dans l'arrière-pays. Tu connais un peu ?

Ah, mais bien sûr !

— Oui, je connais vaguement La Ciotat. J'y étais passée lors de vacances avec une copine, il y a de ça plusieurs années maintenant.

— Justement, tu verras, il vit dans un coin idyllique qui te fera penser que tu es en vacances.

— Ouais d'ailleurs en parlant de ça... tente Raphaël, mais il se fait immédiatement rabrouer par Markus :

— Même pas t'y songes, blondin ! Tu ne fous rien de tes journées, tu ne vas quand même pas croire qu'en plus on va te fournir du repos ! C'est étrange comme ce genre de conneries, je suis le seul à les entendre ! Je suis pourtant sûr que l'idée pourrait plaire à Silver.

Il scrute le rétroviseur, d'un air froid et sévère, me donnant ainsi un nouvel aperçu de sa personnalité. Dans la foulée, je jette discrètement un coup d'œil à Raphaël, ce dernier serre ses frêles mâchoires et étouffe un grognement inaudible en guise de manifestation.

— Autre chose à ajouter, blondin ?

Rien ne vient, alors la musique fait son retour, à plus faible volume cette fois.

À la sortie de la D2, le village de Ceyreste nous apparaît enfin, plein de charme ; un village pittoresque assurément chargé d'histoire, comme en témoigne l'architecture des maisons aux façades anciennes, dominées par un clocher probablement moyenâgeux, le tout situé sur une colline au beau milieu des pinèdes. Après une courte traversée de ce village, nous empruntons un chemin plutôt étroit, bordé de pins parasols gigantesques, aux allures tortueuses et tellement typiques.

Quelques minutes plus tard, la villa est devant nous, du moins son portail massif en fer forgé, riche en ornements, maintenu par d'imposants piliers en pierres sèches.

Au lieu de sonner à l'interphone, Markus use de son portable pour prévenir de sa présence. Les portes s'ouvrent en quelques secondes et le véhicule contourne alors un grand mas pour se ranger à l'ombre d'un pin.

— Si mademoiselle veut bien se donner la peine, ironise Markus, m'invitant d'un geste de la main à descendre de la voiture, tandis qu'il retient la portière.

Mon pied n'a pas effleuré le sol, que la tranquillité du coin me gagne immédiatement. Markus a raison, ici, c'est vraiment idyllique. Le mas d'Alexandre se situe sur les hauteurs de la commune, avec à l'arrière de la demeure des vignobles surplombés de collines, et à l'avant, une vue plongeante – à pente douce – sur la grande bleue ornant la baie de La Ciotat.

— Bonjour, belle vue n'est-ce pas ? fait une voix provenant de derrière moi.

Je me retourne.

— Alexandre Castel, se présente-t-il un sourire discret aux lèvres, mais les yeux pétillants de gaieté.

— Éliza Ruiz, lui dis-je avec le même enthousiasme.

Cet homme est véritablement avenant et pour quelqu'un qui cultive la terre, carrément élégant – vêtu d'un pantalon en toile gris clair et d'une chemise en lin blanc. J'ai du mal à lui donner un âge – une faible trentaine peut-être – ;

assez mince, des cheveux châtain clair et un regard bleu qui invite à la transparence, à la confiance.

— Vous avez fait bonne route en compagnie de ces deux énergumènes ? me demande-t-il, laissant émerger son accent mélodieux, tout en jaugeant du coin de l'œil et non sans une certaine facétie, Raphaël et Markus.

— Oui, merci.

— Tant mieux ! Vous voici maintenant la bienvenue dans mon havre de paix, ce que vous saurez, je pense, apprécier après les aléas que vous avez dû subir, n'est-ce pas ?

J'incline la tête en signe d'acquiescement lorsque Markus, une main sur mes reins, m'invite à avancer.

— Tu as une semaine et demie pour lui taper la causette, Alex, alors paye-nous une pression pendant qu'elle passe son appel téléphonique, ensuite on met les voiles.

Plutôt que de s'offenser des directives de Markus, Alexandre s'en amuse :

— Vous n'étiez pas censé la laisser prendre ses marques tranquillement ? Croyez-moi, c'est le burn-out qui vous guette les gars !

— Tranquillement ? C'est quoi ce terme ? Aujourd'hui, Silver se montre plein de bons sentiments, mais j'espère que le stock sera rapidement épuisé, et qu'il va vite retrouver sa clairvoyance, déclare Markus tout en continuant de me guider de sa main sur mes reins, durant l'ascension des marches qui contournent la demeure et nous conduisent sur une terrasse.

Alexandre explose de rire en entendant le dernier commentaire de Markus :

— Tu es toujours en train de lui reprocher son manque d'humanité et enfin, quand il en manifeste un peu, tu récuses son comportement. Allez, ne bougez pas, je reviens.

Alexandre entre chez lui par une baie vitrée XXL située face à la salle à manger, mais qui dessert par ses extrémités amovibles : le salon d'un côté et la cuisine à l'opposé.

Deux minutes plus tard, il amène trois pressions bien mousseuses qu'il dépose sur la table de la terrasse.

— Buvez et prenez-en cinq, conseille Alexandre à Raphaël et Markus qui, le sourire aux lèvres et confortablement installés dans les fauteuils, se délectent déjà des saveurs de la belle, à la robe dorée et à la mousse crépitante, qui semble les apostropher.

Pour ma part, je préfère rester debout à observer la demeure en attendant que l'on me permette de passer mon appel.

— Je ne vous ai pas oubliée, Éliza ! me rassure Alexandre avec emphase. Mais je suis sûr que vous préférez téléphoner à votre conjoint maintenant.

Je n'attends que ça !

— Oh, oui ! J'espérais que vous me le proposiez.

— Je ne sais pas ce que vous en pensez, mais on pourrait se tutoyer ? Après tout, nous allons cohabiter un petit moment.

Ah ! Un tutoiement équitable, enfin ! Cet Alexandre m'inspire vraiment confiance.

— Avec plaisir, oui.

Markus me remet son iPhone après avoir pris soin, de mettre à l'écran, le clavier virtuel.

— Installe-toi sur le canapé s'il te plaît, de cette façon, avec la baie vitrée ouverte, je pourrais parfois tendre l'oreille histoire de m'assurer que tu ne te montres pas trop bavarde…

Je m'assieds sur le plaid en fausse fourrure noir et immédiatement mon cœur se met à battre la mesure au rythme des chiffres que je saisis. J'ai tellement hâte d'entendre leur voix à tous les deux ! Une sonnerie, deux, trois, quatre… Des éclats de rire en provenance de la terrasse tentent de pénétrer la bulle à l'intérieur de laquelle je suis accrochée à ce téléphone, comme à une promesse de grand réconfort, chaque battement de mon cœur s'y faisant toujours plus bruyant. Enfin, ça décroche :

— Nathan ?

— Liz ? C'est toi ?

— Oui.

Ma réponse se noie dans un sanglot que je n'ai pas senti venir.

— Ne pleure pas mon ange. Dis-moi que tout va bien pour toi, je m'inquiète tellement depuis hier soir.

Tiens ! Mon Ange ?

— Tout va bien, je t'assure, reniflé-je. Les moments les plus désagréables sont derrière moi, désormais je me trouve dans un endroit paisible.

Markus tourne la tête en ma direction, son regard perce ma bulle et heurte le mien sans manquer d'y déposer un message d'avertissement : « Motus ! » Ma bulle se referme.

— J'imagine que tu ne peux pas me dire grand-chose et moi non plus finalement. Mais ne te fais pas de soucis pour nous deux, avec Nine on va gérer jusqu'à ton retour.

— Tu mets la pédale douce sur le travail alors ?

— Oui, je vais déléguer des tâches à Stéphane et j'en ferai aussi davantage de la maison.

— Je compte sur toi, Nathan, Nine est petite, elle a besoin de voir que tu es confiant et disponible. Rassure-la fréquemment sur le fait que je rentre bientôt, accroche un calendrier sur le réfrigérateur et colle une photo de moi et d'elle sur la semaine présumée de mon retour, tu sais, dans quatre semaines environ…

— Liz…

— Je veux qu'elle sente que c'est du concret…

— Liz écou…

— Explique-lui que j'ignorais que j'allais m'absenter…

— Liz ! Ne te stresse pas avec tout ça, je ferai du mieux que je peux. Ce ne sera peut-être pas exactement comme tu le désires, mais je t'assure que je ferai au mieux.

— Alors tu me promets de délaisser ton foutu ordinateur et ton portable ?

Son soupir m'indique, telle une remarque silencieuse, de cesser de l'accabler de conseils. J'avais pourtant tellement d'autres recommandations à lui faire.

— Éliza, oui, je te le promets !

— Excuse-moi.

Pourquoi ne suis-je toujours pas convaincue ?

— Nine regarde un dessin animé, veux-tu que je te la passe ?

Non, mais non, voyons, je ne comprends vraiment pas pourquoi tu me poses cette question ? Du calme, Liz !

— Oui, passe-la-moi s'il te plaît.

Une seconde, deux secondes… La résonnance des battements de mon cœur reprend à nouveau possession de la bulle.

— Maman ! Maman t'es où ?

Quel immense bonheur de t'entendre, ma fille !

— Mon amour, mon petit ange, je ne suis pas loin, mais je ne peux pas rentrer tout de suite.

Ma voix s'étrangle tous les trois mots, mais je tiens bon.

— Maman, che veux que tu viennes.

Mes larmes et ma gorge complotent contre ma raison, mais à ma grande surprise, je retrouve un peu d'apaisement en voyant Alexandre déposer sur la table basse, un verre d'eau glacée et une boîte de mouchoirs. Je ne peux que lui adresser un regard empli de gratitude auquel il répond par un sourire franc et compatissant, avant de rejoindre ses hôtes sur la terrasse.

— Maman, viens !

— Ma chérie je ne peux pas maintenant, mais je rentre dans quatre semaines, c'est-à-dire : tout bientôt. Ne t'inquiète pas, car papa va prendre bien soin de toi et dès que je serai revenue, je te ferai un énorme câlin et plein de bisous. Mais fais attention, parce que si toi tu ne m'en fais pas assez, alors je te jure que tu auras droit à mes fameux... guili-guili, fais-je d'une voix aiguë, celle-là même que j'utilise durant nos batailles de chatouilles.

Yes ! Cette perspective lui déclenche une cascade de rires auxquels je cède en retour, et me voilà monter les enchères en lui promettant des moments toujours plus loufoques, nourrissant sa joie bienfaitrice.

— Je fais au plus vite, Nine. Je rentre dès que possible. Tu me manques beaucoup, beaucoup, et je t'aime...

— Chusqu'aux étoiles !

— Oh mon ange, moi aussi jusqu'aux étoiles ! Et n'oublie pas qu'on est...

— Chéries ! me coupe-t-elle, pleine d'enthousiasme.

Ses baisers traversent le téléphone au moyen d'une sonorité à la fois familière et agréable. Je suis transportée de bonheur et rassurée… au moins pour le moment.

J'entends Nathan reprendre le portable.

— Tu me promets que tu vas bien ?

Je me demande si on lui a expliqué ce qui s'est passé hier soir. S'il sait qu'une arme s'est enfoncée dans mes côtes, qu'une mitraillette a défoncé ma voiture… Est-ce qu'il sait ?

— Maintenant que je vous ai entendus, je me sens mieux. Mais rassure-moi… tu m'aimes n'est-ce pas ?

— Quelle question Liz, bien sûr ! Évidemment que je t'aime.

Pourquoi cela ne crée-t-il rien en moi ?

— J'avais besoin que tu me le dises. Moi aussi, fais-je dans un souffle, accablée par le mensonge qu'émettent mes cordes vocales, et la vision de Silver et moi nous embrassant.

Je ne dois plus penser à lui, j'aime trop ma famille. Nathan n'a peut-être plus – et n'a sans doute jamais eu – le quelque chose pour me faire vibrer, mais à défaut de ça, c'est quelqu'un de rassurant et de bienveillant. Peut-être qu'à mon retour je pourrais tenter d'améliorer notre relation et de la rendre un peu plus attrayante. Qui sait, cet éloignement forcé marquera peut-être un nouveau point de départ entre nous ?

— Tu me rappelles bientôt ? Tu pourras me donner des nouvelles de temps en temps ? me demande-t-il avec entrain.

J'aimerais tellement.

— J'essaierai, mais en principe je ne pourrai pas.

Un court silence me renvoie sa déception. Je devine aussi ses doutes qu'il n'ose m'exprimer, ce dont je lui suis reconnaissante, car après tout, les miens m'encombrent déjà assez.

— À bientôt, Nathan ?

— À très vite, ma chérie. On pensera fort à toi jusqu'à ton retour.

Ma chérie !? Je raccroche, contente et surtout apaisée. Ma fille n'est a priori pas inquiète et tout ne semble pas perdu entre Nathan et moi.

Ma bulle s'évapore. Je me surprends à sourire béatement, mais je n'ose pas regarder en direction de la terrasse dans cet état. Je bois alors quelques gorgées d'eau fraîche, lentement, comme si je goûtais à une saveur délicieuse et particulière… Peut-être celle de la quiétude, qui m'avait quittée depuis de nombreuses heures.

Chapitre 5

Je rends son téléphone à Markus.

— On se dit à bientôt, Éliza ? Dans dix jours, je crois ?

— Paraît-il, oui. À bientôt.

Raphaël, toujours dans les pas de son mentor, hausse le menton en guise d'au revoir.

— Il ne reste plus que nous, conclut Alexandre tandis que je regarde s'éloigner les deux équipiers.

— Pas vraiment.

Il m'observe d'un air surpris.

— Vous, pardon… Tu oublies toutes les intruses qui semblent vivre ici, dis-je en désignant du doigt, mon oreille, pour l'amener à écouter le chant des cigales.

— Ah ! Celles-ci je peux te dire qu'elles ne sont pas discrètes, elles sont plutôt du genre envahissantes et bavardes.

Sa bonne humeur est communicative.

— J'espère ne pas me montrer aussi encombrante.

— Pour ça, je ne me fais aucun souci, me rassure-t-il dans une œillade. Prête pour une petite visite ?

— Oh, oui ! Avec plaisir.

Si physiquement je demeure immobile, mon regard, lui, est déjà parti explorer le jardin ; il dévale les terrasses en restanques qui conduisent à un vaste terrain plat et verdoyant, arboré de pins parasols et traversé en son centre par un couloir de nage – signe d'une modernité presque ostentatoire au milieu de ce cadre naturel.

— Tu peux aller te baigner quand tu le souhaites, tout cela est à ta disposition, m'annonce-t-il en balayant le panorama de la main.

— Merci beaucoup.

C'est fou comme je me sens bien ici. Je ne sais pas à quoi cela tient, si c'est lié à la douceur du lieu, ou bien à l'attitude solaire et généreuse de son propriétaire ? Je ne peux m'empêcher de faire l'analogie avec Silver. Quelque chose m'échappe. Comment deux personnalités si différentes peuvent-elles se plaire ? Silver en impose par son charisme, sa belle gueule et son côté sombre et mystérieux ; Alexandre rayonne par sa bonne humeur et sa sympathie. À eux deux, c'est un peu le yin et le yang réunis.

Les pièces se succèdent et avec elles, c'est tout le charme de la Provence qui s'incarne au travers d'une décoration sobre et minimaliste : du blanc et de l'écru surtout, façon feng shui. La cuisine, quant à elle, est plus relevée avec son îlot central surplombé d'une hotte imposante, sa crédence en carreaux-ciment noirs et son réfrigérateur américain. Un savoureux mélange d'autrefois et de maintenant.

En montant les escaliers qui mènent aux chambres, une question me perturbe :

— Cette maison n'est pas toute jeune, mais la décoration me semble plutôt fraîche, non ?

— Oui, il y a un an j'ai engagé une architecte d'intérieur et elle a bien su saisir ce que je voulais.

— Ah ?

— Ah ? répète-t-il curieux d'en connaître le sens.

— Je me doutais bien que ce bon goût était féminin, mais je l'attribuais à… ta compagne, ajouté-je un peu gênée de cette allusion à sa vie privée.

Il sourit, malgré cela je sens la pudeur transparaître.

— Je suis désolée, ça ne me regarde pas après tout.

— Ce n'est pas dérangeant d'en parler, me rassure-t-il.

Nous entrons dans une chambre où la simplicité des murs blancs et des portes de placard en chêne brut accroît l'authenticité des lieux.

— Je sors d'une relation un peu éprouvante. Après trois ans de secousses, de tornades, mais de rares accalmies aussi, il y a finalement eu…

— Le séisme, ultime ? tenté-je fébrilement, en restant dans le thème des métaphores climatiques.

— C'est ça, convient-il surpris, si j'en crois l'expression de son regard qui s'attarde quelques secondes sur moi.

— Tout cela t'appartient ?

Il me rejoint à la fenêtre, d'où j'admire l'étendue des vignes dont une petite partie est cultivée en restanques.

— Tout, confirme-t-il d'un ton presque solennel, chargé de fierté.

— J'imagine que c'est beaucoup d'heures de travail.

— En effet, pas mal de soucis aussi, mais je ne suis jamais déçu du résultat. Je produis un côte-de-Provence rouge AOC qui ne laissera pas tes papilles insensibles, j'en suis sûr !

— Heu…

Ma bouche se plisse et se tord en guise d'aveu. *Je n'y connais rien, moi, en matière de vin !*

Dans un sourire rassurant, il reprend :

— Tu fais bien de la photo, n'est-ce pas ?

Pourquoi ?

— Oui.

— Je m'y suis mis cette année. J'adore ça. Je te propose un pacte : toi tu combles mes lacunes en la matière et moi, je fais de toi une œnologue avertie. Qu'en penses-tu ?

— Œnologue ? Avertie ? Ça me paraît compliqué, mais je veux bien m'y intéresser un peu. En tout cas, pour la photographie, pas de soucis, je te transmettrai ce que je peux.

— Marché conclu !

Il me tend une main que j'empoigne vigoureusement, le sourire aux lèvres avant de reprendre la visite qui nous mène jusqu'à la quatrième et dernière chambre.

— Voici ta chambre Éliza.

Je suis contente de constater qu'elle aussi a une fenêtre orientée sur les vignes. C'est une chambre à l'image des autres, où la sobriété et la pureté règnent en harmonie. Le plafond en bois est traversé d'imposantes poutres ; le plancher semble d'origine ; les rideaux en lin parme sont assortis au jeté de lit, et ce qui attire mon attention ce sont les tables de chevet de chaque côté du lit deux places : de gros rondins de bois. Vraiment sympa !

— Te convient-elle ? s'enquiert-il d'un air soucieux.

— Oh oui ! Oui, c'est même parfait, j'aime beaucoup.

— Tant mieux. La salle de bain est derrière cette porte.

Il s'agit d'une petite pièce exigüe, où se trouve tout de même une large douche à l'italienne et un spacieux lavabo. Ce qui m'étonne, c'est qu'il y a déjà nombre de produits cosmétiques et même une brosse à dents. Tout cela me donne l'impression que quelqu'un loge cette chambre.

— Ceci est pour toi Éliza.

— Comment ça, pour moi ?

— À la demande de Silver, Jessica a anticipé tous tes besoins, du moins elle a essayé. S'il te manque quoi que ce soit, je suis là pour ça aussi.

— Jessica ?

— Pardon, elle travaille avec Silver. Elle est chargée de l'administratif, ainsi que de ce genre de tâches, me renseigne-t-il, en balayant l'étalage de produits cosmétiques d'une main désinvolte.

Mais oui ! Ça me revient, Silver me l'avait déjà évoquée.

— Je vois, c'est sa secrétaire particulière, fais-je en ramenant les bras l'un contre l'autre sur ma poitrine.

Je sens un petit vide se créer en moi. Je commençais à me persuader qu'en quelque sorte, une retraite d'un mois loin de chez moi était possible, seulement je n'avais pas réalisé que pendant ce mois, en plus de manquer de ma famille, je ferais l'impasse sur toutes mes affaires personnelles. Tout ici est nouveau : les lieux, les odeurs, les matières… les vêtements ! Poussée par la curiosité, mais ralentie par l'appréhension, je me dirige vers le placard mural de la chambre. Après une large inspiration, je l'ouvre. Waouh ! Je pince les lèvres, confuse de constater que cette fameuse Jessica a pensé à tout, jusqu'aux sous-vêtements. Embarrassée, je referme aussi sec les lourdes portes en chênes, dont le claquement bruyant résonne comme le glas final de cette visite.

L'eau ruisselante sur ma peau draine avec elle le peu d'énergie qu'il me reste. Même si cette douche me rassérène, je garde cette impression continuelle qu'il me manque quelque chose. Je me sens si vide. C'est bizarre comme sensation, d'autant que je suis désormais pleinement rassurée pour Nine et Nathan. J'ai peut-être tout simplement besoin d'une bonne nuit de sommeil, surtout après une journée comme celle-ci.

Je repense à mon réveil dans cet hôtel après une soirée cauchemardesque, à mon baptême de l'air, à la rencontre d'Alexandre et surtout à la conversation téléphonique avec Nine... Finalement, je trouve que je m'accommode plutôt bien de la nouveauté ! Cette expérience va peut-être me permettre de gagner l'assurance qui me fait trop souvent défaut, ne serait-ce que pour investir mon futur projet professionnel... et enfin parvenir à quitter l'ancien !

Le placard de la chambre regorge de merveilles en tout genre, avec une nette majorité de robes légères, certaines paraissant même destinées à de belles occasions, tant elles sont élégantes. Pour ce soir, j'opte pour un pantalon gris en coton et sa veste zippée à capuche... *Mouais, finalement ça ne me change pas trop de mon survêtement.*

Ce sont les cheveux attachés et remontés en chignon, la peau hydratée au lait d'ânesse et la tenue parfumée de *My Burberry*, que je rejoins Alexandre dans la cuisine. J'ai l'impression de m'être purifiée de tous mes excès de stress vécus ces dernières vingt-quatre heures. Il n'est que 20 h 15, pourtant je pourrais aller me coucher de suite, je suis sûre que je n'aurais pas besoin de compter les moutons !

Du bas des escaliers, je distingue Alexandre qui semble s'affairer en cuisine. Je le rejoins.

— La douche t'a fait du bien ?

— Oh oui ! Où se trouve ta poubelle, s'il te plaît ?

Ne supportant plus le contact de ce tissu imprégné du sang de mon agresseur, je tends le survêtement de façon brutale à Alexandre, qui s'en saisit d'un air un peu dubitatif.

Je ne veux pas lui révéler la nature de la tache — par ailleurs, Silver a certainement dû lui expliquer, au moins dans les grandes lignes ; je ne tiens plus à avoir à me remémorer cet épisode d'épouvante. À mon grand soulagement, il ne me pose aucune question, et, d'un geste, le glisse dans la poubelle.

Mes papilles sont aguichées par un délicieux parfum de poisson et d'aromates qui s'échappe du faitout et envahit doucement la cuisine, réussissant à réveiller mon estomac qui réagit bruyamment, un peu à la façon d'un enfant capricieux, dont la revendication serait : « Tout de suite et maintenant ! »

— Bourride, demoiselle Éliza, cela te convient-il ? me lance-t-il d'un ton enjoué, par-dessus l'épaule tout en remuant l'intérieur du faitout, le tablier sur les hanches.

— Oui, parfaitement, lui répondis-je gaiement, en m'asseyant face à lui, sur un des tabourets de l'îlot où la table est dressée.

— Ne laissons pas davantage cet estomac souffrir de la sorte !

Il sert les deux assiettes creuses d'une soupe orangée.

— Un petit verre de vin blanc en accompagnement ?

— Non merci, où je risque de piquer du nez dans ta bourride, avant même de l'avoir fini.

— Oh bonne mère ! Pas de gâchis chez moi ! me prévient-il dans un rire.

Je me régale !

— C'est une spécialité de chez nous : une soupe de poisson à base de Lotte, Merlan, et de Saint-Pierre.

— Je me trompe où je sens de l'orange également ?

— Tu as raison, j'utilise de l'écorce d'orange pour parfumer le bouillon.

L'aïoli en accompagnement sur le pain est un délice.

— Tu es un vrai cordon bleu !

— Merci, me répond-il visiblement touché.

— Tu as appris la cuisine dans les marmites de ta mère ?

— Malheureusement, non. Petit, je ne pensais qu'à pêcher et faire le con. Le goût pour la cuisine m'est venu assez tardivement en fait, au cours de mes différents voyages. J'ai pas mal vadrouillé à droite à gauche, tu sais. J'avais soif de découvrir toujours plus de cultures et de personnes, jusqu'à ce que, doucement, mes racines me ramènent au plus près d'elles. C'était devenu un besoin vital. C'est la raison pour laquelle je suis revenu m'installer tout près du domaine, qui à l'époque appartenait encore à mes parents. Tu en reprendras bien un peu ?

— Non merci. C'était délicieux, mais je n'ai qu'un seul estomac, tu sais !

— Peut-être un café, ou une tisane alors ?

— Une tisane, bonne idée.

Oui, la chaleur de l'infusion apaisera peut-être cette sensation persistante de vide que je ressens. J'esquisse le mouvement de me lever pour l'aider à débarrasser, mais d'une main dressée en ma direction, il stoppe tout net ma tentative.

— Profite, le service est compris dans le prix ! Verveine du jardin ?

Il ne se départ jamais de sa bonne humeur, gage ostensible de sa gentillesse et de sa générosité, qui me permet de rester assise sans me culpabiliser.

— Oui, parfait.

Son téléphone posé sur la table émet une vibration. Il délaisse donc la bouilloire un instant pour se pencher sur le message, puis m'octroie un regard espiègle avant de répondre au texto.

— Qu'y a-t-il ?

Le sourire aux lèvres, il me sert une tisane et se verse un café.

— Sly veut savoir si te concernant, tout se passe bien. Mais j'imagine que c'est parce qu'il a une lourde responsabilité envers toi, lance-t-il non sans malice.

— Sly ? m'étonné-je.

— Silver, me renseigne-t-il aussitôt.

Silver. Quelle idiote ! La simple évocation de son prénom finit de donner de la profondeur au vide qui m'habite. Le voilà l'auteur de mes maux ! *Putain, alors c'est lui qui me manque ?* Soit je deviens sénile, soit l'amnésie sélective a du bon… Perdue, je plonge le nez dans ma tasse ; lorsque je la repose sur la table, je remarque qu'Alexandre me regarde toujours avec autant de curiosité. *Dis un truc Liz, pour faire diversion…*

— Vous vous êtes rencontrés comment Silver et toi ? Si je te demande ça, c'est parce que vous semblez bien différents…

Je fais vraiment diversion là ? Il affiche un air un peu surpris puis se racle la gorge. Je le sens qui organise ses pensées.

— Ce n'est pas faux… On est même aux antipodes l'un de l'autre.

Il ne dit plus rien.

— Laisse, en plus je suis fatiguée. Puis, je me montre trop curieuse. Je…

— Tu plaisantes ! Non, je comprends ton interrogation. C'est plutôt que je n'ai pas l'habitude de parler de lui. Par où commencer ? On s'est rencontré il y a 3, heu… même plus de 4 ans maintenant. Je rentrais sur Marseille où j'avais pris un bar. Il y venait régulièrement, parfois accompagné de Markus, parfois d'autres personnes. Tu ne me contrediras pas si je te dis qu'il ne passe pas vraiment inaperçu.

Je hausse les sourcils en signe d'acquiescement. Il poursuit, un pouce sur la joue et le menton dans le creux de la main :

— Il y a avait une nénette qui venait souvent au bar, au comptoir. Je la trouvais mignonne, en fait à tomber, confie-t-il dans un sourire empreint de nostalgie.

— Laisse-moi deviner... lui aussi ?

— Ah non. (Il éclate de rire.) Et je crois qu'il ne l'avait même pas remarquée. Sauf qu'elle, Diane, elle n'avait d'yeux que pour lui. Elle, comme les trois quarts de mes clientes d'ailleurs, précise-t-il avec un semblant de dépit. Il boit son café lentement, prenant le temps de scruter le liquide noir entre deux gorgées, comme si celui-ci avait quelques souvenirs à lui rappeler.

— Un soir, je les ai aperçus qui bavardaient, Diane et lui. Elle lui roulait de ces yeux ! Cela faisait une quinzaine de jours que je discutais avec elle au bar, sans avoir passé le stade de la météo et du boulot. Et là, en les voyant tous deux parler depuis quoi... ? une petite heure environ, j'avais l'impression qu'elle n'avait plus de secrets pour lui.

— C'était le cas ?

Il éclate de rire.

— Pas du tout, mais je l'ignorais. Peu importe, ce soir-là j'avais un peu consommé, ce dont habituellement je m'abstenais ! et lorsque j'ai vu la main de Diane caresser celle de Silver, je n'ai pas réfléchi et j'ai fondu sur lui. Je te laisse deviner la suite...

— Tu n'as pas fait un pli face à lui, lâché-je à voix basse, en enrobant mes mots de beaucoup de douceur pour tenter d'en atténuer la portée négative.

— Précisément, pas un ! me confirme-t-il dans un rire. Mais cela a au moins eu le mérite de changer le cours des choses. Silver qui était accompagné de Markus, s'est payé ma tête durant des heures, et moi je noyais ma faiblesse dans ses tournées. (Il sourit, le regard nostalgique.) C'est ainsi qu'on s'est connu.

— Et que vous êtes devenus amis.

— Ah, non ! Ça, non. On a d'abord été des « potes de virées » durant lesquelles il m'a appris à jouir d'une meilleure habileté avec les femmes, pour arrêter de faire du lèche-vitrine et passer plus rapidement en cabine d'essayage. (Je lève les yeux au ciel, devant cette métaphore typiquement masculine.) Notre amitié, elle, s'est construite au cours de l'année qui a suivi. Mes parents avaient décidé de divorcer, car mon père s'était trouvé une cagole, enfin une profiteuse… Une garce quoi ! J'étais hors de moi. Le mas est dans la famille depuis quatre générations et lui, le roi des crétins, le met en vente pour pouvoir se tirer avec sa bimbo, coupée sangsue, en Italie ! Je n'avais pas les finances nécessaires pour me le payer. Même avec l'argent de mon bar comme apport, je ne pouvais pas emprunter suffisamment. J'ai alors sollicité l'aide de mon frère, qui est avocat au barreau de Paris, mais il ne s'est pas senti concerné… Plutôt soulagé, je dirais.

— Ça paraissait bien compromis.

— Je te le confirme, j'étais en pleine déprime.

— Toi ? me surprends-je à lui demander, comme si je le connaissais bien – en même temps, il est d'une nature tellement rayonnante que j'ai du mal à l'imaginer autrement.

Il sourit.

— Ah, ben là pour le coup, oui. Mais rapidement, un homme d'affaires averti a vu dans l'acquisition de ce domaine, la possibilité d'entrer dans un marché au potentiel de croissance des plus prometteurs.

— Je ne comprends pas.

— Sly, me répond-il simplement.

— Je ne comprends toujours pas. Ce n'est pas un homme d'affaires, c'est... D'ailleurs, je ne sais pas ce qu'il fait.

— Ah ? fait-il étonné et un brin gêné.

— Tu pourrais me renseigner ?

— Ça, je ne peux pas. Par contre, je ne pense pas qu'il m'en veuille de t'apprendre qu'il est l'héritier d'une grosse société qui a des filiales dans des domaines très variés comme l'énergie renouvelable, la promotion immobilière et la fusion-acquisition. Désormais, il s'essaie même au courtage de matières premières. Cette société a été fondée à l'origine par son père. Ce dernier était renommé pour ses activités de spéculation sur les devises et les actions. C'est ainsi qu'à la mort de celui-ci, Silver — unique héritier — s'est avéré être un excellent successeur dans l'investissement et le développement du patrimoine légué. Enfin... c'est lui qui le dit, précise-t-il non sans humour, avant d'avaler d'un trait sa dernière gorgée de café.

Je suis scotchée. J'ai beau ne pas douter de l'honnêteté d'Alexandre, ce qu'il me dit me paraît impossible. Silver n'a pas l'allure d'un chef d'entreprise.

— J'avoue que j'ai du mal à te croire. Comment peut-il gérer une telle société quand il est déjà tout occupé à autre chose ?

Sa bouche grimace avant de retrouver son indéfectible sourire.

— Pas simple, hein ? de comprendre comment il s'organise. L'héritage lui est tombé dessus alors qu'il était engagé professionnellement. Du coup, pour l'entreprise il délègue beaucoup, mais contrôle tout de près. Tu apprendras peut-être à le connaître et tu verras ainsi qu'avec lui, chaque problème n'est problématique que par la vision qu'on en a. Rien ne lui résiste. Je l'admire.

Et moi donc !

— Rien ni personne… ni Diane, je suppose ?

— Non, ni Diane que j'ai réussi à ramener à la raison et à la maison en même temps ; sans trop de difficultés finalement, Silver ne s'en préoccupait vraiment pas. Mais la suite tu la sais, on a rompu il y a déjà un peu plus d'un an, lâche-t-il dans un bâillement communicatif.

J'ai beau écouter ce qu'il me dit, je n'en reste pas moins concentrée sur l'histoire de Silver. Cette société dont parlait Alexandre, est-elle américaine ? Silver n'a donc plus de père, mais sa mère ? J'aimerais tellement en apprendre encore davantage, mais je doute qu'il m'en raconte plus. Je le crois sincèrement attaché à son ami, si je poursuis je risquerais de le mettre mal à l'aise.

— Bon, voilà l'histoire du soir achevée, tu vas pouvoir passer une bonne nuit maintenant, plaisante-t-il en me retirant la tasse vide des mains.

Quelle histoire d'ailleurs !

— Je dors assise. Merci pour tout Alexandre, pour ton accueil, ta cuisine et puis tes talents de conteur bien sûr.

— C'était avec plaisir. On m'a demandé de prendre bien soin de toi, de te mettre en confiance alors je suis ravi si c'est réussi. En tout cas, je le répète, c'est un réel plaisir de te recevoir.

— Je confirme, c'est réussi. (Je me lève.) Bonne nuit, à demain.

— Dors bien, à demain.

La montée des marches met à sec mon ultime réserve d'énergie. Je me déchausse rapidement et sans même prendre la peine de me dévêtir, je m'affale sur le centre d'attraction de cette chambre. *Bonne nuit ma puce, bonne nuit Nathan.*

La clarté transperce mes paupières closes et vient cogner à la porte de ma conscience avec une telle fermeté, que les verrous de cette dernière ne peuvent que céder. *Il faut que je me lève.* J'ouvre mes yeux difficilement ; la lumière dorée est si intense, je préfère enfouir ma tête sous l'oreiller pour tenter de lui échapper. Je souris en imaginant que la lumière est Silver. Cette lumière est si attractive ! Face à elle, je me fais l'effet d'être un papillon fort peu hardi, qui choisit la sécurité ouatinée de son cocon au danger de se brûler les ailes. *Mouais...* J'ai l'impression que la route sera longue pour m'amener jusqu'à l'affirmation de soi !

L'eau fraîche dont je m'asperge le visage finit, cette fois, de me réveiller. Je me dis que cette Jessica doit être une perfectionniste : j'ai le choix entre trois crèmes de jour différentes, rien que ça ! Je me saisis d'un tube au hasard : une formule à la vitamine C, cela fera amplement l'affaire !

Du salon, j'aperçois Alexandre dans le coin de la terrasse.

— Ah ! Il était moins une ! Je me laissais encore cinq minutes avant de venir tambouriner à ta porte. Tu vas bien ? Bien dormi ?

— Heu... Oui.

Je suis un peu perdue... Il installe des brochettes sur la grille d'un barbecue électrique ! De bon matin ?

— Éliza, as-tu une idée de l'heure qu'il est ? me demande-t-il avec cet accent qui le rend si avenant.

— On m'a conseillé de me considérer en vacances, ce que je tente de faire alors ne m'en veux pas si l'heure est devenue une notion bien abstraite. Mais, à te voir t'affairer ainsi autour de ton barbecue, je me dis que la matinée touche à sa fin, non ?

Il pointe son index en direction du soleil, celui-ci est au zénith.

— Bien vu ! Mais puisque tu oses tordre le nez devant mon barbecue, je t'avertis que si l'envie me prend, je suis en droit de te proposer l'apéro, claironne-t-il joyeusement tout en retournant ses brochettes.

— L'Apéro, c'est vrai que c'est quelque chose de sacré ici...

— Ah, c'est sûr oui et pas d'apéritif sans pastaga ! Mais je doute qu'en te réveillant, tu apprécies notre petit jaune à sa valeur.

— Je te confirme ! Par contre, l'odeur de tes brochettes me met en appétit.

— Voilà une bonne chose ! Viens, ne restons pas en plein cagnard, on sera mieux au frais.

Je suis Alexandre jusqu'à la cuisine, où je remarque qu'il a déjà dressé la table. Il sort du réfrigérateur, une salade de tomates et de mozzarella qu'il nous sert immédiatement. Je me régale.

Ma salade est à peine terminée qu'il va chercher les brochettes.

— Elles sont marinées à la citronnelle et au gingembre, précise-t-il.

En accompagnement, il pose sur la table un taboulé, tout en annonçant : « Fait maison ! » Je m'en serais doutée.

— Tu veux profiter de la piscine, cet après-midi ?

Pourquoi pas !

— Il faut que je regarde si j'ai un maillot de bain, mais ça me fait bien envie. L'eau est assez chaude d'après toi ?

— Je la chauffe de façon à pouvoir piquer une tête chaque matin, juste avant le petit déjeuner, alors même sans maillot, ça devrait le faire, me taquine-t-il.

— Je ne suis pas convaincue ! lui rétorqué-je dans un sourire.

— Ah, qui ne tente rien, n'a rien. Au fait, hier j'ai allégé ta visite des lieux, mais à l'étage, si tu suis le couloir, tu arrives dans une pièce ouverte où se trouve la bibliothèque et aussi ma salle privée d'exposition. (Il guinde avec humour le ton de sa voix pour se donner un genre.) Mes plus beaux clichés y sont présentés. Lorsque tu auras un moment, je t'invite à y jeter un œil, histoire d'en apprécier tout le talent, si tant est que tu y connaisses quelque chose bien sûr ! ironise-t-il.

J'éclate de rire devant ses airs empruntés et grossiers dont il use pour appuyer ses propos. Cet homme est un comique.

— Je crois surtout que je me montrerai indulgente devant des clichés pris par un pseudo photographe, doublé d'un producteur de vin notoire à l'humour manifeste.

— Et cuistot à ses heures perdues !

— Et quel cuistot d'ailleurs ! Entre hier soir et ce midi, je me suis rassasiée pour ma semaine. Tes clichés sont très beaux, j'en suis certaine. Tu sembles être très bon dans tous les domaines que tu touches.

— Je te remercie Éliza, mais attends de les voir pour en juger.

— Appelle-moi Liz, s'il te plaît.

— Appelle-moi Alex, alors.

Il me tend une main complice, que je saisis en guise d'accord.

De nouveau dans ma chambre, devant le tiroir ouvert de la commode, je dois résoudre un dilemme : maillot de bain deux pièces, noir, uni à armatures, donc classique ou bikini bleu roi à nouer à la nuque ? En même temps, les deux sont minimalistes ! Merci, Jessica. Évidemment le bleu me fait envie, c'est pour cela que je prends… le noir !

Les yeux fermés, face au miroir, je soulève une paupière. Rassurée, j'ouvre la seconde. C'est plutôt chouette – c'est là que j'apprécie mes séances d'épilation définitive sur les jambes et le maillot –, un vrai bonheur cette nouvelle technique !

Malgré le fait qu'il soit très ombragé par les hauts pins qui l'entourent, je rentre dans le bassin sans difficulté – la température de l'eau est idéale ! C'est la première fois que j'essaie un couloir de nage, je trouve ça très pratique. Nine s'amuserait bien ici, elle qui adore la nature et l'eau. *Liz, ne déprime pas, Nine va bien et Nathan t'a promis de faire au mieux.* Cette dernière pensée jette un voile sur mon enthousiasme, je préfère sortir du bassin.

Le transat est confortable, assez pour se laisser immerger par le calme ambiant, rompu alternativement par le chant des cigales et le sifflement léger du vent – quel bonheur ! Durant cette détente idyllique, mon regard croise celui de deux hommes sur la terrasse. *Tiens ! Je ne les ai jamais vus !?* Un troisième sort de la maison et s'assoit à côté des deux autres ; Alex les rejoint, quatre pressions dans les mains. *Des copains à lui peut-être ?* Ceci dit, leurs visages fermés détonnent avec la jovialité d'Alex. L'un d'eux tourne les yeux en ma direction. Peu importe, je suis assez loin pour ne pas être gênée. Je ferme les paupières pour me détendre et c'est bien entendu Nine qui m'apparaît.

— Un verre d'eau fraîche, mademoiselle ?
Je sursaute.
— Alex ? Mais… ah, j'ai dû m'assoupir un instant.
Mince, depuis combien de temps ?
Il s'assoit sur le transat d'à côté.
— Oui, sûrement. Un instant d'une heure, raille-t-il gentiment.
Je le remercie en me saisissant du verre qu'il me tend.
— Elle était bonne ? me demande-t-il, en désignant la piscine d'un signe de la tête.
— Oui et d'ailleurs c'était très relaxant… Un peu trop même, du coup.
Aïe, je me sens gênée de discuter en étant aussi peu vêtue devant lui. D'un autre côté, je suis au bord d'une piscine… Et surtout, j'ai pris le maillot le plus discret des deux… *Mouais ?*
— Je ne voudrais pas me montrer trop empressé, mais tu penses que tu pourrais t'occuper un petit peu de moi, d'ici la fin d'après-midi ?

Je tente de cacher mon malaise en me redressant.

— Je… t… quoi ? bafouillé-je.

Il éclate de rire en choquant son verre d'eau contre le mien.

— Je vais me régaler avec toi. C'était juste une petite galéjade, mais tu cours plus vite qu'un lièvre.

Je lève les yeux au ciel et souris de soulagement. OK, Alex, tu ne m'auras pas deux fois.

— Ouais, une petite galé… jade ? fais-je, blasée de m'être fait mener de la sorte.

— Une plaisanterie, me traduit-il gaiement.

— C'est ce qui me semblait. En parlant de plaisanterie, il y en avait trois qui ne paraissaient pas d'humeur joyeuse. Je pense aux hommes à qui tu as payé à boire tout à l'heure.

— Ah ! Eux, c'est normal. Ils ont passé des heures au soleil à finir de palisser les vignes. Ils étaient cannés les pauvres.

— Tu as des ouvriers ?

Il me regarde un peu étonné, en même temps ma question est idiote vu la taille de son vignoble.

— Je suis bien obligé, je ne produis pas deux bouteilles à l'année. Stéphan, celui qui avait la casquette de la couleur de notre boisson fétiche, me seconde beaucoup sur l'exploitation et surtout en ce moment, avec Silver qui me met au repos forcé.

Je me remémore ses confidences de la veille. Il expliquait que Silver avait acquis le domaine, mais alors…

— Alex, c'est toi qui gères tout, pourtant, hier tu m'avais dit que Silver avait racheté le domaine. C'est donc lui qui en est le propriétaire ?

Il hausse les sourcils et secoue la tête de droite et de gauche.

— Ce n'est pas aussi logique que ça. Il devrait, mais ne l'est pas. Il est mon créditeur. Il a tout racheté effectivement. Et plus encore, puisqu'il m'a même octroyé un supplément au démarrage, afin que j'investisse dans la communication. Du coup, grâce à ça, j'ai étendu l'exportation de mon vin jusqu'au continent asiatique. En contrepartie, chaque année je lui reverse vingt pour cent des bénéfices, il refuse de toute façon au-delà. Lui… il a une place à part dans mon cœur, il est pour moi plus qu'un financier, plus qu'un copain, je dirais que c'est un frère. En sauvant le mas et en me permettant de le conserver, c'est mon âme qu'il a sauvée. Je n'aurais pas supporté de le voir entre les mains de n'importe qui.

Sa sensibilité me touche. Je suis impressionnée par la reconnaissance qu'il voue à Silver.

— Je commence à mieux comprendre ce qui vous lie. Vous semblez partager certaines valeurs morales, ce qui vous a poussé, chacun, à reprendre cette entreprise familiale. Ce n'est pas rien.

Je me saisis de la serviette que j'avais laissée pliée sur le sol, afin de me couvrir les épaules et la poitrine.

— Tu as froid ?

— Oui, sans doute le fait de ne pas bouger.

Menteuse ! Tu es surtout un peu trop pudique pour continuer la conversation dans cette tenue.

— Enfin, concernant Silver et moi, je crois que tu as bien cerné les choses. Puis, tant que ce ne sont que des valeurs, le partage ne pose pas de problèmes. (Ses yeux s'éclairent d'une lueur étrange en me regardant. Je ne le connais pas assez pour la définir.) Sinon, ma question de tout à l'heure est toujours d'actualité, mais je te la reformule : est-ce que ça te ferait envie de découvrir mes photos, pour me dire ce que tu en penses ?

— Avec grand plaisir ! Tu me laisses le temps de prendre une petite douche et je suis à toi.

— Parfait. Au fait, dans ta salle de bain tu as une corbeille à linge sale, tu mets tout dedans sans t'en soucier. Sylvie s'en occupera demain. (Je le regarde perplexe. *C'est qui ?*) Oui, je ne t'ai pas dit, mais Sylvie se charge de l'entretien ménager. Elle travaillait déjà à l'époque de mes parents, elle est donc devenue familière des lieux avec le temps. En revanche pour tout ce dont tu peux avoir besoin, adresse-toi bien à moi s'il te plaît. Tant qu'on parle de Sylvie, il faut que tu saches que pour elle tu es une amie avec qui j'ai repris contact fortuitement sur un réseau social, et qui vient profiter du soleil méditerranéen une dizaine de jours.

Lui et Silver devraient se mettre à l'écriture de scénarios !

— D'accord. Quelque chose me tracasse, tu vas me dire que je suis curieuse, mais tu m'as évoqué ton père, ton frère, Sylvie aussi, en revanche, jamais ta maman ?

Il sourit tout en levant les yeux au ciel.

— Je crois que je n'en parle pas parce qu'elle occupe déjà bien assez de place comme ça. (Il tire son portable de sa poche en me l'exposant sous les yeux.) Regarde ! (Il m'ouvre l'historique de sa messagerie.) Deuxième appel depuis ce matin. D'ailleurs, tu lui laisses ta place le jour où tu iras à la résidence. Ce jour-là, elle débarquera chez moi, puis nous irons à la gare récupérer le frangin et sa famille ; ça permettra de passer quelques jours tous ensemble avant que nous partions pour l'Italie, fêter les 65 ans du père.

— Tu veux dire qu'il reçoit son ex-femme en compagnie de sa nouvelle conquête ?

Il éclate de rire.

— Ah MERCI ! J'avais l'impression d'être le seul que cette situation interpelle.

— Et ta mère, elle a refait sa vie ?

— Elle la poursuit surtout, me reprend-il dans un clin d'œil. Après le divorce, elle a souhaité changer d'environnement. Mon père lui a ainsi donné sa part de la propriété et elle est allée s'installer un temps à Paris, près de mon frère, pour profiter de ses deux petits-enfants. Mais sa belle-fille chérie s'est sentie assiégée. Aussi, pour rétablir la paix, elle est allée s'isoler en Bretagne où elle s'investit dans quelques associations locales, entre deux voyages.

Il me regarde de façon attentive, ses sourcils se soulèvent :

— Heu... à quel âge j'ai fait ma varicelle ? me suggère-t-il, taquin.

— Très drôle, je m'intéresse à toi, mais les détails de cette importance ne piquent pas vraiment ma curiosité. J'y vais, on se retrouve dans ta bibliothèque dans un petit moment alors ?

— On fait comme ça, me confirme-t-il en restant assis sur le transat.

Alors que je m'apprête à rentrer dans la maison côté salon, je me retourne un instant pour jeter un œil à ce que fait Alex – il téléphone, tranquillement étendu sur sa chaise longue. C'est fou, mais un petit malaise se crée en moi. Un de plus ! Je me sens bien ici et pas vraiment à ma place pourtant... peut-être parce que je suis en maillot de bain, à quatre cents bornes de chez moi, chez un homme que je ne connaissais pas encore avant-hier. Je ramène les bras l'un contre l'autre ; mon regard s'éloigne jusqu'à la baie de La Ciotat. Quelle vue splendide sur le Golf d'Amour, dont j'ai appris le nom durant ma semaine de vacances avec Julie. Deux jeunes adultes en vadrouilles à la recherche d'autonomie. Si elle savait ce qui m'arrive, elle serait morte d'inquiétude et remuerait des montagnes pour me retrouver ! Oserais-je lui raconter que j'ai embrassé un autre homme que Nathan ? Je ne crois pas, elle qui adore Nathan, elle me trancherait la tête avant même que je termine ma phrase ! Cette dernière pensée me fait sourire. *Allez, Liz va te rafraîchir les idées.* À la douche !

— Houla, j'ai failli ne pas te reconnaître ! s'exclame-t-il, admiratif, tandis qu'il me regarde entrer dans la bibliothèque.

Je lui souris un peu gênée, mais vu ce qui compose ma garde-robe, il va falloir que j'apprenne à me désinhiber. J'ai troqué mon jogging contre une combinaison-short noire aux manches trois quarts et au décolleté interminable, mais entièrement comblé de dentelle. Je me sens si bien dedans, autant que dans les nu-pieds aux talons compensés que j'ai piochés parmi les cinq paires de chaussures présentes dans ce qui s'apparente à une caverne d'Ali Baba pour fashionista avertie – tout l'inverse de moi.

J'effectue une rapide visite visuelle de la bibliothèque : un lieu de vingt-cinq à trente mètres carrés, aux murs blancs ; le bas des murs est habillé d'étagères de livres et le haut, de photographies pas toujours encadrées. Alex interrompt cette visite en déposant sur la table des clichés en noir et blanc. Je commence alors à les regarder tout en rassemblant mes cheveux à l'arrière, à l'aide d'une pince que j'avais prévue dans une de mes poches.

— Bienvenue dans mon univers ! Je te laisse seule un instant, je vais nous chercher de quoi nous désaltérer, m'annonce-t-il en repartant d'un pas rapide en direction de l'escalier.

Comme je m'y attendais, ses clichés sur la table sont superbes. Je suis surprise de constater que tous concernent son vignoble. La beauté de la vigne transpire à travers chacune de ses photographies, le noir et blanc magnifiant la texture des feuilles comme celle des gouttes d'eau perlantes sur un bourgeon. Le contraste est lui aussi savamment dosé pour guider l'œil vers le détail qui donne du caractère à la scène. Le tintement des verres qui s'entrechoquent m'annonce le retour d'Alex.

D'un air très réjoui, il arrive, bouteille sous le bras et coupe à la main. Il pose les deux verres sur la table avant d'y verser un peu de son breuvage rouge sombre.

J'inspire bruyamment lorsqu'il me tend avec fierté l'un des deux verres. Comment lui expliquer que je n'aime absolument pas le vin ? *Aïe, il va vraiment falloir que je boive ?*

— À quoi trinquons-nous ? me demande-t-il, l'air toujours aussi content.

— Je ne sais pas... À ton talent peut-être ?

Il sourit en grimaçant, me donnant l'impression d'être davantage gêné que flatté.

— Rien que ça ? Moi j'aurais bien proposé à ton séjour chez moi, en espérant que tu en conserves un agréable souvenir.

— Cela semble plutôt bien parti, le conforté-je dans un sourire.

Je tends mon verre vers le sien, tous deux se heurtent finement, avant que j'ose laisser glisser une mince gorgée jusque dans ma bouche. Et là… Surprise ! C'est bon. Même très bon.

Mince ! Alex n'a pas bu une goutte et me regarde, interloqué !

— Tu ne bois pas ?

— Liz, ce n'est pas de la piquette que je t'ai servie, m'explique-t-il, surjouant l'indignation.

Gênée, je pose aussitôt l'objet du délit sur la table.

— Permets-moi s'il te plaît de t'apprendre à déguster un vin. Remets-toi en position d'attaque, me somme-t-il tout en me mimant la manière dont je dois tenir mon verre : par le pied avec une légère inclinaison

— Alex, je n'y connais rien…

— Plus pour longtemps, en position Liz !

J'éclate de rire devant son sérieux, qu'il semble avoir lui-même du mal à garder.

— Allez ! m'encourage-t-il.

OK ! Je calque le maintien de mon verre sur le sien.

Je l'écoute attentivement me conter la particularité de son vin de garde : un vin rouge sec, un vin tranquille, vieux de neuf ans. Il m'explique l'intérêt de choisir un verre de qualité, avec une forme qui doit permettre à la fois de développer des arômes avant de les concentrer vers le nez. J'apprends également le nom des différentes parties d'un verre. À travers son sérieux, je saisis l'importance que revêt ce moment pour lui. Puis le voilà qui agite très doucement le calice dans un mouvement circulaire pour, me dit-il, l'aérer et libérer de nouveaux arômes. J'en fais de même avec le mien en m'appliquant bien à le tenir par sa tige ; je hume encore une fois et de nombreux parfums que je ne saurais nommer m'apparaissent. Il me montre ensuite comment le goûter en le mâchant, un peu à la façon d'un gargarisme puis en le faisant pénétrer avec de l'air dans sa gorge. J'essaie, mais mon dilettantisme face à son professionnalisme tranche sévèrement, et n'y tenant plus, j'éclate de rire. Il me regarde amusé, en levant toutefois les yeux au ciel feignant l'exaspération.

— Je suis désolée.

— Retente Liz, ça vaut le coup et prête attention à sa longueur, comme je te l'ai expliqué.

Je me concentre à nouveau et réessaie. Je remets ainsi lentement le Précieux en mouvement : mon œil y distingue seulement des reflets violets, mon nez y prélève des notes fruitées, un peu de romarin aussi et de laurier, peut-être de la réglisse également. Je lui partage mes observations à mesure qu'elles me viennent. Il m'écoute attentivement, presque religieusement. Je glisse enfin le Précieux en bouche.

— Il me laisse un goût profond et agréable… C'est ça la longueur ?

— Oui ! fait-il, soulagé.

Je scelle ma victoire triomphante par un franc sourire.

— Viens là, que je t'embrasse ! s'exclame-t-il, les bras ouverts.

Heu !? J'ai à peine le temps de reposer mon verre sur la table que sa main est déjà sur ma taille, et ses lèvres sur mon front. C'est bref, mais surprenant ! Les Marseillais semblent de nature tactile. Il va falloir que je m'y fasse !

— Tu es une élève exemplaire Liz.

— Merci, on me gratifiait de la même manière à l'école d'éducatrice, dis-je sur le ton de la plaisanterie.

— Tu es éducatrice ?

— Oui, de jeunes enfants. Mais je souhaiterais me reconvertir dans la photographie. Je… J'aimerais m'employer à faire davantage de choses qui me tiennent vraiment à cœur, qui me créent de belles émotions. Lorsque je travaille au jardin d'enfants, je ne ressens pas autant de plaisir que quand je prends en photos de jeunes mariés par exemple. Même si mon expérience dans ce domaine se limite au mariage de ma meilleure amie, Julie.

— Je te comprends parfaitement. On choisit parfois son premier job par raison ou par opportunisme, mais pour le suivant, on se connaît mieux et c'est alors la passion qui s'exprime dans cette nouvelle orientation. Comme j'ai l'habitude de dire : pas de flamme, pas d'énergie. C'est pareil en amour : si tu ne brûles pas de désir pour ton compagnon, ta relation se construit sur du vide, du vent et là…

— Badaboum, lâché-je en songeant malgré moi à Nathan, mais aussi à ce vide, comme Alex en parle si bien, qui est venu meubler une partie de mon cœur.

— À quoi penses-tu ? Si ce n'est pas trop indiscret, demande prudemment Alex, tout en nous resservant un verre.

— Je me dis qu'il n'y a pas que dans mon travail que je ressens ce vide…

Je m'applique à éviter son regard pour ne pas l'encourager à creuser davantage ; un silence pour toute explication suffira peut-être.

— Tu as un minot, je crois ?

— Un quoi ?

— Ah oui, j'essaie de t'épargner le vocabulaire local, mais c'est plus fort que moi. Un minot… un enfant !

Ah non, je n'ai pas envie d'en parler ! J'opine de la tête en ayant conscience de lui paraître fermée sur le sujet. En retour, il se mord la lèvre inférieure, un peu gêné visiblement, de passer outre les remparts clairement dressés. Pour me réassurer et m'éloigner de cette conversation, j'oriente mon attention vers mon verre de vin. Je m'applique à le faire tourner en bouche afin d'en extraire les notes fruitées, tandis que mon regard s'enfonce dans les sphères ondoyantes et hypnotiques qui se dispersent à la surface du calice. Mais Alex ne compte pas en rester là :

— Liz, tu sais beaucoup de choses de moi, peut-être puis-je au moins connaître le prénom de ton enfant ? Une fille… un garçon ?

— Tu as raison, excuse-moi. J'éprouve une certaine pudeur à évoquer ma famille. C'est une fille, elle s'appelle Nine et elle a eu trois ans en avril dernier.

Je le sens qui me regarde un peu surpris, comme s'il faisait un lien avec autre chose…

— Mais Silver ne t'a pas fourni ce genre d'informations ?

— Si, vaguement, comme il m'a dit que j'apprendrai à te connaître… à condition que ce ne soit pas de trop près, me confie-t-il dans une œillade, qui accompagne un levé de coude mainte fois répété en cette dernière heure.

Tiens !? Silver se montre soucieux envers Alex ? Une petite joie intérieure se réveille, en même temps que mes convictions, pour tenir Silver à l'écart de mon esprit, s'effondrent. De fait, n'étant plus à une contradiction près et aussi par imitation, pur plaisir ou simple nécessité de me laisser griser par cet excellent vin, et ce moment agréable que m'offre une fois de plus Alexandre, je le suis dans son levé de coude.

— Alors, dis-moi, que penses-tu de mes clichés en noir et blanc ?

— J'ignore ce que vaut mon appréciation, mais en tout cas je les trouve superbes. Chaque photo est traitée de façon unique. Tu sais emmener la lumière sur le détail qui rehausse l'ensemble... C'est... peut-être tout simplement, toi ?

— Moi ? répète-t-il, étonné.

Le verre à la main et la tête qui commence à chauffer, je continue d'observer ses clichés sans toutefois oser les toucher :

— Oui, toi, avec le souci du détail, le besoin de bien faire, et toi, avec cette sensibilité qui te permet d'accéder à cette vision presque poétique des choses. Sur cette table, où tu n'as pourtant mis que des photos de ton vignoble, je ne retiens que la vie, le mouvement. Cela donne l'impression que tu as fait le focus sur le secret que renferme la vigne, sur le microcosme qu'elle abrite ; tu l'as cueillie au cœur de son intimité, achevé-je songeuse.

Je lève enfin mes yeux de ses épreuves photographiques en me demandant s'il n'est pas parti, je ne l'entends plus. Mais il est bien là. Il me regarde d'un air subjugué. *Est-ce ironique ?*

— Je t'ennuie avec mon blabla sans doute...

— Oh non ! Ton « blabla » ne m'ennuie pas du tout, au contraire, c'est la première fois que quelqu'un parle la même langue que moi autour de mes clichés. Je suis profondément touché que tu m'aies aussi bien cerné.

Son regard est posé sur moi comme jamais il ne l'a fait jusqu'à présent. Déstabilisée, je préfère lui tourner le dos, faisant mine de m'intéresser aux photos disposées sur les murs. Je l'entends se resservir un verre tandis que mes yeux voguent d'un cliché à l'autre. Alexandre expose surtout des paysages, mais je remarque aussi quelques portraits, dont un, d'une femme blonde qui semble avoir à peu près mon âge, mais pas ma peau ; la sienne à elle est clairement parfaite ! Une Barbie !

— C'est qui, Alex ? lui demandé-je en pointant la photo de l'index.

— Tiens ! Tu pourras la reconnaître, c'est Jessica, celle à qui tu dois ton petit confort.

Il se rapproche de moi pour mieux l'observer, en se comportant de nouveau de façon naturelle – ouf !

— Elle est vraiment très belle, c'est clair, admet-il d'un ton rêveur.

Je suis surprise – et déçue – de ne pas voir Silver en photo sur ce mur.

— Et si non, puis-je vous être d'une quelconque aide pour autre chose, monsieur Castel ?

Il inspire bruyamment, comme pris de court par ma question.

— Oui, concernant du matériel, mais là (il jette un coup d'œil accusateur à la bouteille restée sur la table) je n'en ai plus trop envie. La nuit ne va pas tarder à tomber, tu dois avoir faim ?

— Pas vraiment, je t'avouerais.

— Dans ce cas, est-ce que ça te dirait d'aller observer les plus belles stars de l'univers ?

Faire la groupie ce n'est pas mon truc !

— Bof, je…

— Adjugé, on y va !

OK ! Je vois que mon avis importe.

Alex me conduit au fond de sa propriété, en léger contrebas de la piscine où deux hamacs sont ficelés à de solides oliviers. Il dépose la précieuse bouteille ainsi qu'un saladier de fraises du jardin, sur une petite table ronde en fer forgé habilement positionnée entre les toiles, puisqu'à portée de bras.

— Mademoiselle, si vous voulez bien vous donner la peine ? fait-il d'un air pompeux, tout en abaissant le tissu du hamac.

Je m'y installe avec prudence, redoutant le manque de stabilité, tandis que lui se glisse d'un simple bond à l'intérieur du sien.

— Voici un spectacle complet : son (il incline l'index vers les arbres pour ne pas citer les cigales) et lumière (son index pointe maintenant vers le ciel).

Alors ce sont elles, les fameuses stars !

— Qu'en penses-tu ? me demande-t-il songeur.

— J'adore.

Mes yeux se perdent parmi les étoiles. Je me sens minuscule, ainsi enveloppée dans cet épais tissu au cœur de la nature et de cette nuit qui nous domine. Le vin a fini par m'étourdir – je dépose mon verre sur la table. *Nine, une nuit de plus sans avoir pu t'embrasser et recevoir l'étreinte de tes petits bras autour de mon cou ; le temps me dure et ce n'est pourtant que le début.*

Chapitre 6

« … tu n'as qu'à te considérer en vacances durant un mois ! » Ces mots reviennent à mon esprit, car c'est – *enfin !* – ce que je me suis décidée à faire. De toute façon, ma fille n'a de cesse de me manquer, que je me morfonde ou en profite. Mince ! Après tout, Nine a 3 ans et je crois que cela fait autant d'années que je n'ai pas eu de véritables vacances. En plus, je n'ai pas le choix ! Comme quoi : à quelque chose malheur est bon. D'autant qu'Alex prend son rôle d'hôte tellement au sérieux, que je n'ai même pas le droit de m'approcher de la cuisine lorsqu'il est en plein accomplissement d'une œuvre culinaire. Si j'ajoute à cela Sylvie qui vient de temps à autre entretenir l'intérieur, il ne me reste donc plus qu'à suivre les conseils de Silver. Quant à ce dernier, la majeure partie du temps j'arrive à le mettre à la porte de mon esprit, mais plus les jours passent, plus son absence se fait ressentir. Que Nathan et Nine me manquent, je le comprends, mais pourquoi Silver occupe-t-il à ce point mes pensées ? Les longueurs successives de brasse coulée sont parvenues à me fatiguer assez pour que je n'aie plus suffisamment d'énergie à accorder à mes tracasseries, et c'est tant mieux. Le ciel gris m'inquiète, on dirait qu'il ne va pas tarder à pleuvoir. En même temps, je crois que si je reste encore cinq minutes de plus dans l'eau, je risque de me transformer en une vieille sardine toute fripée. J'imagine qu'Alex a dû finir de cuisiner…

Je me sèche rapidement le corps et les cheveux avec la serviette, puis je noue mon paréo autour du cou avant de prendre la direction du mas.

Lorsque je pénètre dans le salon, mon drap de bain à la main, les odeurs de la cuisine me hissent spontanément jusqu'à elles.

— De retour ? observe Alex, enthousiaste.

— J'ai fait quelques longueurs, puis voyant le temps tourner à l'orage, j'ai préféré rentrer.

— Tu as bien fait. Sais-tu le jour que nous sommes, Liz ?

Heu... Pourquoi ?

— Mercredi...

— Dans le mille ! Et le mercredi à midi c'est... ?

— Pastaga ? proposé-je, hésitante.

— Mais tu apprends vite, dis-moi !

— J'apprends surtout à te connaître !

Tiens, la table est dressée pour trois personnes ?

— Tu attends quelqu'un, Alex ?

— Silver ne devrait pas tarder à arriver, me répond-il naturellement.

— Ah ? Silver ? bredouillé-je, bêtement.

— Ah... chouette ! Ou Ah... merde. Hum ?

Les deux !

— Je suis surprise, c'est tout. Tu nous as préparé quoi de bon ?

— Tiens, tu préfères changer de sujet ? observe-t-il en me regardant de biais, tandis qu'il dépose la bouteille de vin sur la table.

— Pff... N'importe quoi.

Je hausse les épaules pour donner de la véracité à ma dénégation. À mon grand soulagement, il n'insiste pas davantage et en revient à sa préparation :

— Une daube provençale, un plat au nom peu ragoûtant je te l'accorde, mais laisse-toi enivrer par son délicieux fumet et tu oublieras vite ce détail.

Ses derniers mots oscillent comme des notes de musique sur la partition rythmée de son accent. Il a tellement raison. L'odeur de sa daube exhale dans toute la pièce, conquérant avec facilité mon appétit.

— Tout est prêt, Liz, tu peux t'installer.

Il se saisit de ma serviette, qu'il plie et dépose sur un coin du plan de travail.

— Je devrais aller me changer avant ?

Son téléphone vibre une fois, Alex se dirige alors immédiatement vers le visiophone et ouvre le portail. Je me souviens que Markus avait fait de même pour s'annoncer samedi dernier – un bon moyen de s'économiser. Je ne regarde pas l'écran, mais j'imagine que ce ne peut être que Silver.

Sans surprise, un puissant vrombissement raisonne au-dehors.

— Ne t'inquiète pas, reste comme ça. Sly passe de temps en temps, les midi, mais il est toujours pressé.

Il m'invite à m'asseoir, tout en m'exposant une bouteille de vin rouge en guise de proposition.

— Allez, un verre si tu veux.

— Oui et je ne m'amuserais d'ailleurs pas à t'en resservir un autre !

— Et pourquoi donc ? m'étonné-je.

— Parce que si je me souviens bien, c'est comme ça que dimanche soir tu as piqué du nez en pleine nuit, au beau milieu de mon jardin.

— Non, mais tu plaisantes ? C'est toi qui ne faisais que me remplir des verres tandis qu'au départ nous devions uniquement parler photo. Avoue, tu étais aussi ivre que moi à la fin ? D'ailleurs, soit dit en passant, le hamac ce n'est pas le top lorsqu'on a bu plus que de raison ; ça tangue.

Il se marre en entendant ce dernier détail.

— Je confirme. Mais je n'étais pas ivre... non, légèrement éméché peut-être, mais il me restait suffisamment de lucidité pour te porter jusque dans ta chambre.

Je glousse.

— Ben tiens, parlons-en : tu étais si lucide que tu m'as quand même déposée sur ton lit quand toi, tu es allé te coucher dans le mien !

Il me regarde, stupéfait.

— Oh con ! Je crois que j'avais oublié ce détail.

— Alors un par tout, balle au centre ? lance une voix que je connais – et me procure instantanément un flot de frissons.

Interrompu dans son élan par son ami, la bouche encore grande ouverte, Alex se tourne vers lui instantanément.

— J'ai l'impression que j'ai bien fait de venir, se réjouit Silver, resté le bord de la baie vitrée – ouverte côté cuisine.

Je l'observe lever le nez pour mieux humer l'air imprégné des délicieuses odeurs de cuisson. *Qu'il est beau !*

— C'est sûr vieux ! lui confirme Alex, en lui infligeant une tape amicale dans le dos. Entre donc et installe-toi. On t'a préparé une Daube.

— On ? m'étonné-je.

Sly me regarde en paraissant, au moins, aussi surpris que moi.

— Liz, si tu ne m'avais pas accompagné hier matin au marché de La Ciotat, je n'aurais jamais pu porter autant de courses, se justifie Alex.

Mes lèvres se pincent devant son explication et un peu gênée, je hoche la tête, en guise de confirmation de ma modeste participation.

J'ose à peine jeter un œil à Silver qui s'installe en bout de table, tandis qu'Alex s'assied face à moi. Il propose l'apéritif à Silver, mais ce dernier refuse et comme s'il semblait s'y attendre, Alex n'insiste pas. Il me regarde avec dépit, l'air endeuillé, les épaules basses puis range sa bouteille fétiche d'alcool anisé dans le placard. Silver sourit en admirant son ami faire le pitre ; il sourit tout en paraissant si sérieux. Je remarque qu'il est habillé d'un jean bleu foncé comme la dernière fois que je l'ai vu, avec un tee-shirt bleu marine moulant, à l'encolure en V – le même V que forme sa silhouette. Ses fringues sont banales, pourtant, sur lui, ça s'apparente presque à une tenue élégante. Il faut dire qu'entre son air grave, son charisme et son regard ravageur, l'effet de ses vêtements n'a que peu d'incidence.

Je détourne rapidement les yeux de lui lorsqu'Alex nous rejoint à table avec un saladier contenant la salade « du jardin » et un récipient de forme arrondie, composé d'un couvercle, de deux poignées et d'un petit trou sur le dessus. *Qu'est-ce donc ?*

Alex perçoit ma curiosité :

— Ah ! Tu ne connais pas, Liz ? C'est une daubière ! C'est ce qui me permet de faire ma cuisson à l'étouffée, m'explique-t-il.

— OK.

— Ce n'est pas un vignoble qu'il devrait avoir, mais un restaurant, ajoute Silver à mon attention tout en se levant. Assieds-toi Alex, tu en as assez fait.

Ce dernier s'exécute aussitôt. *Un vrai petit couple !*

Silver me tend la main dans laquelle je lui remets mon assiette. Je suis surprise de le voir réaliser le service.

La complicité entre eux deux est telle, que leur enthousiasme me gagne. Je regarde Alex conter à Silver de quelle façon il a conquis un acheteur réticent en Suisse. Silver prend ensuite des nouvelles du vignoble. Alex lui en rend compte de manière passionnée et passionnante, on en oublierait presque qu'il ne parle que de lianes ; Silver suit d'ailleurs le récit de son ami avec intérêt et humour. Tout cela m'arrange bien, j'ai ainsi l'impression de passer inaperçue avec ma tenue que je juge inappropriée.

Le repas touche à sa fin. Je débarrasse la table avec Alex tandis que Silver fait couler deux cafés. *Je pourrais profiter de ce moment-là pour les laisser ensemble et aller me changer ?*

— Alex, je monte me préparer pour le ciné. Silver, à bientôt ?

Ce dernier hausse un sourcil d'étonnement ; finalement, il attrape les deux tasses qui viennent de finir de se remplir, puis les dépose sur la table.

— Va, mais j'aimerais bien qu'on discute deux minutes, ne traîne pas trop s'il te plaît.

Je le vois qui m'observe de la tête aux pieds, s'amusant sûrement de la transparence qu'offre le voilage de mon paréo noir... Je frissonne intégralement ; il sourit. Rien ne lui échappe. *Arrête de stresser Liz, tu n'es pas nue, tu es en maillot de bain !*

Déroutée, je quitte la cuisine sans lui répondre, en essayant malgré tout de paraître aussi sereine que possible. De quoi souhaite-t-il me parler ? Est-ce vraiment nécessaire ?

Arrivée dans ma chambre, je retrouve mon souffle et mes idées s'ordonnent à nouveau. J'en ai marre d'être à ce point impressionnable et puis j'accorde trop d'importance à cet homme ! J'ouvre en grand la fenêtre pour tenter de rafraîchir mes sens puis file sous la douche.

Devant le miroir de la salle de bain, je resserre le nœud à la taille de mon pantalon fluide couleur bleu poudré. Je le trouve élégant, surtout avec les escarpins à franges et le top en dentelle au dos très échancré – *ce n'est que le dos, ça le fait !*

Tandis que je descends les escaliers, je suis surprise de ne pas entendre Alex et Silver discuter, eux qui semblent avoir toujours quelque chose à se dire.

Tiens ! Dans la cuisine, il n'y a que Silver, le journal à la main, à demi-assis sur le plan de travail. En levant les yeux vers moi, il plie son journal méticuleusement et le dépose à côté de lui.

— Alex est allé voir le boulot qu'il y a à faire dans les vignes avec ses employés, ce qui nous laisse un peu de temps. Assieds-toi.

Il me tire un tabouret et reprend sa place, comme à midi, en bout de table. Les mains serrées l'une contre l'autre sur me genoux, j'attends ce qu'il a à me dire.

— J'ai l'impression que tu as bien pris tes marques, c'est dommage que tu ne puisses rester le mois complet.

« C'est dommage » qu'il ne parvienne pas à se débarrasser de moi plus longtemps, surtout ! raillé-je intérieurement.

— C'est vrai.

— Tu es souriante, tout au moins avec lui (il me sert un de ses demi-sourires dont il a la parfaite maîtrise) et en forme ; bien que tu sembles en avoir perdu un petit peu, lâche-t-il tout en déposant ses yeux sur ma taille, clairement marquée par mon pantalon à taille haute.

Je pique un fard devant son toupet. J'ai dû me délester d'un kilo ou deux, en même temps je ne fais pas grand-chose à part de la piscine, j'ai forcément moins faim.

— Que voulez-vous me dire ?

— J'aimais bien lorsque tu me tutoyais.

À quoi joue-t-il ? Il lance ses offensives séductrices avec une telle placidité, qu'elles ébranlent, sans difficulté, la pauvre cible fragile que je suis. Je tente alors de le presser de terminer en soufflant d'impatience. Il le perçoit très bien, mais semble s'en amuser :

— C'est parce que je t'ai un peu embêtée dans l'avion que tu es à ce point gênée de me revoir aujourd'hui ?

— Ça, plus le fait que vous m'impressionnez… et que je ne vous connais toujours pas, finalement.

Cette fois, c'est à son tour de souffler bruyamment.

— C'est reparti alors.

Il pince ses lèvres, visiblement contrarié, tout en m'observant la tête penchée sur le côté.

— Bon, Markus m'avait dit que ton appel téléphonique s'était bien passé. (*Tiens ! Dès qu'on parle de son job, monsieur bat en retraite !*) Je peux aussi t'apprendre que ton homme et ta fille trouvent leur équilibre et que tout se poursuit bien pour eux. Contente ?

— Ça me rassure.

— Autre chose de moins plaisant, cette fois : Alex a peur que tu t'ennuies et il enfreint littéralement mes recommandations lorsqu'il t'emmène au marché ou au cinéma. Ce n'est pas raisonnable. Je ne vais pas l'empêcher de vivre durant la dizaine de jours qu'il t'accueille, mais essaie de ne pas alimenter ses idées de sorties, et au contraire de le conforter sur le fait que tu te sentes suffisamment bien ici pour ne pas bouger.

— Mais je ne vois pas pourquoi on ne peut pas s'éloigner un peu. En quoi n'est-ce pas raisonnable ? Je ne suis recherchée par personne à ce que je sache.

— C'est vrai.

— Et je ne compte pas non plus m'épancher auprès d'inconnus, sur une arrestation que vous avez effectuée à plus de trois cents bornes de là !

Aïe! Son visage s'est rembruni :

— Éliza, je vais faire simple. Vendredi dernier tu es rentrée, malgré toi on est bien d'accord, dans mon univers. En t'installant chez Alex, j'ai tenté de t'en préserver, tout en garantissant le cours de ma mission. Mais Alex et moi sommes proches. Inévitablement, cela signifie qu'il y a un risque mineur, mais réel, en demeurant simplement ici.

— Mais un risque de quoi à la fin ? Je ne comprends pas !

— Qu'Alex ou toi serviez de cible à des criminels notoires qui auraient une dent contre moi.

J'en reste muette un instant. Effectivement, c'est plus clair dit comme ça.

— Ah… Mais lorsque je serai rentrée chez moi, j'aurai quitté votre univers, donc je serai à l'abri de tout danger ?

Sa langue caresse sa lèvre inférieure tout en ne me lâchant pas du regard. Sa réponse tarde. J'insiste :

— N'est-ce pas ?

Il se lève et passe sa main dans les cheveux comme pour se remettre les idées en place. Finalement, il reste debout et prend appui de ses deux mains sur la table.

— Oui, parce que je vais essayer de ne pas merder, déclare-t-il, telle une promesse émise avec un excès de sérieux et de concentré qui me fait frissonner.

Mes sourcils se froncent. J'aurais préféré un simple oui ou un non.

— C'est tout bon les amis ? questionne Alex qui nous observe depuis la terrasse.

Son ton vif me fait sursauter. Silver contracte sa mâchoire, puis, après avoir cherché Alex d'un petit quart de tour de la tête, lui fait signe que oui.

— On se voit samedi soir, conclut Silver à mon attention.

— Ah oui ?

— Alex organise une petite fête pour son départ en Italie, me renseigne-t-il.

— Je ne t'en ai pas encore parlé, Liz. Ne t'inquiète pas, ce sera en petit comité, clame Alex depuis le seuil de la baie vitrée.

— D'accord, pas de souci, fais-je d'une sérénité tout artificielle.

Si, gros, GROS souci ! Je n'aime pas me retrouver au milieu d'une fête dans laquelle je ne connais personne.

— Alex, est-ce que tu vois mon casque et mon blouson sur la table de la terrasse ?

Ce dernier lui confirme puis Silver se tourne vers moi ; sa bouche s'entrouvre comme pour parler, mais il la referme sans rien dire. Mes yeux s'accrochent à ses lèvres qui pour tout signe de salut me lancent un sourire en coin, en accompagnement de son regard magnétique. Cet homme est un terroriste émotionnel, pleinement conscient de ses compétences en la matière, et moi, je me donne l'impression d'être la rescapée de ses assauts infructueux.

Je le regarde s'éloigner en direction de la terrasse ; je ne bouge pas, je ne cherche pas non plus à le raccompagner, trop soulagée que cette entrevue s'achève. Désormais, mon corps retrouve ses constantes ; j'efface la moiteur de mes mains sur mon pantalon, et dire que ce n'était qu'une discussion ! J'aimerais tellement me montrer plus sûre de moi face à lui. Je suis beaucoup trop émotive !

Assise au côté d'Alex à l'intérieur de sa Jeep, je me dis que c'est la dernière sortie que nous faisons ensemble. Silver aurait clairement préféré qu'on annule, mais pour ma part je n'en avais franchement pas envie. D'ailleurs, je n'en ai même pas discuté avec Alex. De toute façon, que faire d'autre un après-midi de pluie ?

— C'est loin ? le questionné-je tout en regardant défiler le paysage.

— On va à La Ciotat.

— Ah oui, il y a un cinéma là-bas ?

Alex fait mine de s'étouffer.

— Liz ! C'est LA ville du cinéma ; celle des frères Lumières, où se trouve le plus vieux cinéma du monde et où Auguste et Louis ont projeté leur premier film ! Bon, je te l'accorde, c'était il y a quelques années et il n'est plus en service, mais quand même, heureusement qu'il y a un cinéma à La Ciotat !

— Oups, désolée, j'aurais parié sur Lyon, mais pas La Ciotat, concernant leur première réalisation.

— Je t'excuse pour cette fois, consent-il dans une œillade.

Il m'observe avec une tendresse palpable avant de porter à nouveau son attention sur la route.

— J'ai vu la manière dont il te regardait tout à l'heure, annonce-t-il d'une voix atone.

Je reste muette en attendant la suite.

— Je ne comprends pas, ça ne lui ressemble pas, ajoute-t-il sans plus d'explications.

— Alex, tu en as trop dit ou pas assez.

Il secoue la tête à la façon dont on chasse ses doutes, avant de poursuivre :

— Là fois, où au téléphone, il m'a demandé de te recevoir chez moi, il a fait preuve à ton égard, d'une attention unique.

Devant mon expression de surprise, il insiste :

— Si, je t'assure ! Ça peut paraître anodin, mais venant de lui, ça ne l'est pas. Et quand il m'avait dit, que j'apprendrais à faire ta connaissance à condition que je garde mes distances, j'avais pensé que vous aviez couché ensemble.

— Alex !

— Excuse-moi de parler ouvertement, Liz, mais bon... Par contre, maintenant que je te connais un peu et depuis que je vous ai vus discuter, j'ai compris qu'il n'a même pas passé les préliminaires. Pour ça, je te félicite. Respect !

J'éclate de rire. Est-ce à cause de la nervosité ? De la vérité, qui exprimée à voix haute, me ravive des émotions perturbantes ?

— Ce que je comprends encore moins, c'est pourquoi il s'intéresse à toi ?

— Sympa !

T'as qu'à dire que je suis moche !

Il affiche un sourire embarrassé et s'empresse de s'expliquer :

— Non, Liz, ne le prends pas mal. Voyons, tu es aussi agréable à côtoyer qu'à regarder ! Mais tu as une fille et un conjoint ; bon, le dernier je pense qu'il ne l'a même pas calculé, mais pour ta fille… en principe c'est rédhibitoire pour lui. Et puis en temps normal, c'est : 1m80, siliconée, et le Q.I. d'un bulot… Et surtout, c'est vingt-quatre heures chrono max !

C'est sûr que je suis loin de ressembler à l'une des bimbos qu'il décrit. Je me souviens du regard de Silver qui scrutait mon visage dans la salle d'attente, zoomant par la même occasion sur ma peau au grain irrégulier – clairement inhabituel pour lui.

— Il n'a jamais eu d'histoire plus longue que ça ?

— Non.

— Alors ce gars est juste un séducteur invétéré ! Et ce côté « rien ne peut m'atteindre », c'est agaçant !

Oups, ça m'a échappé !

— Liz, tu y vas fort ! C'est mon ami et je peux te dire qu'il est bien plus que ça. Silver est un homme de pouvoir, c'est une pointure dans tout ce qu'il entreprend, mais il n'a pas de temps à investir dans une relation.

— C'est une simple question de planning ou bien il craint d'exposer sa compagne à quelques dangers, s'il la côtoie régulièrement ?

Alex émet un court sifflement d'ovation que je réceptionne d'un regard mutin.

— OK. Je vois que t'en sais un peu plus que tu ne le prétends.

Toi aussi, Alex ! Mais me concernant, ce n'est que le fruit d'une réflexion.

Je ne lui en dis pas davantage, car à vrai dire je ne sais rien d'autre. Je suis déçue. J'aurais clairement préféré que mon affirmation soit fausse. Il y a donc bien du danger à côtoyer Silver.

— Comédie romantique ou thriller ? propose Alex, tout en garant sa Jeep.

Je me marre intérieurement devant sa question qui colle si bien à mon actualité.

— Je te rappelle qu'on devait trancher dans la voiture Liz, me presse-t-il.

— En temps normal, j'aurais opté pour la première proposition, mais là je crois que je vais tenter le thriller.

Il soulève un sourcil.

— Mademoiselle veut des sensations fortes !

Encore en nuisette, mais enroulée dans le peignoir d'Alex malgré la douceur du climat régional ; seule sur la terrasse, à une heure aussi matinale, je profite de la vue splendide sur La Ciotat qui se réveille lentement au pied d'une reine mer fort calme ; cette dernière s'étire délicatement au travers de vagues discrètes et paresseuses. Le spectacle est de toute beauté, je ne m'en lasse pas. Le ciel est dégagé ; vraiment, cette journée s'annoncerait superbe si elle n'était pas ombragée par cette maudite fête...

Cette dernière pensée alimente mon esprit d'une énergie négative et me voilà en proie à la nostalgie. En effet, plus les jours passent, plus Nine et Nathan me manquent. Le nez suspendu au-dessus de ma tasse de thé vert, les paupières closes, je hume les parfums qui s'en échappent et me transportent jusqu'à chez moi. Le samedi matin, Nathan commence plus tard, quoique j'espère qu'il s'abstient de travailler le week-end durant mon absence. C'est fou, je pense à lui tous les jours parce qu'il me manque vraiment, mais quand j'analyse plus dans le détail ce que je ressens, alors je m'aperçois que c'est sa présence rassurante, son amitié qui me fait défaut. Cette situation a au moins ça de bon : me sortir la tête du guidon pour observer le chemin parcouru et surtout me permettre de réaliser dans quelle condition a eu lieu tout le trajet. Ainsi, ou les choses devront changer entre lui et moi – et ça vaut la peine qu'on essaie, ne serait-ce que pour Nine –, ou nous courrons droit vers la séparation.

— Salut !

Je sursaute, manquant d'échapper ma tasse que j'encercle promptement des deux mains, en poussant un soupir de soulagement.

— Salut, Alex. Il n'est que 7 h et tu sembles déjà plein d'entrain, tu fais comment ?

— Je mets un réveil, mademoiselle ! j'enchaîne avec 30 minutes de crawl, une bonne douche, puis je bois mon demi-litre de café noir, m'explique-t-il en tendant son énorme mug en ma direction, pour m'en exposer son contenu.

— Beurk !

— Oui, mais c'est efficace. Surtout lorsqu'on a à préparer une soirée pour une cinquantaine de convives !

Quoi ?

— Tu te fiches de moi, c'est ça un « petit comité », pour toi ?

Il grimace, un peu embêté.

— Ah, oui… Enfin, tu sais ce que c'est ? T'en invites un, qui propose à son pote, qui vient avec sa copine plus une autre pour le copain… Tu vois le truc ?

Je ricane d'amertume.

— Tu es chez toi, tu fais bien comme tu as envie, mais si ça ne te dérange pas, je projette de rester dans ma chambre ce soir, à lire, lui dis-je en me levant.

Ses sourcils se froncent, mais il reste silencieux. Il me suit jusque dans la cuisine, où je dépose ma tasse dans le lave-vaisselle tandis que lui, continue de siroter son café comme du petit lait.

Malheureusement, mon programme ne semble pas validé. En effet, je le vois qui cogite, les yeux noyés dans son mug de café, pour finalement réagir :

— Liz, je comprends que tu ne sois pas enthousiaste à rester immerger des heures durant au milieu de personnes qui te sont étrangères, mais tu n'auras qu'à demeurer près de moi toute la soirée.

— Mais tu seras avec tes potes, je vais vous gêner à un moment ou à un autre.

— Il y aura aussi Silver, Markus et Jessica.

Raison de plus ! Je dois absolument rester éloignée de Silver. Absolument !

— Je n'en connais aucun réellement. Mets-toi à ma place une minute s'il te plaît.

Il croise les bras et fronce les sourcils, mais l'expression de son visage mue de façon subtile, lorsque son attention se dépose sur le peignoir que je porte.

— Tu es venue jusque dans ma chambre me piquer mon peignoir ?

— Comment !? Mais ça ne va pas ! C'est Sylvie qui me l'a prêté, je n'en avais pas.

— Alors, fais-moi penser à tirer les oreilles de Jess tout à l'heure.

Il passe son bras autour de ma taille tout en m'entraînant jusqu'à l'escalier.

— Tu as le temps de changer d'avis Liz, d'autant que l'après-midi qui t'a été concoctée devrait te mettre en condition pour aborder ma soirée avec plus de tranquillité.

Son air réjoui m'amuse, sans manquer de m'interpeller :

— Pourquoi ce que tu m'annonces ne me rassure pas ?

— Parce que tu es trop stressée ! rétorque-t-il spontanément.

— Ce n'est pas faux, admets-je en rigolant. Mais, pour la première fois depuis une semaine, c'est toi le responsable de mes tracas.

— Allez ouste, fait-il en me lâchant la taille et en m'invitant par un geste de la main, à monter les escaliers.

Mais je n'en fais rien. Je le regarde perplexe, car après tout je serais bien restée un peu plus longtemps à flemmarder sur la terrasse. Je m'apprête à lui dire, mais il me devance :

— Liz, va t'habiller, parce que même si j'ai fait une promesse à Silver, je n'en demeure pas moins un homme et toi… une femme très sexy en nuisette.

Je baisse la tête pour jeter un œil à mon peignoir, *merde* ! Il s'est ouvert. Mais depuis combien de temps ? Je le referme d'un geste vif accompagné d'un rire nerveux.

— Pff, dis plutôt que tu veux te débarrasser de moi.

Il mime la désolation, le regard navré et les épaules tombantes.

— Liz, tu es d'une naïveté désarmante… Mon père a de la chance de fêter ses 60 ans, sinon je t'assure que l'Italie aurait patienté jusqu'à ton retour chez toi, pour me voir débarquer.

Il est sérieux ? C'est plus fort que moi, dans un réflexe d'empathie je m'approche de lui et l'enlace tendrement. Alex referme alors ses bras sur moi, tout en appuyant son menton contre le haut de ma tête. *Qu'est-ce que je me sens bien ainsi ; tout est si simple avec lui.* Ma main caresse son dos puis lentement je m'écarte de lui ; il se saisit de mes mains.

— C'est sûrement mieux comme ça, fais-je en réfléchissant à voix haute.

Si son affection m'est précieuse, il ne peut y avoir rien d'autre entre nous.

— Oh bonne mère ! Tu as raison, à force de te supporter quotidiennement, j'étais prêt à penser « autant lui passer la bague au doigt » !

J'éclate de rire, mais ça a le mérite d'être dit. Ces derniers jours, nous nous sommes rapprochés, au point que j'étais surprise de voir par moment, dans son regard, comme des lueurs de séduction ou de quelque chose s'y apparentant ; je préfère mettre cela sur le compte de l'humour ! Je me sens vraiment bien avec lui ; chez lui ; mais j'ai assez à me tracasser avec mon couple, pour ne pas oser réfléchir à ce que m'évoque notre relation. Et puis il y a Silver… Le simple fait de penser à lui dérègle complètement ma boussole interne.

Je retire mes mains des siennes. Mince ! Il reste immobile et semble se préparer à dire ou faire une bêtise. *Pas ça !*

— Je monte Alex, à tout à l'heure ! annoncé-je en reculant subitement.

Visiblement un peu surpris et perdu à la fois, il me fait un signe d'approbation de la tête et immédiatement la tension retombe.

La musique latine diffusée depuis le salon jusqu'à l'extérieur, revêt l'allure d'un coach efficace pour suivre la cadence tout en travaillant. C'est ainsi qu'Alex et moi finissons de mettre propre la terrasse, tandis que Sylvie s'occupe de l'intérieur.

J'arrose et Alex balaie. C'est là, la dernière chose qu'il nous reste à faire. Il est 16 h et tout est en place, du moins, pour la partie qui nous incombe, c'est-à-dire l'installation des tables pour le buffet et quelques chaises ; puis d'ici une heure le traiteur et des employés arriveront pour terminer de décorer et assurer le service.

— C'est tout bon Liz, on s'en arrête là !

À sa façon de regarder la terrasse, je sens la moquerie se frayer un passage jusqu'à moi.

— Quoi ?

— Oh bonne mère ! J'hésite entre organiser une pool party ou lâcher des poissons rouges, pour un revêtement de sol original...

— Hou toi ! Je pointe le pistolet à jet sur lui, mais j'ai à peine le temps de l'asperger qu'il me bondit dessus, me l'arrache des mains et me douche de la tête aux pieds.

— Alors ? Autre chose à ajouter ? fanfaronne-t-il, fièrement.

J'écarte quelques mèches de cheveux de mon visage, tandis qu'il laisse l'eau ruisseler depuis la surface de mon crâne.

— OK, mea culpa.

Il jette le pistolet d'arrosage dans la pelouse.

— Non, finalement pourquoi lâcher des poissons rouges quand on a déjà une belle petite morue ?

Très drôle !

— Alexandre Castel, vous êtes incorrigible !

— Si, vas-y, corrige-moi, me supplie-t-il le sourire aux lèvres.

Oh non ! C'est reparti, il est de nouveau en mode séduction. Il s'approche de moi et me saisit par la taille.

— Salut, tout… le monde.

De surprise, Alex s'interrompt, recule d'un pas et se retourne. La femme blonde, grande et élancée de la photo… C'est elle ! C'est étrange, j'ai l'impression de lire de la contrariété sur son visage ainsi que de la jalousie.

— Salut Jess, répond Alex en lui faisant la bise.

Jessica me fait aussi la bise, mais son sourire sonne faux. Quelle froideur !

— Tout va pour le mieux ? Visiblement, tu sembles te sentir bien ici ! s'exclame-t-elle, avec un accent anglophone – aux inflexions bien particulières – qui mutile un mot sur deux.

— Oui, faut dire qu'Alex est un hôte idéal. (*Si tu cherches à aggraver ton cas Liz, c'est mission accomplie !*) Bon, je vais vous laisser, la morue va aller se sécher, dis-je à l'attention d'Alex, tout en me frottant les mains sur mon short en jean pour en mesurer l'humidité, puis en essorant le bas du tee-shirt blanc – qu'Alex m'a prêté pour l'occasion.

— Dès que tu auras terminé, tu nous rejoins après dans la cuisine ? Tu viendras boire un coup, on l'a bien mérité, propose Alex, dans un large sourire.

— Entendu.

Alors que je descends l'escalier pour me rendre dans la cuisine, je croise Alex qui monte une petite valise, probablement celle de Jessica Je présume qu'elle va dormir ici, ou bien elle a emmené de quoi se changer pour ce soir.

— Je t'ai servi un verre, Liz. Je vais installer les affaires de Jessica dans la chambre d'amis, puis je reviens ; et au fait, ne cherche pas Sylvie, elle vient juste de partir en urgence, sa fille a eu son bébé. Je ne te dis pas dans quel état elle était ! J'avais convenu avec elle, qu'elle pouvait prendre des vacances à la naissance de son petit-fils. Mais, étant donné que tu t'en vas bientôt, tu ne la reverras pas.

— Ah ? Mais j'ignorais... OK.

Je suis étonnée. En grande bavarde qu'elle est, Sylvie ne s'est pourtant jamais confiée à moi sur la grossesse de sa fille. La confiance ne doit pas être acquise...

Je rentre dans la cuisine, un peu gênée de me retrouver seule, avec cette blonde austère que je ne connais pas. Finalement, je préférais nettement la voir en photo. Par chance, son attention est tournée vers un article d'un magazine de recettes, qu'Alex laisse tout le temps traîner sur la table. Je l'observe ; et plus je l'examine, plus elle m'intimide. Elle semble arborer une solide confiance en elle, ainsi assise en amazone sur le tabouret de bar, vêtue d'une veste tailleur et d'une jupe courte, le tout agrémenté d'une paire d'escarpins dont la hauteur des talons place sa frêle silhouette dans une apesanteur illusoire. *Liz, détends-toi, elle est faite de chair et de sang !*

Alex m'a préparé son thé glacé maison à la menthe fraîche. Je m'installe, réjouie par cette attention et m'en délecte de quelques gorgées. Depuis qu'il m'a fait découvrir cette boisson, il ne s'écoule pas une journée sans que je n'en consomme !

À mon grand soulagement, Alex revient enfin. Au même moment, Jessica reçoit un appel sur son portable, elle lâche alors immédiatement le magazine afin de décrocher au plus vite, puis s'isole dans le salon pour poursuivre la communication.

— Jess est là pour toi, Liz, m'apprend Alex d'un ton enjoué.

Je tombe des nues. *Il veut qu'on copine avant la fête ? Non, mais sérieusement ?*

— Je ne comprends pas.

— Elle va t'aider à te préparer pour ce soir, parce que le survêtement et la queue de cheval, ça le fait moyen pour ma soirée, m'explique-t-il, le sourire aux lèvres.

Eh ben ! Je dois le prendre comment, ça ?

— Je me fiche pas mal de mon allure !

— Je sais, je le vois bien. *(Il enfonce le clou, là, non ?)* C'est de l'humour. Mais plus sérieusement, Sly a pensé que tu aurais peut-être besoin d'un petit coup de main pour prendre soin de toi. C'est tout ce qu'il m'a dit, mais honnêtement je trouve l'idée bonne. Et puis Liz, je me donne de la peine pour que ton séjour soit des plus agréables , alors ça me ferait plaisir qu'en contrepartie, ce soir, tu fasses au moins acte de présence.

— Alex !

Je me lève d'un bond et vais l'embrasser tendrement sur la joue avant de retourner m'asseoir, pour mieux poursuivre :

— Excuse-moi, tu as raison, je m'aperçois que je ne pensais qu'à moi. Je ne voyais aucun intérêt à ce que je sois présente, à part subir l'ennui peut-être…

— Tu entends ce que tu dis ? Tu pronostiques que ma soirée sera ennuyeuse ! Rien que ça ?

Il me charrie ou il se fâche pour de vrai ?

— Non, voyons ! C'est plutôt que dans ma situation actuelle, je ne m'envisage pas de faire la conversation avec des personnes, dont j'appréhende les éventuelles questions. Tu sais, ce n'était déjà pas simple pour moi de devoir mentir à Sylvie. (Il me sourit et me paraît rassuré.) Mais puisque ça te tient à cœur, alors évidemment je décalerai ma super séance de lecture ! conclus-je dans un petit rire, rallié instantanément par le sien.

Silver pense que j'ai besoin d'aide pour me préparer ? Mais il se prend pour qui, celui-là ? Je ferai l'effort d'être présente pour Alex, mais pas pour monsieur perfection.

Jessica revient du salon et se rassied avec nous. Elle paraît tellement à l'aise... J'en déduis qu'elle doit avoir l'habitude de venir régulièrement. Elle annonce à Alex qu'ils auront un peu de retard et de ne pas s'attendre à les voir arriver avant vingt heures, mais Alex ne réagit pas à l'information ; il semblerait donc que cela aussi soit habituel... *Ce « ils » concerne-t-il, entre autres, Silver et Markus ?*

— Bon Jess, quel est le programme ? s'enquiert Alex, sa tasse de café à la main.

Elle retire les lèvres de la sienne pour pouvoir répondre, quand la sonnerie du visiophone retentit.

— Ah, le traiteur ! annonce Alex confiant, en se dirigeant vers la porte – dont il ne se sert jamais – pour commander l'ouverture du portail.

— Non, je ne crois pas, conteste Jessica en jetant un rapide coup d'œil à sa montre.

Elle vide d'un trait sa tasse qu'elle dépose bruyamment sur la table, puis me regarde – enfin ! –, cette fois avec une sympathie somme toute discrète, à l'aide d'un sourire qui ne parvient même pas à lui plisser le coin des yeux.

— Éliza, je t'ai prévu une séance de massage tibétain. On m'a dit que tu apprécies ce genre de soin !

Ma mâchoire inférieure chute, mes sourcils se cabrent... *Silver l'a mise au courant de quoi précisément ?* Je cherche Alex du regard pour prendre appui sur lui et rebondir ensuite vers Jessica avec davantage de sérénité, mais il est sorti accueillir la personne. Je veux savoir…

— Tu verras ce soin…

— Excuse-moi de t'interrompre Jessica, mais que t'a dit Silver au juste ? Il… t'a conté tout le chapitre ou il s'est contenté de te résumer l'histoire ?

Elle me fixe, se pince les lèvres puis ajoute sans artifice cette fois :

— Il m'a demandé de t'organiser un après-midi agréable chez Alex, c'est là qu'il m'a expliqué que tu appréciais les massages. Rien de plus, pourquoi ?

Je peux me tromper, mais je pense qu'elle dit vrai. Ses réponses sont spontanées.

Mince, je me trouve bête tout d'un coup, je m'attendais à quoi ? En plus, je suis sûre que pour Silver il ne s'est rien passé.

— Pour rien !

— Je n'ai aucune idée de ce que tu as voulu dire, mais tant qu'Alex est dehors, peux-tu m'expliquer brièvement la nature de vos rapports ?

Ses grands lagons bleus se teintent à la fois de tristesse et de sévérité.

— Quoi ? Mais il n'y a rien entre Silver et moi !

— Évidemment ! s'exclame-t-elle, en haussant les épaules et les yeux au ciel.

Merde, je viens de comprendre : Alex lui plaît et elle croit qu'il y a quelque chose entre nous deux !

Nous sommes interrompus par l'entrée d'une jeune femme. Elle pénètre dans la maison par le salon, un grand sac à la main ; Alex lui succède avec le reste du matériel. Nous les rejoignons. Il présente Jessica et moi-même à

Nora, la jeune masseuse, puis lui propose une boisson qu'elle refuse poliment, préférant commencer à s'installer.

Je suis franchement soulagée de les voir s'éloigner en direction de la chambre d'amis, car passer sans transition de cette conversation inachevée au massage ne me semblait pas réalisable. J'observe de biais Jessica, restée debout, complètement statique au milieu du salon, accompagnant Alex et Nora du regard tandis qu'ils montent les escaliers.

— Nous pourrions retourner dans la cuisine afin de terminer la discussion ? lui proposé-je timidement, ressentant les tensions qui émanent d'elle.

Elle détourne son attention des escaliers pour la poser souverainement sur moi, inspire un grand coup puis s'oriente vers la cuisine sans même me répondre. Sympa !

Je reprends place à la table tout en la voyant faire, face à moi, de courts allers-retours tous azimuts – triturant ses ongles –, l'air désormais plus gênée que fâchée. Revenant enfin vers la table, elle se stoppe tout net et me regarde :

— Éliza, nous ne nous connaissons pas et tu ne me dois rien du tout, aucune explication. Je… Écoute, j'apprécie énormément Alexandre, mais de savoir que tu n'es ici que depuis une semaine et que malgré cela, vous êtes aussi proches… Je ne m'y attendais pas, cela m'a décontenancée, me lâche-t-elle de sa voix douce, mais cadencée de manière abrupte par son accent prononcé.

Ses pensées acides verbalisées, elle s'assoit mollement en face de moi.

— Il n'y a pas de souci, Jessica, je comprends, tu sais. J'apprécie aussi beaucoup Alex, mais il n'y a aucune ambiguïté sur la nature de nos rapports. J'ai un conjoint qui m'attend et une enfant dont l'éloignement est une source chronique d'angoisse pour moi. Heureusement, grâce à la sympathie naturelle d'Alex, je peux dire que je me sens bien ici. C'est certainement ce que tu as pu constater, mais il n'y a rien d'autre à en déduire. Crois-moi.

Dans un râle, Jessica laisse tomber sa tête dans ses mains puis écarte lentement les doigts, ne faisant apparaître que partiellement ses yeux. Je souris devant sa réaction touchante. Nul doute qu'elle nourrit des attentes envers mon hôte, qu'elle semble regretter d'avoir confiées à une inconnue, certes, mais bien réelle et en ce moment-même en face d'elle. Les pas bruyants et pressés d'Alex résonnent soudainement depuis l'escalier et en les entendant, Jessica relève brusquement la tête ; elle se pince les lèvres et fronce les sourcils tout en me fixant du regard, émettant ainsi une requête silencieuse à laquelle j'accède d'un clignement de l'œil. Quelques secondes plus tard, Alex pénètre en trombe dans la cuisine et agrippe aussitôt mon tabouret.

— C'est parti, mademoiselle, vous êtes attendue à l'étage, claironne-t-il gaiement tout en tirant le tabouret à l'arrière pour m'obliger à me lever.

— S'il faut y aller…

Mon manque d'enthousiasme est si flagrant, que je vois bien que leur curiosité s'en trouve piquée, alors j'ajoute :

— Je ne comprends pas pourquoi je reçois un tel cadeau.

Dans un sourire, Jessica tente de m'expliquer :

— Tu nous rends un grand service, aussi j'imagine que cela est à considérer comme un remerciement.

Ses lèvres fines et rougeoyantes retrouvent leur posture figée originale sitôt qu'Alex me prend par la taille pour m'orienter vers la salle à manger, et me motiver ainsi à rejoindre la chambre où s'est installée Nora.

— Va te détendre et profite des doigts experts de Nora, sans te tracasser davantage, Sherlock !

Il dépose un baiser sur mon front, sans que je parvienne à tenter quoi que ce soit pour l'éviter. *Inutile de me demander si Jessica a tout vu...* Je file.

Dans la chambre d'amis – vaste pièce sombre et silencieuse – le temps s'est arrêté. Au milieu de bâtons d'encens et de bougies, je suis installée à plat ventre sur la table de massage, avec pour unique tenue une culotte jetable ; dans ce délicieux moment de quiétude, je me laisse gagner par la détente dispensée par les gestes habiles de ma jeune masseuse.

— Soyez à l'écoute de vos sens, ressentez chaque pression sur votre peau. Ce massage va vous permettre d'accéder à un état de relaxation absolue tout en rechargeant l'équilibre énergétique de votre corps.

La voix de Nora a la texture du velours et la légèreté de la soie.

— Prouvez-moi que vous ne me vendez pas du rêve...

De mes paupières closes, j'entends Nora sourire :

— Tout de suite, mademoiselle.

Instantanément, ses doigts se mettent à me masser de manière tonique. Ses pressions exercées sur ma peau sont fermes, alternant des mouvements de pétrissages et de frictions, à la façon dont Silver s'y prenait, il y a une semaine pour soulager ma nuque. Quel culot il a eu ! Pourtant je ne peux nier avoir adoré ce que j'ai ressenti.

Nora applique maintenant des petits sacs en tissus – aux senteurs délicieuses – qu'elle nomme des bolus bags, sur différents endroits de mon corps. Je suis surprise, ensuite, de la voir me déposer un objet en métal en forme de bol sur le thorax. C'est froid. Elle se saisit d'une sorte de bâton, qu'elle fait tourner contre et autour de la bordure du bol. Je ferme à nouveau les yeux. Du bol jaillit un son bas et grave emmené par une longue vibration qui se distille dans tout mon être. Quel bonheur, cela me met en frissons ; je me fonds dans cette vibration, me confonds avec elle. Je me sens tellement légère. *État de détente absolue atteint ! Mission accomplie Nora !*

Chapitre 7

Le reflet dans le miroir ne me paraît pas réel.

— Tu es canon ! s'extasie Jessica par-dessus mon épaule, l'air sincèrement enthousiaste pour moi.

Pour des raisons que j'ignore, la Jessica froide et distante de tout à l'heure a laissé place à une jeune femme sympathique et enjouée. Quelque chose me dit qu'Alex a su trouver les mots ou les gestes qui sont parvenus à la rassurer. Je suis sûre qu'il y a quelque chose d'un peu installé entre eux deux… À moins que je sois à côté de la plaque !

— Non, c'est la robe qui est canon.

En m'observant ainsi dans le miroir, je constate que je me suis clairement amincie et ce n'est pas une mauvaise chose, surtout pour rentrer dans ce genre de robe.

— Un modèle comme celui-ci ne se porte pas facilement. Regarde, elle revêt chacune de tes formes à la perfection. Je maintiens, tu es canon ! insiste-t-elle.

— Mais je ne vais jamais oser sortir comme ça ! Jessica…

— Jess, s'il te plaît, me coupe-t-elle.

Ah bon ?

— OK, Jess ! Il manque clairement du tissu.

Cette robe noire d'apparence sobre, ajourée de fines mailles métalliques sur tout le flanc droit, laisse entrevoir une partie de mes sous-vêtements. Si l'aspect sobre la rend chic, le côté sexy en revanche, je ne l'assume pas du tout.

— Je ne vois pas où, elle arrive presque jusqu'aux genoux, s'étonne-t-elle.

— Jess tu te fiches de moi, regarde, là ! insisté-je, en lui pointant du doigt la large partie ajourée. Je sais ! Tu n'aurais pas une veste fine et assez longue ?

— Écoute, Liz, cette fantaisie est ce qui donne du swing à cette pièce, alors mettre une veste, je ne suis pas contre, mais ça ne ressemblera plus à rien. La cacher c'est la gâcher !

— Pff...

J'ai beau me regarder dans tous les sens, je ne parviens pas à me sentir à l'aise dedans et puis les escarpins argentés... je les trouve un peu haut.

— Tu sais, Silver ne m'a fixé aucune limite pour constituer ton dressing, c'est la raison pour laquelle j'ai pu déléguer une partie de la tâche à une personne du métier. Mais cette robe, c'est moi qui l'ai choisie. C'est pourquoi, je peux t'affirmer que son prix est encore plus impressionnant que sa coupe ! Alors, crois-moi, il serait dommage de ne pas la porter.

— Grrr... Jess ! OK.

— Go on ! Maquillage maintenant !

— Quelque chose de discret, j'imagine ? me questionne-t-elle, sans le faire vraiment, puisqu'elle commence déjà à m'appliquer une poudre au pinceau.

Heureusement que ce matin j'ai pensé à m'épiler les sourcils et la lèvre, faute de quoi, je suis sûre, elle aurait été capable de me tirer les poils avec la même vitesse d'exécution. Les yeux rivés sur mes doigts, je me dis que la robe est un artifice suffisant, mais avec du maquillage en plus, c'est un peu comme installer un gyrophare sur une voiture décapotable. Je ne vais jamais avoir le cran de la conduire, moi, cette voiture ! Jess fait défiler éponges, pinceaux, crayons et tant d'autres choses sur mon visage, qu'une fois la séance achevée je n'ose démêler mes yeux de l'enlacement de mes doigts.

— Liz, c'est fini ! Qu'en dis-tu ?

— Tu n'en as pas mis un peu trop ? l'interrogé-je, encore incapable de me regarder.

— Non, voyons, c'est très naturel !

Vas-y, Liz, c'est le moment de découvrir son œuvre, au pire tu rectifieras si besoin...

— Ah ! (Les yeux écarquillés, je contemple – non, j'admire – mon reflet dans le miroir.) J'aime beaucoup. Je ne me trouve pas moche pour une fois !

Je suis réellement surprise. Tout est subtil, mais assez présent pour renforcer l'effet « bonne mine » ; le teint est frais, le blush léger, les cils sont rehaussés de noir et les lèvres ont juste ce qu'il faut de rose pour attirer l'œil sans retenir l'attention.

— Je suis surprise de constater à quel point tu n'assumes pas ta féminité, s'étonne Jessica, penchée au-dessus de mon épaule.

— Ouais, disons que j'aime bien passer inaperçue.

— J'ai bien saisi, me confirme-t-elle sur un ton confidentiel. Pas de regret pour les cheveux, on les laisse naturels et détachés, c'est bien ce que tu souhaites ?

— Oui ! Au fait, Jess, je change de sujet, mais il est difficile de ne pas remarquer ton accent. Il est à couper au couteau. Tu es d'où ?

Occupée à remettre le maquillage en place dans la mallette, elle me décroche un petit sourire tout en poursuivant le rangement.

— Du Michigan, aux États-Unis, me renseigne-t-elle enfin, d'une voix frêle.

— Tu sembles nostalgique en le disant ?

— Un peu, car même si je me plais beaucoup ici et que je n'ai plus de famille là-bas, mon pays me manque.

Elle me paraît troublée. Elle remballe tout d'un tour de main et embarque la mallette sous son bras.

— Je te laisse Liz, je vais me changer. Alex doit être prêt, en plus il n'est pas loin de 19 h, les premiers invités vont arriver. On se verra en bas ?

— Ça marche, acquiescé-je songeuse.

Installée sur une chaise face à un imposant miroir posé sur le bureau, je me retrouve seule avec moi-même, ou plutôt, avec cette inconnue trop apprêtée pour être honnête. Si Nathan pouvait me voir ainsi, il risquerait d'avoir une attaque ! En fait, j'aimerais bien qu'il puisse… Me trouverait-il jolie ? Enfin, sans Nora et ses quatre-vingt-dix minutes de massage, je ne suis pas persuadée que j'aurais accepté de me glisser dans cette soirée vêtue de la sorte. *Inspire un grand coup Liz et ouste ! Alex te dira ce qu'il en pense…* J'espère que ça ne fait pas un peu trop…

Du bas des escaliers, j'aperçois justement Alex sur la terrasse en compagnie de deux couples et d'une femme seule. Vêtu d'un pantalon en lin gris – sa matière fétiche – et d'une chemise bleue taillée près du corps et harmonieusement coordonnée à la teinte de ses yeux, je le découvre sous un nouveau jour. J'ai du mal à me l'avouer, mais le mot qui bouscule à l'instant même mes pensées c'est : séduisant. Cette idée m'étonne et me perturbe à la fois. Et voilà que la grande timide – ou coincée – que je suis n'ose plus avancer et je me retrouve alors bloquée dans le salon à le contempler discuter ; se sentant sûrement observé, il tourne la tête en ma direction puis me rejoint d'un pas énergique, sans prendre le soin de prévenir ses amis.

— Liz ! Tu es trop… trop…

Allons bon, il en perd ses mots ! C'est plutôt bon signe… ou l'inverse ?

— Trop maquillée ? lui suggéré-je à voix basse.

Il s'arrête face à moi laissant vagabonder ses yeux entre ma robe et mon visage. Je remarque qu'ils brillent autant que la surface de la mer le matin, lorsqu'elle reçoit les premiers rayons dorés du soleil. Curieusement, au lieu de me rassurer, cela finit de m'inquiéter.

— Non, trop belle, me susurre-t-il.

Il pose les deux mains sur ma taille, me fait tourner sur moi-même sans que son regard ne baisse en intensité. Sa bouche esquisse un mouvement de parole, mais il ne dit rien. Il semble se contraindre au silence – un soulagement pour moi.

— Tu es très élégant toi aussi.

— Merci !

Il glisse sa main dans la mienne et me conduit sur la terrasse.

Alex me présente à ses copains, des amis d'enfance pour la plupart. Je suis heureuse de constater que les filles sont autant, voire plus apprêtées que moi.

Dans une atmosphère détendue, d'autres invités arrivent encore et encore. Jessica nous a rejoint, splendide, en petite robe mousseline de soie blanche cintrée, au bustier brodé de perles, les cheveux au carré impeccablement lissé, encadrant sa bouche aux lèvres naturellement discrètes, mais rehaussées d'un rouge flamboyant : une gravure de mode.

— Liz, que dirais-tu de goûter à mon cocktail favori ? argue-t-elle tout en accrochant son bras au mien.

Je la soupçonne de vouloir m'éloigner d'Alex en agissant de la sorte, mais cela ne me dérange pas, j'apprends à apprécier sa compagnie.

— Je suis certaine que tu ne connais pas le Mojito au Kombucha ? m'interroge-t-elle, d'un air supérieur.

— Le Mojito oui, mais le Kombucha : connais pas !

Le serveur qui a entendu sa requête, attrape un grand pichet de ce fameux cocktail et lui remplit deux verres. Je me saisis de celui qu'elle me tend. Nous trinquons, cette fois : elle tout sourire et décontractée, moi, toute rigide, sur une musique d'ambiance au volume discret, mais au rythme enjoué.

Je trempe les lèvres dedans, pas trop confiante, finalement j'en laisse filer une grosse gorgée !

— J'adore, Jess !

Le mélange de sucre et d'agrumes, associé à l'odeur de la menthe et du rhum, c'est franchement bon. Moi qui ne bois quasiment jamais d'alcool, je ne me reconnais pas en ce moment.

Deux jeunes femmes rejoignent Jessica, laquelle fait les présentations. Elle explique à Léna et Mathilde que je suis une amie d'Alex et instantanément les questions fusent :

— Tu es d'où ? me demande Mathilde.

— D'un petit village non loin de Saint-Étienne.

— Ah ! Je connais un peu. Tu y fais quoi ?

— Je suis éducatrice de jeunes enfants.

Tout en discutant, je note que Jessica ne me lâche pas du regard, à tel point que j'entends presque ce qu'elle est en train de se répéter : « *Elle fait quoi, là ! Elle ne va pas se livrer entièrement, tout de même !?* »

— Tu es ici pour combien de jours ? s'enquiert Léna.

— Jusqu'à mardi, je crois.

— Ah, tu n'es pas sûre ?

Pff... Puisque je ne décide de rien, tu n'as qu'à demander à Silver !

— Non... enfin si, oui, jusqu'à mardi c'est ça.

Léna se met finalement à parler du séjour d'Alex, en Italie, chez son père. Je lâche la conversation pour porter mon attention sur les derniers convives, dont l'arrivée crée une joyeuse ébullition auprès d'Alex et son groupe de copains. Mon cœur s'emballe quand je reconnais Silver. Dans un pantalon noir très chic, un tee-shirt du même ton et d'un blazer gris, je le trouve à tomber. J'aperçois également Markus, Raphaël, mais aussi l'homme au regard bleu glacial et à l'air patibulaire, qui était présent lors de la soirée cauchemardesque. Quant au cinquième et dernier individu, je ne le connais pas. Je lui donnerais dans les 25 ans, châtain foncé, les cheveux mi-longs et légèrement ondulés qui descendent sur le front ; il se dégage de lui quelque chose de présomptueux, presque hautain, en le voyant ainsi toiser de haut chacun des invités qui l'entourent.

— Ah, enfin ils sont là ! se réjouit Jess, qui a suivi mon regard.

Léna et Mathilde passent immédiatement en mode prédatrice ; elles les épient à la façon dont des affamées saliveraient devant un étalage de mets appétissants. Dépitée, je commence à faire un pas pour m'écarter de ce groupe de hyènes, mais Jess me retient par le bras :

— Hé ! *Where are you going ?* Viens avec moi Liz, je vais te présenter, car je ne crois pas que tu les connaisses tous ?

— Non, mais ça ne me dit rien, fais-je dépitée, ce qu'elle semble ne pas prendre en considération, vu l'entrain avec lequel elle me hisse jusqu'au responsable de mon désordre intérieur.

— Les garçons, laissez-moi vous présenter, pour ceux qui ne l'ont pas encore rencontrée, Liz.

— Salut, Liz, fait Markus, tu es sublime ! Je ne t'aurais pas reconnue. (Je lui sers un petit sourire en remerciement.) Ça va ? Ce n'est pas trop difficile de supporter l'autre fada ? plaisante-t-il à l'attention d'Alex, qui pour une fois ne réagit pas au tacle de son ami.

— Salut, Markus, pour répondre à ta question il y a les cigales, il y a la mer, les vignes, la lavande aussi, mais je t'assure que même malgré tout cela, s'il manque le fada alors le lieu perd en authenticité !

J'envoie un regard de soutien à mon hôte adoré, qui le réceptionne immédiatement d'un sourire triomphant.

— Ah, quelqu'un qui sait m'apprécier à ma juste valeur ! jubile Alex.

Du coin de l'œil, je perçois Silver qui m'observe sans que je ne parvienne à le saluer… Trop impressionnée, trop timide ou une fois de plus, trop coincée.

— On ne m'avait pas dit que notre boulette était aussi sexy ! s'enthousiasme celui que je ne connais pas.

Ma mâchoire manque l'effondrement devant sa réflexion.

— Éliza, je te présente Lucas, intervient Silver.

Je me contente d'opiner de la tête sans sourire, car après tout, une boulette, aussi sexy soit-elle, ça ne sourit pas !

— Enchanté mademoiselle, fait-il une expression de macho collée aux lèvres.

Je détourne les yeux, navrée.

— À côté, c'est Miloslovich, mais retiens Milo, poursuit Silver en me désignant de la main l'homme au regard glaçant – *celui du bois*.

Milo... quoi ? Je lui sers un timide « bonsoir » me donnant droit, en retour, à un léger soulèvement du coin de lèvre accompagné d'un mouvement de menton. Sa façon de regarder, de bouger : lentement, avec froideur... Tout cela évoque quelque chose de reptilien, je dirais même : de menaçant.

— Tu remarqueras qu'il est du genre peu bavard, commente Silver.

Tandis que Jessica présente ses amies à tout le groupe, Silver se rapproche de moi :

— Je suis d'accord avec Markus, tu es sublime.

Mes yeux s'accrochent aux siens ; je sens mes pommettes roussir. *Ne fais cas de rien, Liz !*

— Merci pour le massage, j'ai appris que tu étais à l'origine de ce cadeau.

Oups ! Le tutoiement m'a glissé des lèvres.

— De rien, mais ça, ils ne sont pas au courant, me confie-t-il en désignant de la tête ses collègues, en pleine discussion avec les deux chasseuses.

— Entendu.

Il passe sa langue sur sa lèvre supérieure tout en observant ma bouche ; je déglutis péniblement ; j'ai chaud ; pour cacher le malaise qui m'envahit, j'avale une grande lampée de mon cocktail.

— Fais donc voir...

Tranquillement, il se saisit de mon cocktail et en boit plusieurs gorgées ! Cela devrait m'énerver, mais je ne réagis même pas. Il me rend mon verre presque vide.

— Ce n'est pas un peu trop fort ce genre d'alcool, pour quelqu'un qui n'a pas l'habitude d'en consommer ? m'interroge-t-il, une pointe de sévérité et d'inquiétude dans le regard.

Bon sang, mais c'est noté sur mon front que je ne bois pas ?

— Je trouve ça bon, je n'ai pas l'impression que c'est fort.

— Je te conseillerais de délaisser ton cocktail pour quelque chose de plus doux.

J'avale cul sec la dernière goulée devant lui.

— Je verrai !

Je me détourne de Silver pour chercher Alex du regard ; justement, il fait de même. Il est au bar et me montre, en le soulevant, un verre rempli du cocktail que je viens de terminer. Je lui fais un signe de la tête pour lui confirmer de m'en prendre un et dans la foulée, je jette un œil à Silver : il me scrute sévèrement, puis me laisse pour rejoindre ses amis qui se sont installés dans un salon aménagé aux abords de la terrasse. Pourquoi cela me soulage-t-il toujours autant lorsqu'il s'éloigne ? S'il n'y avait pas cette sensation de manque comme retour de manivelle, alors ce serait parfait. Je retrouve Alex qui patiente en me regardant, un verre dans chaque main.

— Merci, Alex !

— J'avais remarqué que ton verre était percé, je me suis dit qu'il fallait t'en trouver un autre de toute urgence ! À nous deux ? propose-t-il, en soulevant son verre au-dessus du mien.

— Oh oui ! Quel bonheur de t'avoir rencontré. (Nous buvons de concert.) Ta « petite » fête est très réussie, même plutôt conséquente pour célébrer un simple séjour en Italie.

Ça donnerait presque l'impression que tu ne comptes pas en revenir.

Il me regarde, surpris, tout en affichant un large sourire :

— T'es pas fada ! Je suis bien trop heureux ici. La Provence me coule dans les veines, si je la quitte trop longtemps, j'en meurs. C'est seulement que j'aime faire la fête. En moyenne, je dois bien trouver une raison par mois de recevoir les copains.

— Ah oui, quand même ! Eh bien, qu'est-ce que ce doit être pour ton anniversaire !?

— Reviens l'année prochaine, en avril, pour mes 31 ans et tu sauras.

Alex plonge son attention dans son mojito qu'il fait tournoyer un moment, puis relève les yeux jusqu'aux miens, en se mordant la lèvre inférieure. Généralement, cela laisse présager une indiscrétion.

— Si je suis allé te chercher un verre, c'est aussi parce que tout à l'heure, tu ne me semblais pas vraiment à ton aise…

— Comment ça ?

— Durant ton aparté avec Sly.

Pan ! Dans le mille !

— Rien ne t'échappe !

— Oh si, Liz… toi.

— Moi ?

— Tu sais très bien…

— Alex, non, s'il te plaît ne complique pas les choses. Je t'apprécie sincèrement, mais tu sais que j'ai une famille et qu'il…

Il dépose son pouce sur mes lèvres.

— Chut, Liz. Je sais.

Il le laisse glisser lentement jusque sur mon menton, pour finalement le retirer.

— Je sais surtout ce que tu ne sais pas, ajoute-t-il sur le ton de la confidence.

Je le regarde, étonnée.

— Je remarque que bien malgré toi, il t'attire. Et je peux te dire que bien malgré lui, tu l'attires tout autant. Et alors que ça devrait me réjouir, c'est l'effet inverse qui se produit, au point, je dois te l'avouer, que je suis soulagé de devoir partir.

Je le regarde attentivement. Je doute un instant, mais un instant seulement. *Non, Alex, je n'ai pas cette attirance pour toi, du moins, pas à ce point...* Cette conversation ne devrait pas avoir lieu, j'ai assez de tracas comme ça. Je suis sincèrement peinée pour lui, et en même temps, tellement rassurée par son objectivité.

— Alex, je t'apprécie énormément. Ton amitié est un vrai luxe pour moi et elle a trop de valeur pour être mise en péril de la sorte. Je suis désolée, absolument désolée, mais ne changeons rien s'il te plaît… D'autre part, tu as raison, Silver me met dans tous mes états sitôt qu'il pose ses yeux sur moi.

Son visage est traversé d'un éclair de contrariété, mais il le balaie rapidement d'un sourire – celui dont on se pare pour ne pas perdre la face.

— Attends qu'il pose ses mains, alors ! plaisante-t-il, le regard encore chargé d'émotion.

— Alex ! Je suis sérieuse.

Il place sa main dans le creux de mon dos et me fait pivoter d'un demi-tour.

— Tu apprendras que Sly est un peu un couteau suisse à lui tout seul ou disons qu'il a plus d'un tour dans sa manche, comme le fait de savoir lire sur les lèvres.

Ah bon ?

— Tu penses que c'est ce qu'il faisait ?

— C'est possible, en tout cas tu es trop sérieuse, Liz. Crois-moi, un peu de souplesse te ferait du bien. D'après toi, pourquoi le roseau se plie, mais ne se rompt pas ? Parce qu'il sait être souple. Il est capable de changer de direction pour ne pas se casser. Tu devrais essayer, toi aussi, de changer de direction… pour ne pas te perdre.

Je réfléchis un instant à son conseil avant d'éclater de rire :

— Tu te prends pour un vieux sage du pays du soleil levant ? Alex, je suis souple, mais je suis surtout en couple et si avec Nathan ça ne se passe pas très bien, ça ne veut pas dire pour autant que je dois jeter l'éponge et me laisser séduire par le premier tombeur qui me fait de l'effet.

— Silver est mon ami, crois-moi ce n'est pas qu'un tombeur. Tu n'as rien à craindre de lui. Ça me coûte de te dire ça, mais ça fait des années que je le vois s'amuser avec des cagoles de ce genre (il lève la main en direction d'une femme aux attributs féminins exagérément mis en évidence), alors je trouve que c'est une bonne chose qu'il se laisse tenter par quelqu'un comme toi.

— Et après ? Une fois qu'il aura couché avec moi, il passera à la suivante.

Mince, j'ai fini mon verre ! Alex s'en aperçoit, il me commande un autre Mojito au Kombucha. *Oups, mon troisième.*

— Tu n'es pas le genre de fille avec laquelle on ne reste qu'une nuit !

— Mais lui est le type d'homme à ne rester qu'une nuit avec la fille, quel que soit son genre !

Je fais claquer mon verre, fraîchement apporté par le serveur, contre le sien, comme ponctuation finale de ma phrase, puis je laisse une grande rasade de ce fameux cocktail finir de lever les dernières barrières de mon inhibition, sous le regard amusé d'Alex.

— J'ai l'impression que tu fais des infidélités à mon vin, là ?

— C'est ma façon de m'approprier cette notion… l'infidélité ! Tu vois que je suis souple, lui dis-je en rigolant.

— Liz, t'es surtout bourrée !

Une musique au tempo vif attire mon attention vers la terrasse ; des couples se mettent à danser la salsa. Je crève d'envie d'en faire de même mais je vais me ridiculiser… *Et puis mince !*

— Alex, viens on y va.

— Heu…

Il jette un coup d'œil derrière moi. Je me retourne. C'est Silver qu'il regarde, mais celui-ci est en discussion – en tout cas, semble l'être.

— Tu veux que j'aille lui demander son accord ? lui proposé-je, afin de l'exhorter à me suivre.

Il hésite encore. Silver lui a-t-il fait comprendre quelque chose de loin ? Je préfère ne pas savoir. Je l'attrape par le bras et le tire jusqu'à moi – enfin, il vient.

Nous posons nos verres vides sur le plateau d'un serveur et nous dirigeons jusqu'à la terrasse où de petites guirlandes, façon bal de guinguettes, ont été disposées. La tête me tourne ; je me stabilise quelques secondes, prends une profonde inspiration puis m'enfonce dans la tiédeur de la piste avant de me retourner face à Alex. Il m'attrape les mains et se colle à moi, tentant désespérément de m'accorder à son rythme. J'éclate de rire ; je ne me suis jamais sentie aussi bien, à ce point décomplexée ! Merci le Kombucha ou plutôt le mojito !

— Liz, tu me permets ?

Jess se tient juste à mes côtés. *Punaise, pas maintenant, on vient d'arriver !*

Alex me paraît mal à l'aise. Je préférerais continuer de danser avec lui, mais je ne suis pas cette égoïste, alors je lui glisse à l'oreille ses propres mots : « Il est capable de changer de direction pour ne pas casser. Tu devrais essayer, toi aussi, de changer de direction… pour ne pas te perdre. » En retour, ses yeux me dévisagent ; il a toujours sa main sur ma taille, qu'il caresse subtilement.

— Dans ce cas, à tout à l'heure, Liz ? lâche-t-il avec un manque d'entrain évident.

— À plus tard.

Il m'embrasse la main que je lui retire rapidement tout en m'éloignant. Je n'ai pas regardé Jess, mais ça ne devait pas être beau à voir !

Tout en déambulant sans vraiment savoir où aller, je me risque à jeter un œil où est installé Silver avec ses collègues… Comme ça, juste pour voir ce qu'il fait. *Putain !* La nausée me prend : une blonde double airbag, montée sur échasse, est assise à côté de lui et comme si cela ne suffisait pas, elle lui caresse la cuisse. Je continue de marcher, la nausée s'estompe et je me retrouve de nouveau au bar. J'en conclus que mon inconscient me fait une requête silencieuse.

— Mademoiselle ? me demande le serveur.

— Un mojito au Kombucha, s'il vous plaît.

Ce mec n'est qu'un séducteur, un putain de séducteur sans états d'âme. Alex se trompe à son sujet. Je prends de profondes inspirations pour me détendre, jusqu'à ce que je ressente à nouveau la sensation d'être sur un nuage qui flotte. J'adore. J'espère que ce verre ne sera pas celui de trop.

Le serveur me tend mon cocktail, mais c'est un homme que je ne connais pas qui le réceptionne. Celui-ci se tourne vers moi et me le remet, un sourire de flambeur aux lèvres.

— Je ne crois pas avoir vu une seule femme durant cette soirée qui ait votre classe et votre sympathie. Et cette robe… elle vous va à merveille !

Bêtement, je souris en récupérant mon verre.

— Éliza.

Il me changera les idées !

— Enchanté Éliza, moi, c'est Rémi. Puis-je vous proposer de boire ce verre en ma compagnie, si bien sûr je ne risque de contrarier personne en faisant cela ?

Je continue de lui sourire naïvement, le mojito œuvrant contre ma conscience. Sournoisement, une main vient se poser sur mes fesses. *Le culot !*

— Nous pourrions aller nous installer à l'intérieur ? poursuit-il, sûr de lui.

Je marque un arrêt sur image, incapable de bouger. Je réalise doucement quel genre d'individu se tient en face de moi. Je finis enfin de démêler les nœuds de mon cerveau :

— Je reste ici mais sans vous.

J'attrape sa main pour l'ôter de mes fesses, mais il s'en saisit.

— Tu es sûre de ne pas avoir envie que l'on s'isole afin de s'amuser un peu, hum ?

Je suis hypnotisée par ses yeux noirs, bien fades comparés à ceux de Silver. Les mojitos me rendent lente et pathétique, c'est le moment de freiner ma consommation.

— Arrêtez !

— Lâche-la tout de suite.

Oups ! Cette voix... Je sors de ma léthargie et me retourne – *confirmation* –, Silver a les yeux rivés sur Rémi ; mais je me suis retournée un peu vite et mon nuage connaît de rudes perturbations, au point de me donner le vertige. J'ai aussi l'impression que mon œil droit tente de faire le boulot du gauche, et vice versa, la honte ! Si c'est ça être bourrée, alors c'est franchement désagréable !

— Désolé, fait Rémi en retirant enfin ses mains, je ne veux pas d'histoires.

— Qui t'a invité ici ? questionne Silver d'un air sévère.

Que la colère lui va bien ! Ses grands yeux s'assombrissent au diapason de son humeur, au point de le rendre plus impressionnant encore... En tout cas pour moi.

— Un pote d'Alex.

— Qui ?

Rémi hésite puis lâche enfin le prénom :

— Éddy. Écoute, je ne suis pas un salaud, elle est toute mignonne et t'as vu comme elle me souriait ? Ce type de nanas...

Silver ne lui laisse pas finir sa phrase ; il s'avance subitement jusqu'à pouvoir coller son front contre le sien ; il s'empare du col de sa chemise et lui glisse à voix basse :

— Éddy, je le connais, on aura une discussion. Mais la charogne dans ton genre, on n'en veut pas ici. Tu as remarqué qu'elle est bourrée, mais tu te permets d'insister. (Silver resserre toujours plus étroitement le col de Rémi, jusqu'à ce que ses yeux s'écarquillent, qu'il peine à respirer.) Maintenant, tu prends tes couilles et ce qui te sert de cerveau et tu dégages. Si je t'aperçois encore ici dans moins de trois minutes, c'est à l'hôpital que tu te réveilleras demain matin. Ces menaces sont-elles assez claires pour le sombre connard que tu es ?

Rémi ferme les paupières pour confirmer, alors Silver le relâche en le poussant fermement à l'arrière. Rémi manque de tomber. Il essuie du revers de la main un filet de bave, jette un coup d'œil nerveux autour de lui puis s'en va immédiatement.

Seules les quelques personnes qui se trouvent au bar ont remarqué l'altercation, mais toutes ont repris le cours de leur soirée. À part, peut-être, deux ou trois filles qui ne peuvent s'empêcher de dévisager Silver. Comment leur en vouloir ? Puisque c'est précisément ce que je suis en train de faire, moi aussi.

— Ton chaperon, où est-il ?

Je ne comprends pas ; je le regarde, interloquée.

— Alex ?

Je ricane.

— Alex n'a rien d'un chaperon. Tu n'as pas vu comme il est séduisant ce soir ? Jess l'a bien remarqué, elle.

Ses yeux me mitraillent.

— Bordel, voyez-vous ça ! Elle est complètement ivre.

La colère traverse son visage, mais un sourire finit par naître au coin de sa bouche. Soulagée, je ricane de nouveau. Oups, la nausée revient ; c'est pénible.

— Si je comprends bien, je ne peux donc compter ni sur Alex ni sur Jess pour veiller sur toi… et encore moins sur toi.

Je lui confirme d'un signe négatif de la tête.

— T'as mangé quoi ce soir ?

— Ah, c'est ça que j'aurais dû faire pour ne pas avoir ces foutues nausées ?

Il se passe une main nerveuse dans les cheveux ; le mécontentement raidit chacun des traits de son visage, et même comme ça, je le trouve à tomber.

— Ne faites pas cette tête. Le « problème », pardon, la « boulette », va aller se coucher, au moins plus besoin de chaperon. Et… Et puis non, tiens ! J'ai 27 ans après tout, si je veux continuer de faire la fête et bien j'en ai le droit !

— Je préfère ta première idée. Viens avec moi, je t'emmène jusqu'à ta chambre.

Je le regarde avancer pendant que les dernières larmes de mon mojito coulent jusque dans ma gorge.

— Vide, lui dis-je en lui tendant mon verre, tandis qu'il se retourne pour vérifier que je le suive bien.

Bizarrement, il reste plutôt zen. Je crois que j'aurais bien aimé le voir s'énerver… Fendre l'armure.

— OK, miss. Tu as la tête qui tourne ?

Il me prend mon verre qu'il dépose sur le bar.

— Un chouia.

— Mouais, un chouia, grommelle-t-il. Viens avec moi, Alex a le nécessaire dans sa pharmacie pour t'éviter d'aller plus mal. Tu me suis ?

— Et après je peux revenir, on est d'accord ?

Mais c'est moi qui décide bon sang ! Pourquoi est-ce que je lui demande son autorisation ?

— C'est toi qui vois.

Je le suis, mais il avance vite ou moi trop lentement – faut dire que je n'ai pas le pied très sûr –, du coup, il m'enlace par la taille, sans manquer de me jeter régulièrement un regard un peu agacé.

— Un chouia, tu me disais ? répète-t-il, non sans ironie.

La montée des escaliers est laborieuse. Il s'agirait des marches de la Grande Muraille que ce ne serait pas pire.

Mais c'est ma chambre, ça !

— Silver, c'est ma chambre. Je n'ai pas de pharmacie.

— Si, dans la salle de bain, vers les toilettes.

— Attends, je veux m'arrêter ici.

Je lui indique du doigt mon lit sur lequel il prend soin de me lâcher doucement, mais c'est tout de même lourdement que j'atterris dessus.

— Tu vois, même en étant au premier étage je ne suis pas tranquille.

— De quoi me parles-tu ? me demande-t-il, l'air surpris.

— Ta pétasse blonde montée sur échasses. T'as pas fait attention à la façon dont elle te surveillait quand tu m'aidais à marcher ? Si ça se trouve, elle a fait le tour de la demeure pour t'observer par la fenêtre. C'est perfide une blonde ! Surtout une blonde équipée d'échasses… D'ailleurs, ça fait une girafe. (J'ai un rictus sardonique.) Et bim, la blonde !

Je ricane de mon ânerie tout en ayant conscience de ma nullité ! Je m'aperçois que je suis vulgaire en plus de le tutoyer. Je suis vraiment misérable ! Je baisse les yeux pour éviter de voir sa réaction, mais il se penche vers moi et m'attrape par le menton afin de m'obliger à le regarder. *Assume, Liz !* Je m'exécute ; il me lâche lentement et se redresse. Son regard semble m'examiner comme si j'étais nue ; je rougis.

— Tu l'appelleras autrement s'il te plaît. Mais non, je n'en ai pas tant vu, peut-être, parce que j'étais trop occupé à essayer de te donner une allure convenable, alors que tu étais complètement ivre. De plus, ça m'aurait arrangé que tu te concentres sur tes pas plutôt que sur elle. Et puis bordel, Éliza, tu ne connais pas tes limites ?

Cette fois, son ton est ferme et sa voix monte d'un cran ; il s'énerve pour de bon. En retour, les larmes entrent en scène... *Non, mais franchement, Liz, qu'est-ce qui t'arrive ? Arrête ça !*

— Tu pleures maintenant ? s'étonne-t-il.

— Non ! Enfin... je ne sais pas pourquoi.

Il s'assied à mes côtés en m'observant silencieusement.

— Va-t'en, ça ira désormais. Merci.

— Fais voir.

Je laisse ma tête, lourde et douloureuse, pointer vers le sol. Sa main s'empare de mon visage qu'il oriente lentement vers lui. Il essuie, de son pouce, les deux dernières larmes, puis retire sa main. J'aurais pourtant tellement aimé prolonger le contact de ses doigts.

— Regarde-moi, Éliza.

Je m'exécute et de manière inévitable, je me sens attirée par lui. *Ça m'énerve !*

— Cela fait deux heures que je suis arrivé ici et deux heures que tu m'agaces.

— C'est censé m'apaiser ?

Il sourit.

— Je te vois te pavaner des cocktails dans la main, deux fois trop forts pour toi ; Alex te fait son numéro de charme, mais à son grand désespoir tu passes à côté ; les trois quarts des hommes de cette soirée t'ont déshabillée du regard, mais je suis certain que tu n'as rien remarqué ; enfin un mec douteux te tend un verre et toi tu le laisses t'approcher, alors que tu n'es même pas en possession de tous tes moyens !

— Je… Je crois que j'ai trop forcé sur le cocktail, tu as raison.

Ses yeux me dénudent une fois de plus et une fois de plus j'ai chaud. Sans parler de ces putains de nausées qui me mettent la tête en vrac !

Il se lève d'un coup et ouvre un vantail de ma fenêtre devant laquelle il reste statique, les mains dans les poches. La musique ne nous parvient que faiblement.

— C'est de ta faute !

Mince, décidément l'alcool ne me vaut rien. Il se retourne, les sourcils au zénith. Je frémis d'inquiétude, mais je me ressaisis, car peu importe, immergée d'alcool, d'émotions et de désirs, je ne me contrôle plus. C'est en le regardant droit dans les yeux que j'assumerai ce que j'ai à lui dire :

— Cela fait une semaine que tu as semé en moi des sensations que je ne soupçonnais même pas, des désirs que je trouve trop… comment dire… puissants, ambitieux ! Je suis à la fois dans le déni et dans la culpabilité de ressentir cette attirance pour un autre homme que Nathan, et si en plus je me positionne en tant que mère, alors là… je me désagrège. Je ne veux pas être ce genre de modèle pour Nine.

Ses yeux verts m'examinent sans ciller tandis que ses mâchoires se contractent. Il finit par déglutir pour mieux défendre son point de vue :

— Le modèle d'une mère qui montre à sa fille qu'elle est suffisamment affranchie de tout diktat pour être capable de faire des choix personnels, qui la rendent heureuse ? Cela n'influe en rien sur ta relation avec elle.

— C'est ça. Je rêve de devenir ce genre de personne.

Il s'accroupit face à moi, un air sérieux dont j'ai du mal à identifier la raison.

— Pour ce type de défi, il faut remplacer le verbe « rêver » par « vouloir », ça fonctionne mieux.

— Je te veux.

Il soupire bruyamment ; ce n'est pas la réaction que j'espérais. *Si je pouvais me faire toute petite, je plongerais au fond de mes escarpins !* A contrario, je m'oblige à soutenir son regard.

— Éliza, bordel ! Tu es ivre.

— Mais lucide. J'en ai très envie. Je n'ai jamais ressenti autant de désir pour qui que ce soit. Et récemment, j'ai même failli mourir. Tu réalises ? Toi, tu as sans doute l'habitude de ce genre de situations (il soulève un sourcil, amusé), mais pour moi cette épreuve a remis toute ma vie en perspective. Je veux sortir de l'ombre de mes craintes. J'étais quelqu'un qui doutait de tout, maintenant je veux me laisser guider par mon intuition.

Il effleure sa lèvre inférieure de sa langue, ce qui équivaut, pour moi, à un « top départ ». Fous d'impatience, mes doigts caressent la base de son cou pour remonter de manière délicate et délicieuse jusque dans ses cheveux ; ses paupières se ferment à demi ; sans sourire, l'air toujours aussi sérieux il rapproche son visage du mien ; j'ai la sensation de manquer d'oxygène, nos nez se frottent l'un à l'autre… Mais, brusquement il retire mes mains de sa chevelure et se recule.

— Tu es tellement désirable. Bon sang, si tu n'étais pas saoule… Est-ce que tu penses que demain matin tu te souviendras de tout ce que tu m'as dit ?

— Malheureusement pour moi, oui.

Son sourire en coin reprend du service, atténuant la gravité de son regard.

— Tu es en train de franchir un point de non-retour, tu en as conscience ?

— Complètement.

Les sensations qu'il crée en moi se diffusent dans tout mon corps et me remuent les intestins, jusqu'à réveiller l'envie de vomir.

— Tu comprends que je peux représenter une source de danger, par le simple fait de te côtoyer. Est-ce que c'est concret pour toi ?

— Oui… Enfin, plus ou moins.

— Éliza !

— Si, j'en suis consciente. Alex survit, alors je devrais y parvenir.

Oh, les nausées s'intensifient.

— De toute façon, la semaine prochaine, je ne supporterai pas de t'avoir toute la journée sous le nez, sans pouvoir te toucher. Tu es en train de me rendre fou.

Il se redresse et me tend une main pour m'aider à me hisser, mais je ne m'y risque pas.

— Heu, deux minutes s'il te plaît, je crois que le dernier cocktail a du mal à descendre.

— Je vois, ne bouge pas.

Les coudes sur les cuisses, la bouche cachée dans la paume de ma main, je l'observe ouvrir mon placard à vêtements. Il y prend un petit sac de voyage à l'intérieur duquel il fourre quelques fringues et sous-vêtements, avant de se rendre dans la salle de bain. Il en sort sans tarder et pose le sac vers la porte de la chambre. Qu'est-ce qu'il trame ?

— Allez, c'est prêt, accroche-toi à moi, je t'emmène dans la salle de bain, déclare-t-il en me tendant la main.

Si je parle, je vomis, autant le suivre. Il a l'air d'y tenir.

À peine debout, je suis de nouveau prise d'étourdissements. Tétanisée par la peur de vomir, je ferme les yeux et m'en remets à Silver, qui, d'une main dans le dos, me guide jusque devant *les toilettes* !?

— Agenouille-toi.

— Pourquoi ?

Je chuchote pour éviter de réveiller davantage l'envie de vomir qui a encore gagné du terrain.

— C'est l'heure du traitement. Tu verras, dans cinq minutes ça ira mieux.

Je regarde de partout, mais je ne remarque pas la moindre pharmacie. *Merde !* Je l'observe quitter son blazer, se laver minutieusement les mains puis s'agenouiller juste derrière moi.

— Silver, ôte-moi d'un doute, tu ne vas pas me demander de vomir ?

— Si.

Hein !?

— Non, inutile ! Ça passera.

— Ou pas, et il te faudra plus de vingt-quatre heures pour t'en remettre. C'est tout simplement hors de question, Éliza Ruiz ! J'ai décidé que ta journée de dimanche m'appartiendra et j'espère bien en disposer pleinement, m'assure-t-il d'un regard séducteur qui finit de me soulever les entrailles. Éliza, allez ! Ce n'est qu'un mauvais moment à passer.

Génial, et il croit que je vais faire ça devant lui ?

— Sors, Silver, peut-être que ça viendra plus vite.

Je l'entends se marrer ! Je ferme les yeux pour essayer de m'apaiser. Peut-être que ça va rentrer dans l'ordre tout seul…

— Désolé, me lance-t-il en me ceinturant subitement les épaules de son bras gauche tandis que je sens ses doigts s'enfoncer dans ma bouche, puis jusqu'au fond de ma gorge.

Le déluge est immédiat et violent. Silver me libère et se contente, maintenant, de me maintenir les cheveux à l'arrière, sa discrétion n'effaçant pas la gêne que je ressens à vomir ainsi devant lui.

Quelques minutes plus tard, après une alternance de pauses et de reprises, tout se stoppe enfin. La délivrance. Je suis vidée ; contrariée et vidée. Silver laisse retomber mes cheveux derrière mes épaules. Il se lève. Je l'entends se laver les mains assez longuement puis il me tend un gant mouillé avec lequel je m'essuie le bas du visage, avant de le lui rendre sans oser le regarder. Il le jette immédiatement dans la balle de linge sale.

— Comment te sens-tu ?

— Fatiguée, lui réponds-je timidement. Mais il faut avouer que ça a été efficace.

— Bien. Reste là un instant, au cas où… Je vais à côté, envoyer un ou deux textos et si tu continues d'aller bien alors on pourra partir.

— Partir où ?

— Chez moi.

— À la résidence ?

— Non, Éliza, chez moi. Repose-toi un moment, je reviens.

Mes mains ne cessent de trembler. Je me rends au lavabo ; je me rince la bouche ; je ne trouve pas ma brosse à dents – je me souviens qu'il est entré dans la salle de bain avec le sac –, j'en prends donc une nouvelle parmi la réserve que m'a constituée Jessica. Les tremblements, eux, ont disparu ; je me sens frêle, mais tellement mieux avec en prime une haleine fraîche ! Lorsque je me regarde dans le miroir, le mascara a légèrement coulé, j'efface alors rapidement les bavures à l'aide d'un coton-tige et de démaquillant.

Silver frappe à la porte. Je me retourne encore chancelante, sans doute à cause du vide qui remplit mon estomac.

— On y va ?

J'acquiesce d'un signe de la tête.

— Éliza, tu ne m'en veux pas ?

— Si, bien sûr que si !

La colère monte en moi et s'étouffe comme un feu de paille. Nous nous observons. Son regard plein d'assurance s'assombrit et pénètre par effraction dans le mien. Devant cette insistance muette, je cède :

— Tu as sans doute bien fait, j'ai trop la trouille de vomir. Alors merci de m'avoir… assistée.

Il me décoche une œillade à laquelle j'aimerais tellement répondre par un baiser… Mais après ce qu'il a vu, je pense que ce ne sera pas pour ce soir.

— Petit test de lucidité : cent seize plus, quatre-vingt-dix-huit ?

Hein ? Il me fait quoi là ?

— Je… Tu… Quoi ?

— Donne-moi le résultat.

J'éclate de rire.

— Mais tu plaisantes ! J'ai cru un instant que tu étais sérieux. Bon, allons-y.

— On ira seulement si tu as les idées assez claires.

Il persiste !

— Je ne me sens pas encore hyper bien. J'ai des difficultés à parler fluidement comme tu peux le constater. J'ai aussi mal à la tête, mais je sais ce que je fais Silver.

— Ni explications ni excuses, je ne veux qu'un nombre.

— Eh bien dis donc, ça se mérite de dormir avec toi.

Je me pince les lèvres, tâchant de garder mon sérieux, mais ce n'est pas simple. Lui, en revanche, il semble tellement concentré, presque contrarié.

Il attend patiemment, les bras croisés, le dos appuyé contre le mur. Face à lui, dos au lavabo – les deux mains qui le cramponnent, au cas où –, je m'attelle à mon calcul.

— Peux-tu me répéter les nombres ?

— Non.

— Pff ! C'est ridicule. Tu n'as qu'à le dire franchement que tu as changé d'avis plutôt que… me… de… merde ! Plutôt que de… me donner un défi aussi stupide !

Guidée par la colère, je crois quitter la salle de bain, mais il m'empoigne fermement le bras pour me retourner vers lui. Les traits de son visage sont raidis, son regard, courroucé, et moi, je suis flippée !

— Éliza, t'es saoule ! Bon sang, ça te donne peut-être du courage, mais pour ma part c'est à deux doigts de me dissuader.

Il me lâche brusquement. Ses yeux auscultent mon avant-bras dont la pression des doigts a laissé une rougeur, voyant cela il affiche une mine contrite et reprend :

— J'ai déjà pas mal bousculé ton existence ces derniers jours, alors pour ce qui risque de se passer entre nous, je te veux complètement consentante. Et puis une petite rectification, tu parles de dormir avec moi, pour ma part, je parle bien de coucher ensemble, de baiser.

Son vocabulaire audacieux heurte de plein fouet ma sensibilité et vient ébranler le peu de confiance en moi, que le mojito m'avait permis de gagner.

— C'est… vulgaire, mais exact. Redis-moi les nombres s'il te plaît. Je ne m'y attendais pas tout à l'heure, sinon je les aurais retenus.

Liz, concentre-toi.

— Cent seize plus, quatre-vingt-dix-huit.

— Alors, six plus huit, ça fait…

Je compte sur mes doigts, mais ses yeux me foudroient instantanément. Je me ravise et reprends mentalement. Malgré les capacités de réflexion ankylosées par l'alcool, la faim et la fatigue, je trouve :

— Quatorze.

— C'est ta réponse ?

— Non, attends. Heu, cent seize et quatre-vingt-dix-huit… Non (je comprends son mécontentement à son soupir, *il me stresse !*). Cent dix plus quatre-vingt-dix, ça fait… Ah facile : deux cents. Fini ! je m'exclame, fière de moi.

— Faux, tu as oublié d'assembler les deux résultats.

— Eh, tu ne l'as pas spécifié dès le début. Je t'ai mâché le boulot, tu pourrais au moins faire ça !

Il sourit malgré lui, je crois, car son regard ne semble pas affecté par ce court instant de satisfaction.

Il me tend une main, que je saisis immédiatement.

— Je t'embarque.

Yes !

Pour plus de discrétion, nous sortons de la maison par la porte d'entrée – *c'est bien la première fois que je l'utilise.*

Une vingtaine de véhicules sont stationnés dans la cour. Pendant que nous marchons côte à côte, main dans la main, je me délecte d'une légère brise dont la fraîcheur m'aide à me sentir mieux. Un sifflement nous arrête net. Nous nous retournons, c'est Alex qui appelle Silver depuis le haut des escaliers, ceux qui contournent le mas pour mener à la terrasse

— Reste ici Éliza, je n'en ai pas pour longtemps.

Alex me fait un signe de la main, que je lui rends.

J'observe les deux hommes discuter calmement, cependant – pour une fois – la conversation ne paraît pas enjouée. Alex se montre tout aussi sérieux que Silver. Une dizaine de minutes plus tard, Silver revient.

— Désolé. Viens vite, tu dois être fatiguée.

— Alex semblait préoccupé, non ?

Il marque un temps de réflexion avant de répondre :

— Il a l'habitude de me voir faire des conneries avec les filles, il a donc procédé à une petite mise en garde à la façon « Alex ». Rien de méchant. Il tient sacrément à toi… ça aussi ça m'ennuie pas mal.

— Je suis désolée.

— Tu n'y es pour rien. Viens, c'est celle-ci.

Je me fige. La cour est faiblement éclairée par trois lampadaires excentrés, mais le coupé fend la pénombre de ses lignes fuselées et de ses ailes galbées. Je n'en ai jamais vu de pareils, en tout cas en vrai ! Silver m'ouvre la portière pour m'inviter à monter à bord. Je me vautre littéralement dans le siège baquet. L'intérieur est à couper le souffle. Je m'étonne de m'extasier de cette manière devant une voiture, moi qui suis la première à considérer que ce genre d'achat est superflu et prétentieux.

Silver jette mon sac dans le coffre et s'installe au volant.

— Tu fais une tête bizarre, remarque-t-il.

— Je suis scotchée par ton engin. (J'agite les mains comme pour chasser les parasites alcoolisés qui ralentissent encore mes pensées.) Impressionnée. Enfin, ce n'est pas un peu... extravagant, ce genre de véhicule ?

— Tu veux dire le genre Aston Martin Vantage, dotée d'un V8, 4 litres, biturbo ? Je t'assure que lorsque l'on gagne bien sa vie, cette acquisition n'a rien d'extravagant, se justifie-t-il en réveillant le moteur de la bête.

Force est de constater que nous n'appartenons : ni à la même catégorie sociale ni au même monde, d'ailleurs. Alors comment pourrais-je juger du bien-fondé de « cette acquisition » ? Tout de même, une petite chose m'interpelle :

— Tu n'es pas frustré d'avoir un fauve entre les mains quand les limitations sont ce qu'elles sont ?

Il m'offre un large sourire – *mon Dieu qu'il est beau !*

— Je ne lis les panneaux qu'en centre-ville.

Il me jette un regard de biais, guettant ma réaction, mais je parviens à canaliser cette dernière à grand renfort de pincements de lèvres.

— Voilà une solution de facilité effectivement.

Ai-je conscience que cette voiture me conduit sur des routes que je n'ai jamais empruntées ? Oserai-je ? Assumerai-je ? Mes céphalées réapparaissent, encore plus intensément que tout à l'heure, stoppant instantanément le sombre brassage cérébral qui se mettait en branle. Ainsi bercée par le silence de la nuit – brisé alternativement par les rugissements du coupé – bien calée à l'intérieur de mon siège et devant la demande insistante de mes paupières, je me laisse aller à un petit assoupissement. *Liz, mais tu fuis, là ? Tant pis !*

Chapitre 8

Cette sensation de bouche sèche… mon estomac qui me tiraille… et ces rideaux de fer que je peine à maintenir ouverts ! *Tiens, il fait encore nuit ?* Cette odeur, cet oreiller trop ferme… Mais où suis-je ? La peur me submerge ; les yeux cette fois complètement ouverts, je tente – sans sortir du lit – de trouver un interrupteur contre le mur, mais ma main ne parvient qu'à battre ce dernier sans rien atteindre, jusqu'à ce que la porte s'ouvre, laissant pénétrer un précieux rayon de lumière. La chambre m'apparaît alors vaguement, mais cela suffit à me rassurer. Silver, par contre, m'apparaît pleinement et ce n'est pas pour me rassurer. *Punaise !* Je me souviens de tout : de ce que j'ai osé lui dire, de la raison pour laquelle je suis ici… Et les mojitos qui n'agissent plus ! Je suis seule et lucide ! Lucide et perdue !

Silver s'insère dans la pénombre de ma chambre et vient appuyer sur ce maudit interrupteur – situé à peu près là où je le cherchais –, puis s'assied sur le rebord du lit. Il est torse nu, seulement vêtu d'un pantalon fluide noir. Dans sa main, il tient quelque chose de sombre que je peine à distinguer à cause de la lumière tamisée… Est-ce un tissu ? Je réalise aussi que je suis sur la couette, encore habillée.

— Désolée, j'ai paniqué... Je ne reconnaissais pas la chambre. J'avais oublié que je m'étais endormie dans ta voiture.

Je suis surprise de m'entendre parler d'une voix granuleuse, mais la fatigue doit y être pour quelque chose. Il m'observe attentivement et m'écoute l'air un peu perplexe, le coude appuyé sur le genou et le menton posé dans le creux de la main. Son pouce caresse sa joue tandis qu'une lueur espiègle naît dans ses yeux. Mais il demeure muet. Je n'y tiens plus :

— Silver parle... dis quelque chose s'il te plaît.

Si possible, quelque chose qui ne soit pas une raillerie sur mon comportement d'hier soir !

Voilà qu'il me décoche son sourire de charmeur avant de s'exprimer enfin :

— 4 h 40.

— Quoi ?

— Il est 4 h 40, Éliza.

— Désolée, j'ai besoin d'aller... aux toilettes.

Décidément, quelle image doit-il avoir de moi !? Je me donne l'impression d'être une assistée.

— Tu es encore malade ?

— Non ! m'exclamé-je, embarrassée.

— Ah, dans ce cas c'est dans le couloir, première porte sur ta gauche.

— Merci.

Et mince ! Dès que je me lève des vertiges apparaissent, mais j'essaie de ne pas en tenir cas. Entre la faim, l'excès de boissons alcoolisées et le manque de sommeil, les raisons à cet état de faiblesse sont multiples.

Lorsque je reviens dans la chambre, Silver se tient debout à côté du lit. Sa silhouette mince à la musculature développée est splendide. Je ne peux m'empêcher de le regarder, de le dévorer des yeux, mais mon absence de discrétion ne lui échappe pas.

— Prends ça. (Il me tend la boule de tissu noir.) C'est mon tee-shirt, je te le prête pour cette nuit. Tu seras sûrement plus à l'aise pour dormir avec ça plutôt qu'avec cette magnifique petite robe, scande-t-il en regardant mes hanches avec insistance.

Bizarrement, je constate que j'apprécie de plus en plus ses regards audacieux malgré qu'ils me troublent toujours autant !

— Merci.

Je me saisis de son tee-shirt avec un enthousiasme que je tente de dissimuler en me pinçant les lèvres. Ça me gêne d'afficher mon attirance à son égard, peut-être parce qu'au fond, je ne souhaite pas être assimilée à son lot d'admiratrices. Je veux garder le contrôle sur ce qu'il me fait ressentir. Le problème, c'est que si cela était réalisable la semaine dernière, il en est tout autrement aujourd'hui.

— Tourne-toi, ma belle, me commande-t-il de sa voix grave et sensuelle.

Je le regarde interloquée, mais la surprise passée, je m'exécute sans me poser de questions, afin de m'éviter tout un chapelet de conjectures accusatrices et culpabilisantes dont ma conscience a le secret.

Silver vient se placer contre mon dos ; il dépose du bout des lèvres un baiser dans mon cou, puis dessous mon oreille, où il fait naître une onde de violents frissons qui me parcourent le corps et me remuent les entrailles. Mes mains moites encerclent avec une fermeté toujours plus intense son tee-shirt réduit en boule, tout contre mon ventre. Il caresse maintenant mes fesses avant de faire glisser, avec délicatesse, ses mains sur mon intimité. Je suis à nouveau en état d'ivresse ; ivre des sensations dont il est l'auteur. L'air est brûlant et je peine à respirer. Il me serre contre lui, me plaque contre son sexe que je sens en érection. La chaleur me consume tandis que la lenteur et l'impudence de ses gestes corrodent ma patience, au point de la dissoudre. Ses mains se glissent désormais sous les miennes, sur mon ventre, puis il m'enlace la taille un court instant avant de remonter jusqu'à mon buste où il effleure mes seins.

Ma robe est tellement fine et le désir si grand, que je me sens comme nue dans ses bras puissants, sous ses doigts fureteurs. J'essaie de me retourner, mais l'étau de ses mains se resserre sur mes hanches, tout en continuant à me plaquer étroitement contre lui.

— Chuuut, Éliza. Si tu te retournes, je ne serai plus maître de rien. Je veux simplement m'assurer que tu n'as pas changé d'avis, me souffle-t-il à l'oreille.

Une de ses mains migre dans mon dos et fait descendre lentement la fermeture éclair de ma robe. Je ferme alors les yeux pour me concentrer sur les sensations qui se créent et se déchaînent à chaque contact de sa bouche, contre la peau hypersensible de mon cou, tandis que la fermeture éclair continue sa chute pour venir s'échouer sur le bas de mes reins. Je sens sa main se faufiler dans l'ouverture de ma robe et me caresser le dos, de simples effleurements, mais redoutablement efficaces !

Ça suffit ! Je me retourne vivement, nos deux visages sont maintenant à quelques centimètres l'un de l'autre, mais je le sens sur sa réserve. *Je ne comprends pas.*

— Silver, reste avec moi cette nuit.

— J'ai envie de toi, Éliza. Je me mets au supplice en agissant de la sorte, mais ta réaction me satisfait et me rassure. Cependant, là, tu es trop faible. Je veux que tu te reposes. Et puis, tu m'as fait patienter une semaine, alors tu pourras bien attendre une nuit, hum ?

Il se recule lentement de moi, m'abandonne – désorientée et chancelante –, le tee-shirt plus à l'étroit que jamais entre mes doigts contractés par la frustration.

— C'est une façon de te venger ? lui demandé-je avec méfiance.

Il se passe la main dans les cheveux. Un petit geste qui semble trahir sa nervosité, toujours hautement maîtrisée la majeure partie du temps.

— Certainement pas ! Par contre, ce n'est pas le bon moment pour toi. Mademoiselle Ruiz, votre désir vous fait perdre tout discernement.

— Mais peut-être que demain j'aurai changé d'avis.

Oups ! Son air enjoué s'évapore, il me regarde avec insistance. Je crois qu'il recueille par lui-même les informations dont il a besoin pour s'assurer que je plaisante. Au terme de cette observation, son regard finit par s'adoucir. Il ne relève pas.

— La salle de bain, au besoin, m'indique-t-il, en tapant de l'index une porte coulissante située face à mon lit.

Avant de quitter la chambre, il se retourne furtivement pour me servir un « Bonne nuit, Éliza. », rapide et impersonnel. Inconsistant. Hébétée, je demeure, un instant, interdite. Finalement, je me déshabille sur place puis m'empresse d'enfiler son tee-shirt imprégné de son parfum. Je souris en considérant ce dernier comme mon lot de consolation, tel un trait d'union qui a démarré sa nuit sur le maître de mes désirs et la termine désormais sur moi.

Je me glisse sous les draps et tente de faire le vide, mais immanquablement la sensation que j'éprouvais lorsqu'il me serrait contre lui me revient. Je n'arrive toujours pas à comprendre ce qu'il me trouve. C'est vrai, il est tellement beau, viril et si sûr de lui. D'ailleurs, j'aimerais bien connaître le mystère qui se terre sous les courbes de cet aplomb parfait. Qui es-tu, Silver ?

Le réveil affiche 9 h 45, lorsque d'un bond, je me rends sous la douche. Tout, dans cette salle de bain, semble m'indiquer qu'il s'agit de la sienne, du gel douche homme en passant par l'après-rasage qui traîne sur le meuble du lavabo, jusqu'au flacon de parfum qui laisse émaner les mêmes fragrances – envoûtantes – que j'ai senties, la veille, sur lui. Machinalement, d'une pression, j'en vaporise le tee-shirt noir dans lequel je me glisse à nouveau après m'être lavée. Je souffle dans ma main pour vérifier mon haleine, mais sans surprise le résultat me fait me mettre en quête d'une brosse à dents. À ce sujet, je me souviens qu'il m'a préparé un sac hier.

Le sac m'attendait au pied du lit. Pas manqué, tout est dedans : ma trousse de toilette, une robe noire et aussi de la lingerie. Je suis bluffée ! Quelle efficacité dans l'improvisation ! Rapidement, je troque mes sous-vêtements de la veille contre le soutien-gorge en dentelle rouge et son tanga assorti sélectionné par ses soins, puis je me brosse les dents et les cheveux avec la même célérité. J'ai hâte de le retrouver, mais pour garder cet enthousiasme intact, je me fais violence en m'empêchant de penser à

Nathan. Si je me suis fait une raison en me disant que Nine n'est pas directement concernée par tout ça, je reconnais qu'à propos de Nathan, j'applique la politique de l'autruche. Ce n'est pas réjouissant, mais ça a au moins le mérite d'être efficace. Et puis, cette situation me fait l'effet de ne pas être le fruit du hasard, un peu comme si une puissance invisible me poussait jusqu'à cet homme. Je n'arrive de toute façon plus à lui résister, alors quitte à craquer, autant le faire en le savourant pleinement !

De légères nausées me rappellent que mon estomac est dans l'attente, urgente, d'un approvisionnement en vivres. À tel point que je le sens ouvert au tout-venant. Pour le faire patienter, j'avale quelques gorgées d'eau du robinet. *Ouf !* Cela fonctionne.

Devant le miroir, rutilante, dans des sous-vêtements – flamboyants – que je n'aurais jamais osé piocher dans le panel fourni par Jessica, le tout dissimulé par son tee-shirt rehaussé de son parfum, je prends une profonde inspiration et pars le retrouver. *Je suis complètement folle !*

Je traverse un petit couloir et arrive dans une vaste pièce à vivre, dont la vue surélevée m'indique que je me situe à l'étage. Je contemple un instant la végétation – un enchevêtrement de hêtres et de pins – qui jouxte l'habitation, au travers d'une succession de longues baies vitrées. Insolite ! *Mais où suis-je ? Ah, la classe !* Monsieur a également une piscine à débordement sur la terrasse ! Pourtant, l'intérieur, tout en étant chaleureux parce qu'habillé d'un plancher en chêne, n'en demeure pas moins très sobre, très épuré, à l'exception de l'imposant bar en métal – surplombé de suspensions au design vintage –, judicieusement positionné afin de démarquer la cuisine de la salle à manger. Je me sens un peu perdue, ainsi accueillie par ses murs. *Mais où es-tu Silver ?*

Lorsque je tends l'oreille, je distingue des bribes d'une musique émergeant des escaliers situés au fond de la pièce.

Ces derniers descendent jusqu'à un petit vestibule qui débouche, à gauche, sur le garage où j'aperçois l'Aston Martin de cette nuit et face à moi, sur une porte déjà entrouverte, d'où la musique se fait entendre plus fortement. Fébrilement, je la pousse. Un air rock'n'roll remplit l'espace par son volume aussi puissant que son rythme. Mais au beau milieu de cette salle de sport personnelle, Silver manque à l'appel. Il ne doit pourtant pas être très loin.

Des photos et affiches sont exposées sur les murs gris : je reconnais notamment Mohamed Ali en séance d'entraînement, de même que Nelson Mandela tenant la main de sa femme et brandissant le poing, à sa libération de prison. Il y a aussi un tee-shirt manches courtes, violet, arborant le numéro cinq, surplombé de l'estampille *Ravens*. J'imagine qu'il s'agit sans doute de sources d'inspirations où Silver puise une certaine énergie. Cela me plaît de faire ainsi la connaissance de son univers, j'ai l'impression – plutôt l'illusion – de me rapprocher de lui.

Durant cette exploration visuelle, je remarque la présence d'une bouteille d'eau et d'une serviette éponge posées à côté d'un banc de musculation. *Où es-tu ?*
Dans le fond de la pièce, entre le sac de boxe et l'espalier, se trouve une porte. Le cœur battant de crainte de me montrer indiscrète, mais enhardie par le désir irrépressible de le retrouver, je la fais lentement coulisser et m'infiltre dans… *mince ! Sa salle de bain !*

La vapeur d'eau y crée une nappe de brume dense, que la lumière des spots peine à transpercer. Et au beau milieu de cette touffeur, me tournant le dos, Silver prend sa douche. La musique, diffusée ici aussi à un volume élevé, a camouflé le bruit de mon entrée.

Oups ! Silver coupe l'eau. Stupéfaite, et dans un mouvement irréfléchi, je m'empare de sa serviette et la déploie en attendant impatiemment de voir la tête qu'il fera lorsqu'il se retournera et me découvrira. En cet instant, mon cœur bat à tout rompre. Je ne sais d'ailleurs plus où poser les yeux ; je ne tiens pas à me faire griller en train de le reluquer ! J'ai hâte qu'il fasse volte-face et transforme ainsi mon statut de voyeuse clandestine, en invitée désirée ; je gagnerai en assurance. Mais étrangement, il reste figé.

Après de longues, très longues secondes, il tourne enfin la tête d'un quart de tour. Dans ma poitrine, ça continue de déménager à grande pompe. Je n'aimerais pas me voir dans un miroir, je dois être toute pâle ! Lui : tel un sphinx — les reliefs musclés de son corps mis en exergue par l'eau – dégage une sérénité presque menaçante. C'est ainsi que sans même prendre la peine de me regarder, naît sur son profil un sourire. Je respire à nouveau !

— Tiens ! fait-il, visiblement surpris sans toutefois le paraître.

Il se retourne lentement, avant de se rapprocher. La serviette éponge tendue entre les mains, je l'accueille d'un sourire timide, mais en le fixant fièrement. La température de mon corps augmente furieusement ; je respire alors la bouche ouverte pour tenter de m'apaiser, mais en vain. Minutieusement, j'entame l'essuyage de son torse qu'il interrompt sans ménagement, m'arrachant la serviette et la jetant au sol.

— Ne bouge pas, Éliza.

J'opine de la tête. Il s'absente. La musique s'arrête. Ma conscience est à deux doigts – voire un seul – de céder à la panique. Dieu merci, il revient rapidement m'empêchant de réfléchir davantage. Lorsqu'il rentre dans la pièce, ses yeux verts absorbent littéralement les miens et durant ce court rapt visuel, je perds pied ; dès lors, je le sais : je ne suis plus que ce qu'il veut que je sois.

Ses doigts s'enfoncent dans ma chevelure et m'arquent la nuque en arrière. Ses lèvres s'emparent de ma gorge qui s'offre à lui tandis qu'au même moment, son autre main me caresse un sein avant de faire une descente dans mon tanga.

— Éliza, tu es trempée, j'adore, me confie-t-il de sa voix suave capable d'embraser les contrées les plus glaciales.

Lorsque sa bouche capture la mienne, mes mains encerclent son visage. Ce baiser est tellement bon, je ne veux pas qu'il cesse. Sans prévenir, d'un geste, il me soulève. Je m'accroche immédiatement à ses épaules et enlace de mes jambes, sa taille encore humide. Nos langues s'apprivoisent tantôt oisivement, tantôt avidement, pendant qu'il me plaque contre la faïence qui, le temps d'une fraction de seconde, me glace l'épiderme. Finalement, ses lèvres se soustraient aux miennes :

— Tu n'as plus besoin de ça, décide-t-il en me retirant mon tee-shirt.

Il dévie mon tanga sur le côté et me pénètre d'un doigt puis d'un second tandis que son autre main se glisse furtivement dans mon dos, et vient dégrafer mon soutien-gorge.

— Ni de ça, fait-il en lançant négligemment ce dernier.

Sa bouche s'empare de mes tétons, les taquinant de sa langue, puis les embrassant à tour de rôle pendant que de ses doigts il accomplit de lents mouvements rotatifs, excitant mes sens au plus haut point. Ainsi prise en étau entre son corps et le mur, je ne peux que subir ses assauts sans pouvoir explorer autre chose que son torse. Mon désir, lui, n'en finit pas de grandir et me submerge complètement.

— Éliza, je te veux tout de suite.

— Moi aussi, parviens-je à articuler, les paupières mi-clauses.

Il retire ses doigts de mon intimité et de l'index me relève le menton. Encore haletante, je me mets à onduler lentement contre son sexe. Il m'embrasse à pleine bouche puis d'une pression de la main sur mon bassin, stoppe mon oscillation.

Ah, non !

— Hé, rassure-moi… tu as bien un stérilet ?

Je suis choquée ! Déroutée… Outrée ! Mon visage se fige dans une expression de surprise manifeste. Je sens qu'il accuse une pointe – aussi subtile soit-elle – d'embarras devant ma réaction, mais se reprend très vite :

— Éliza, ne t'offusque pas, j'ai quelques informations d'ordre médical et ceci en fait partie. Rien de plus.

Bon sang, mais il a même connaissance de ce qui est caché à l'intérieur de moi ! On lui a peut-être, également, déjà dit que j'avais des vergetures sur le cul !?

— Tes renseignements sont fiables ; indiscrets, gênants et illégaux, mais fiables.

Il me sert un petit sourire réconfortant, assorti d'un baiser brûlant qui anesthésie immédiatement mes craintes.

— Bien. Je suis clean, je me protège tout le temps, mais je n'avais pas prévu que tu me rendes visite ici. M'autorises-tu à poursuivre ainsi ou préfères-tu que l'on monte afin d'attraper un préservatif ?

Punaise ! Moi non plus je ne pensais pas à ça ! Mais mon désir prend le contrôle et rabroue la tentative de réflexion de ma conscience. En un éclair, ma réponse lui parvient :

— Je te fais confiance !

Liz, tu es irresponsable !

— Sûre ? me chuchote-t-il entre deux baisers.

Ma conscience est dans le rouge et active son alarme assourdissante tandis que mon excitation jubile, et la nie sciemment !

— Je te veux tout de suite.

Sitôt dit… Mes yeux se ferment au même moment qu'il s'ancre en moi ; je suis traversée de secousses toujours plus profondes, m'arrachant des gémissements de plus en plus forts. Nos deux corps s'agrègent alors dans une symbiose parfaite, durant laquelle j'entends son souffle s'accélérer, pendant que sa langue s'insère avec volupté entre mes lèvres. Il me remplit d'un plaisir inédit pour moi, semblable – je l'imagine – à celui que doit procurer une drogue dure. Il est le meilleur stupéfiant au monde ! Les sensations sont si intenses, je n'y tiens plus. Je plonge ma tête dans son cou, le noyant de baisers, mais il m'oblige instamment à m'en déloger, en tirant gentiment – mais fermement – sur mes cheveux.

— Ouvre les yeux Éliza, regarde-moi, me murmure-t-il d'une voix rauque, tandis que le rythme de ses incursions se fait toujours plus violent et plus rapide.

Je ne cesse de le dévisager, de l'admirer. Lui non plus ne me quitte pas des yeux, n'en rate pas une miette. Je me surprends à crier, mais je ne peux me contenir. *Encore!* Je suis au sommet de l'extase lorsque, dans son regard, je lis l'ardeur du plaisir émaner de sa concentration. J'explose littéralement dans un cri. Il sourit de satisfaction et c'est à son tour de se déverser en moi, dans un râle puissant, lâchant ma queue de cheval – confectionnée par ses soins – et laissant retomber sa tête sur mon épaule, son nez dans mes cheveux. De ses mains, il accompagne la descente de mes jambes vacillantes sur le sol bien réel ; aussi réel que ce qui vient de se passer entre nous.

Je profite de cet instant éthéré pour caresser, de mes mains tremblantes, son torse moite et brûlant – en m'efforçant de ne pas prêter attention à la scène de crime qui s'y trouve exposée –, sa taille, ses fesses musclées, jusqu'à ce qu'il se recule légèrement pour mieux m'observer, avec cet air sombre et mystérieux qui le rend si intriguant.

— Tu me surprends Éliza. Tu avais beau te montrer impatiente cette nuit, je t'envisageais plus timorée au réveil.

— Et que vas-tu faire de moi maintenant ? Me ramener chez Alex, satisfait d'avoir obtenu ce que tu convoitais ?

Un éclair de contrariété traverse la quiétude de son regard. Il me dévisage. Sa langue caresse sa lèvre inférieure d'une sensualité convenue, mais ô combien efficace pour meubler l'attente de sa réponse, probablement plus complexe que ce que je m'imagine. Il ferme subitement sa bouche et appuie ses mains contre le mur, de chaque côté de ma tête, avant de me répondre enfin :

— J'enfreins le règlement en entretenant une relation de cette nature-là avec toi, et j'enfreins aussi mes convictions en t'amenant chez moi. Aucune fille, avant toi, n'est venue ici. Alors, dites-vous, mademoiselle Ruiz, que vous m'avez seulement mis en appétit pour le restant de la journée et sans doute des jours à venir, et pour cette raison : profitons d'une petite douche fraîche avant d'aller prendre des munitions !

Ses yeux se plissent avec une tendresse qui me déstabilise. *Il sait manifester de la tendresse !* On dirait que l'armure se fragilise... Intérieurement, je saute de joie ! En plus, il me désire encore ! Il n'est donc pas déçu. Peut-être que cet intérêt n'est que charnel et éphémère, mais peut-être pas ? Cela dit, qu'entend-il par munitions ?

— Tu veux dire des préservatifs ?

Il éclate de rire.

— Non, ma belle, tu peux faire une croix dessus. Je ne reviendrai pas en arrière. Je parle de prendre un bon petit déjeuner.

Au creux de mon estomac, la faim fait son retour instantanément.

Il ouvre le robinet de douche tout en m'embrassant généreusement. C'est un moment de détente incroyable qui m'est offert, ainsi enveloppé du linceul de son corps mêlé à la chaleur de cette pluie artificielle.

Assise sur le tabouret de la cuisine, j'observe la tenue sexy de mon hôte : torse nu, simplement vêtu d'un pantalon fluide noir de pyjama, le tableau est attrayant et drôle à la fois. En effet, Silver faisant des œufs au plat, c'est assez épique pour ne pas dire, rocambolesque. *Alors, monsieur perfection n'est donc pas un fin cuisinier.*

— *No comment*, marmonne-t-il, en me versant des œufs massacrés à la spatule qui terminent leur chute renversés dans mon assiette.

— Une petite question, tout de même : tu as quelqu'un qui te prépare à manger habituellement ou tu es un adepte du traiteur ?

Il prend place à côté de moi et s'octroie le temps d'avaler une gorgée de jus d'orange, avant de me répondre :

— J'ai une cuisinière hors pair qui entretient également l'intérieur, mais elle est en congé tout le week-end parce qu'il n'était pas prévu que je sois là.

— Je comprends mieux, fais-je la bouche pleine à craquer.

Ah !? Tu n'avais donc pas envisagé que nous nous rapprochions ?

— Heu… rappelle-moi, quand est-ce que tu as mangé pour la dernière fois ? me demande-t-il, taquin.

— Hier midi ! Je meurs de faim, je t'assure.

Mes yeux se portent sur mon assiette vide et je ne peux réprimer une moue de déception. Silver s'en aperçoit et éclate de rire. Je savoure la vision de ce Silver : solaire et léger – magnifique ! –, lui qui se pare si souvent de gravité et de mystère.

— Ne te marre pas, j'avais vraiment très faim et manger amplifie mon appétit.

C'est à mon tour de rire de moi-même.

— Un fromage blanc maintenant ? Excuse-moi, puis-je te proposer deux ou trois fromages blancs peut-être ?

— Tu te fiches de moi !

Dans la corbeille à fruits, une banane me fait de l'œil.

— Pas de fromage blanc, mais je veux bien une banane, s'il te plaît, lui dis-je en la lui montrant du doigt.

Il me tend la corbeille puis attrape un fromage blanc pour lui.

Je me sens bien chez lui. C'est étrange comme à chaque fois que je suis à ses côtés, je ressens un fort sentiment de sécurité... et une incroyable attirance physique. Cet homme, à la fois sexy, mystérieux et intelligent est un vrai piège à filles ! Je me demande d'ailleurs comment il se comporte en temps normal avec ses conquêtes, surtout pour qu'Alex éprouve le besoin de lui faire la morale...

— Hier soir, tu me disais qu'Alex avait l'habitude de te voir faire des conneries avec les filles, mais de quoi parlais-tu précisément ?

Affairé à manger son fromage blanc – version XXL –, il me regarde par en dessous, puis se racle la gorge... *Aïe, que va-t-il m'annoncer ?*

— Éliza, nos vies sont diamétralement opposées. Tu ne comprendrais pas.

— Je ne comprendrais pas, parce que je ne dispose pas des mêmes moyens que toi ?

Il a maintenant fini son fromage blanc. Silencieusement, il se lève pour débarrasser. Ses sourcils – froncés – retrouvent leur forme initiale lorsqu'il revient s'asseoir à mes côtés.

— Tu ne comprendrais pas parce que tu as une vision des choses que je qualifierais de naïve.

— Dis-moi. Avec un peu de chances, la naïveté n'entache pas mon intelligence !

Il souffle d'exaspération devant ma remarque.

— Je jouis d'une certaine aisance financière, ce qui fait que j'attire un paquet de nanas intéressées et superficielles. Et j'avoue, je m'en amuse.

Devant la déception que je ne parviens à masquer, il poursuit :

— J'ai une vie de fou Éliza. J'ai le boulot qui t'intrigue et pour lequel je suis mobilisé en permanence, mais je suis aussi dans les affaires.

— Alex m'a expliqué.

— Tiens donc ! Pourquoi ça ne m'étonne pas ? Enfin, du coup, j'ai besoin de décompresser.

— Mais tu n'as jamais de relations suivies ?

— Jamais la même fille, deux jours de suite. Zéro attache. En revanche, deux ou trois filles pour une même nuit, pourquoi pas.

Non ! Je reste bouche bée de surprise, avant de me ressaisir.

— Je vois le genre...

Il plisse les yeux. Alors, pour répondre à son incompréhension, je lui livre la suite dans la foulée, et c'est de bon cœur :

— Tu as une peur phobique de l'engagement parce que je crois, que pour toi, choisir c'est renoncer ou pour faire plus simple, l'amour est l'ennemi de la liberté ; cette liberté que tu ne connais que sous cette forme actuelle et qui te permet de t'investir autant dans ton travail, quel qu'il soit d'ailleurs. Et à mon sens, tu te plantes !

Il se lève d'un bond et tourne mon tabouret vers lui. Il ouvre la banane que je n'ai toujours pas entamée, la croque à pleines dents et me la tend.

— Juste, en partie.

— Pour la majeure partie, conclus-je dans un clin d'œil.

Il me sourit.

— Ma belle, ta vie est tellement millimétrée et sécure, que l'on pourrait presque l'entendre ronronner rien qu'en te regardant ! À quelque chose près, observer le tambour d'une machine à laver est au moins aussi distrayant que de vivre de cette façon.

— Tu ne peux que supposer, tu n'as pas de famille !

— Je ne me permets pas de critiquer ta famille, mais tes choix. Tiens ! À tout hasard, s'il en est encore un, Nathan est bien le premier homme et le seul que tu as connu, non ?

— Et alors !?

— Alors… j'arrive à temps ! se félicite-t-il, en s'esclaffant. Il est l'heure de transformer les ronronnements en rugissements. Et n'essaie plus de me cerner, tu ignores trop, beaucoup trop de choses.

— À ce sujet, tu pourrais combler quelques lacunes, tenté-je prudemment. Ton tatouage par exemple, tu avais quel âge lorsque tu l'as fait faire ?

— J'avais 16 ans, je n'étais qu'un gosse.

— Mais pourquoi m'avais-tu dis que tu ne l'avais pas choisi ?

Son air sévère fait son grand retour, engloutissant sur son passage son merveilleux sourire. Il détourne quelques secondes son visage, avant de me regarder fixement :

— Ce tatouage est le signe d'appartenance à une organisation criminelle.

Je le dévisage, stupéfaite.

— Tu blagues, n'est-ce pas ? Tu… Non, voyons…

Tout mon corps tressaille de la même façon que s'il s'agissait de visionner un film d'épouvante. Je ne veux pas y croire, mais face à moi, il est bel et bien sincère ; ça ne trompe pas.

— J'ai déjà été jugé pour cette histoire, inutile de me regarder de la sorte. Arrête les questions Éliza.

Son ton est ferme, quel dommage. J'aimerais bien savoir ce qu'il entend par « J'ai déjà été jugé ». Il n'est quand même pas allé en prison ou bien, peut-être a-t-il écopé d'une peine avec sursis ? Non, une simple amende sûrement. Oui, rien de plus. Il n'avait que 16 ans après tout.

Je tente d'aborder un sujet plus léger avec une ultime question, *qui ne tente rien, n'a rien !*

— Et les *Ravens* ?

Il me regarde froidement. Clairement, il essaie de me dissuader d'insister, mais je persiste :

— S'il te plaît, c'est la dernière chose que je te demande. J'ai vu ce nom sur un tee-shirt, accroché au mur de ta salle de sport.

Ses lèvres se resserrent en une ligne étroite, avant qu'il ne m'accorde ce qui s'apparente à une faveur : sa réponse.

— Il s'agit des *Ravens* de Baltimore, une équipe de football américain dont je suis assez admiratif.

— Baltimore ?

— Dans le Maryland, me précise-t-il avec un accent qui ne s'invente pas.

Voilà d'où tu es ! Mais évidemment, tu ne me le confirmeras pas.

— Comment fais-tu pour parler français sans aucun…

Je ne dirais rien de plus, son index se pressant contre mes lèvres pour en assurer le verrouillage.

— Finis de manger, m'ordonne-t-il sèchement.

Mes questions sont visiblement parvenues à le contrarier. Quel dommage ! Si je suis contente de le connaître un peu plus, je n'en reste pas moins déçue par ce retrait final dans sa zone d'ombre.

Je croque ma banane devant lui et quelques secondes plus tard son regard s'illumine. Je suis aux anges. À son tour, il en prend un morceau qu'il ramène vers le bord de ses lèvres ; sa demande est explicite. De mes lèvres, j'essaie de le lui subtiliser rapidement, mais il esquive chaque tentative. Je réessaie désormais prudemment, avec douceur et habileté, il m'autorise alors l'accès. De son index, il me soulève le menton pour m'obliger à l'observer durant la manœuvre. Docile, je m'exécute. Encouragée par son regard attentif, je laisse tournoyer ma langue autour du morceau de fruit avant de le croquer délicatement. Satisfait, il me le cède puis m'admire l'avaler tout en me décochant en récompense son sourire en coin, qui me fait fondre instantanément.

— Je suis jaloux, me susurre-t-il à l'oreille.

Je glousse furtivement, trop timide pour lui renvoyer sa sérénité. En effet, lui ne rit pas. Au contraire, il me fixe sans ciller de ses grands yeux verts aux nuées scintillantes.

— Laisse-moi faire l'objet de ta gourmandise, hum ?

Silver ! Bon sang, il est tellement confiant et moi… coincée !

Il rassemble mes jambes dans un bras et me soutient le dos de l'autre, pour me conduire jusqu'à sa chambre – où j'ai passé la nuit. Il me dépose sur le lit, retire avec vélocité son pantalon et son caleçon et me rejoint.

— Éliza, je t'interdis de te rhabiller cet après-midi. C'est une perte de temps, décrète-t-il le sourire aux lèvres.

— Ce n'est pas possible, je suis trop pudique.

Il objecte de la tête.

— Ne t'encombre pas de préjugés à ton égard. D'après la robe que tu portais hier soir, je me dis que c'est une pudeur toute relative, non ?

Alors Liz, tu réponds quoi à ça ? De nouveau, mon tee-shirt et mes sous-vêtements sont chassés un à un par ses mains habiles.

— J'ai toutes les peines du monde à demeurer à distance de ton champ d'attraction, me confie-t-il, les yeux dans les yeux.

— Cela me convient, fais-je avec une modération bien maîtrisée, tandis que je réfrène ma petite voix intérieure qui voudrait lui hurler : « *J'adore te sentir près de moi !* »

Ses doigts s'enlacent dans les miens tout en me maintenant les mains de chaque côté de la tête, comme pour mieux pouvoir disposer librement de mon corps. Je me laisse griser par l'onctuosité de ses baisers, pimentés de temps à autre d'accrocs parfaitement dosés, m'empêchant ainsi d'atteindre trop vite le zénith de la délectation. Puis il lâche mes mains et descend doucement vers mon intimité où sa bouche crée de délicieux ravages. Mes doigts enfouis dans sa chevelure, je suis parcourue de soubresauts que je tente de contenir, mais l'ondée est si forte, je ne peux que succomber dans un cri. Lentement, il remonte jusqu'à moi. Son regard fiévreux m'électrise autant que ses mots :

— Tu ne sais pas à quel point j'aime t'entendre crier. (Il m'embrasse.) Viens.

Il roule sur le dos en me serrant contre son torse, si bien que je me retrouve allongée sur lui.

— Je ne voudrais pas rester jaloux d'un maudit fruit.

Je lui souris timidement, mais l'embrasse goulûment. Manifestement, il aime autant ce baiser que moi, si j'en juge par sa main dans mes cheveux qui retient ma bouche contre la sienne. *Quel bonheur d'être à lui !*

De son cou à son torse, en faisant une halte par chacun de ses tétons, je le dévore. Mais insidieusement, mes baisers descendent plus bas, toujours plus bas, jusqu'à atteindre la zone désirée.

— Éliza, regarde-moi, me somme-t-il, d'une voix rauque.

Tout en poursuivant, je lève les yeux à lui. Il me sourit lascivement. Son torse se soulève de plus en plus rapidement ; à travers ses yeux mi-clos, je constate le plaisir l'alanguir.

— Viens, ma belle.

Je m'arrête et remonte le retrouver, mais il est à bout. Alors, d'un geste assuré, il me bascule sur le dos et s'insère violemment en moi. Les yeux fermés, je profite de ce moment magique, hors du temps pour vivre intensément ce que je ressens ; je perçois ma peau s'embraser littéralement au contact de la sienne ; son odeur, tel un encens relaxant, me transporter et m'étourdir à la fois ; les coups de boutoir, s'accentuer encore et encore, toujours plus rapidement, jusqu'à m'inonder de délicieuses et abondantes sensations, me faisant perdre le contrôle et me noyer sous son regard avide… Jusqu'à ce que son tour vienne. Ainsi, mon bel amant s'effondre instantanément sur moi. J'en profite pour sortir de ma douce léthargie pour l'enlacer, tout en laissant courir mes ongles le long de sa colonne vertébrale. Il ne bouge pas, ne dit rien, mais je perçois les tressaillements de sa peau et je comprends qu'il apprécie. Enfin, quelques minutes plus tard, il se retire de moi pour rouler sur le côté.

En appui sur son coude, il m'observe silencieusement. Il a un air si grave ! Ça ne colle pas avec le moment que l'on vient de passer ensemble. D'une main, je remonte le drap sur moi, car peu importe son avis sur le sujet, je suis bel et bien pudique ! Puis, l'imitant, je me hisse sur mon coude pour lui faire face.

— À quoi réfléchis-tu ? Tu as l'air préoccupé. À moins que tu ne sois déçu ? Je pense à voix haute, presque paniquée.

Non, non, non ! Voilà, au moins il est au courant que même sur ce sujet-là tu n'es pas sereine. En même temps, comment l'être au vu de ses confessions sur ses habitudes en la matière.

Il pouffe de rire, balayant le malaise qui m'envahit.

— Je suis préoccupé parce que je ne parviens pas à me rassasier de toi.

Ouf !

— Ça te paraît si hallucinant que ça d'avoir envie de faire l'am… pardon, de baiser plusieurs fois avec la même fille ?

— Ce mot, dans ta bouche, ça ne colle pas. Je propose que nous employions chacun nos termes respectifs.

Il se pince les lèvres et semble mécontent.

— Qu'y a-t-il ?

— Je me dis que quelqu'un qui use d'un vocabulaire « fleur bleue » l'est tout autant. Dans ce cas, ça donne quoi une fleur bleue contre un chardon ?

Je réfléchis un instant, tout en lui caressant la joue. *Je sais !*

— Un chardon bleu, je lui souffle, dans un optimisme habillé d'une naïveté, dont je n'ai que trop conscience.

Il semble s'interroger un moment tout en embrassant le creux de ma main.

— Un chardon bleu… répète-t-il, entre deux baisers. Mais j'ai bien peur que le chardon que je suis ne bleuisse jamais.

J'aimerais pourtant tellement…

L'air grave, il se penche au-dessus de moi, m'embrasse du bout des lèvres et reprend :

— Éliza, je transgresse mes règles tout bonnement parce que cette aventure bénéficie d'une date de fin déjà programmée, dont ta fille est le garde-fou.

— La date de mon retour chez moi ?

— Précisément. Tu es d'accord pour que nous nous accordions un peu de bon temps ensemble, sans nous projeter dans l'avenir ?

Il me prend de court. La question qui me vient en écho est : y a-t-il quelque chose à sauver entre Nathan et moi ? *Mais, oui, Nine ! Non, une fois de plus je mélange tout !* De toute façon, en ayant accepté de coucher avec Silver, j'ai mis un terme à mon histoire avec Nathan. Tant pis, si cette folie ne me conduit nulle part, j'ai trop besoin de la vivre. J'ai trop besoin de lui. Oscar Wilde ne dit-il pas que « Les folies sont les seules choses que l'on ne regrette jamais » ?

— J'en ai très envie, même si dans cette histoire j'ai plus à perdre que toi.

— Tu te trompes. Nathan n'est pas un homme pour toi, je ne suis que le catalyseur qui te permet d'en prendre conscience plus rapidement. Tu seras bien plus heureuse sans lui.

— Qu'en sais-tu ? Tu ne le connais pas.

— C'est toi, ta façon de parler de lui, qui me l'a fait comprendre.

— Je ne suis peut-être pas très fiable !

Il éclate de rire.

— Ce n'est pas faux. En outre, s'il y a un domaine où tu devrais gagner en fiabilité, ce serait celui de la consommation d'alcool.

— Arrête ! J'ai honte.

Je tente de me cacher le visage sous mes mains, mais il les attrape et les écarte aussitôt.

— Éliza, concernant hier soir, te souviens-tu seulement qu'un chacal voulait t'isoler, en t'entraînant dans la maison ? Fais attention à toujours garder le contrôle lorsque tu bois.

— C'est la première fois qu'une chose pareille m'arrive. D'ordinaire, je goûte un verre, tout au plus.

Eh bien ! Le mensonge ne t'étouffe pas ! Heureusement qu'Alex semble ne pas avoir ébruité notre petit dérapage en la matière.

— Très bien, alors ne change rien à ta façon de faire, me somme-t-il avec une fermeté naturelle, mais bienveillante.

— Pourtant, j'ai entendu quelqu'un, un jour, qui me conseillait de sortir de ma zone de confort. Cela a, paraît-il, du bon de changer ses habitudes, non ?

Son regard se rembrunit sous le poids de sa réflexion silencieuse.

— Tu mélanges tout. Mais tu es trop intelligente pour ne pas le faire sciemment. Alors, pour te répondre : ça dépend du domaine et des enjeux dont il est question. En matière d'alcool, tu t'en tiens à ta consommation habituelle, mais en ce qui me concerne, car j'ai bien saisi le sous-entendu, il n'y a aucun changement à espérer, me confie-t-il, tout en m'observant, l'air désolé. Les enjeux sont trop importants.

Là, quelque chose m'échappe. Lui, qui normalement change de fille comme de Kleenex, il fait bien une exception pour moi ? Il a donc bien amorcé une évolution ? J'imagine qu'il doit, à l'instant même, lire la déception sur mon visage. Et quels sont ces enjeux dont il parle ?

— Les enjeux… ? l'interrogé-je.

— Ta sécurité, celle de ta fille et mon engagement professionnel, me répond-il comme une évidence.

— Et ta liberté, ajouté-je avec désinvolture.

Cette dernière idée semble lui donner, quelque peu, matière à réfléchir. Il m'observe ainsi fixement, la mâchoire serrée puis finalement, secoue la tête.

— Allons noyer nos pensées dans l'eau de la piscine, suis-moi ! me commande-t-il avec entrain, en me tendant la main.

Et voilà son enthousiasme qui refait surface !

Le regard dans le vague, je pense à Nine. Je m'inquiète de lui manquer, alors j'essaie de me concentrer sur les bribes de paysages crépusculaires – tantôt urbains tantôt sauvages –, qui défilent à grande vitesse à travers la vitre de la voiture, mais sans succès. Le visage de mon petit ange se matérialise partout où mes yeux se posent ; son rire émerge dans un coin de mon esprit tandis que dans un autre, percent ses mots doux. Si seulement je pouvais lui téléphoner à nouveau, même brièvement. *Ne rêve pas Liz !*

L'Aston Martin, quant à elle, libre et sans problèmes du genre, avale bruyamment le tapis de bitume qui se déroule sous ses gommes tandis que son chauffeur reste concentré sur la route, et – probablement – sur le contenu de ses messages qu'il a consultés pour la première fois de la journée – du moins en ma présence –, juste avant de démarrer le moteur. Cependant, lorsque je le regarde bien, je crois discerner en lui une once de contentement. C'est subtil et largement dominé par un air grave ; cette gravité qui lui colle à la peau ; sa peau si douce et ferme, telle que je pouvais la sentir sous mes doigts durant notre ultime étreinte dans sa piscine, quand sa bouche, grisée par le désir, fouillait chaque parcelle de la mienne. Deux êtres recherchant l'étroitesse de l'autre pour tout point d'ancrage ; minuscules, au beau milieu d'un écrin sauvage, à la végétation étonnamment luxuriante pour cette région.

Je suis surprise de me satisfaire de cette relation à l'avenir amputé, surprise d'être capable de m'abandonner à ce point et d'accéder à de tels niveaux de jouissance. Pourtant, j'en suis sûre, la nature de nos ébats n'est pas uniquement charnelle, c'est autre chose qui se tisse.

D'avoir accepté ses avances m'a aussi permis de me découvrir davantage. Je me fais même la sensation de m'être rapprochée de moi-même… Un parallèle que ma conscience – vicieuse et vindicative – se presse de faire avec l'éloignement de mes sentiments pour Nathan.

Dans un soupir, je m'extrais de ce sac de nœuds cérébral et réintègre expressément le présent.

— Éliza respire, tu n'as rien fait de mal.

Pile dans le mille ! Mais comment fait-il ? Je le regarde surprise et sans doute encore un peu tendue.

— Tu crois être la seule à subir un cas de conscience ? me questionne-t-il avec son petit sourire en coin.

— Et quel serait le tien ? m'étonné-je.

Nous pénétrons à l'intérieur de Ceyreste. La voiture se stoppe à un feu rouge.

— En entretenant une relation avec toi, je sors de la posture professionnelle dont je ne dois jamais me défaire. Je suis le patron Éliza, ça peut être dangereux de s'octroyer ce genre de privilège.

— Quelque chose me dit que personne n'osera te reprocher quoi que ce soit.

— Qu'ils s'y risquent ! confirme-t-il d'un ton grave, avant de me prendre le menton pour m'y déposer un baiser tout tendre, tout doux.

Le feu bascule au vert, l'intermède sensuel est rompu.

Silver se gare au plus près des escaliers de la demeure. Il attrape mon sac, laissé dans le coffre. Je me détourne de lui pour commencer à gravir les marches, mais sa main agrippe mon bras. Je cerne l'hésitation dans son attitude.

— Qu'y-a-t-il, tu ne m'accompagnes pas ?

— Je ne…

Il s'interrompt en entendant des pas se rapprocher. Nous nous retournons ; c'est Alex, le visage fermé, qui nous rejoint. Il me passe une main furtive dans le dos pour me déposer un baiser sur la joue, puis serre la main de Silver. Ce dernier le sonde du regard, mais Alex ne cille pas.

— Dis-moi que t'allais partir comme un voleur, sans même venir me saluer, aboie Alex à Silver.

— Il n'y a que les jobastres qui veulent qu'on leur dise bonjour la nuit ! riposte Silver d'un ton dur.

— Oh bonne mère ! T'as beau être un costaud qui ne craint dégun, tu ne me fais pas peur à moi ! lance Alex en lui claquant une main ferme sur le bras, avant de laisser – enfin ! – paraître un sourire amusé.

Je respire à nouveau ! Leur échange aux couleurs locales me semble un bon présage.

— Rentre cinq minutes, viens boire un verre, insiste Alex devant l'hésitation de son ami.

— C'est tentant, mais je ne peux pas, j'ai une journée bien chargée qui m'attend demain.

Les deux hommes parlent avec une forme de retenue toute singulière qui me met mal à l'aise. Je m'interroge sur ce qui peut en être la cause. *Moi ? Non ! Impossible, Alex est charmeur, mais il a tout de même une relation avec Jessica.*

— Je vous laisse, je dois filer. Éliza, je te dis à mardi, je pense que c'est Milo qui viendra te chercher.

Oh non, pitié, pas lui ! Je vais stresser tout le trajet.

— Ah bon ? Mais peut-être qu'Alex peut m'emmener sinon ?

Alex étouffe un rictus.

— Ah ben tu adoptes vite les bonnes habitudes ! me charrie-t-il, gentiment.

— Miloslovich t'inquiète, Éliza ? s'enquiert Silver d'un sérieux qui tranche avec la légèreté de son ami.

Mince ! Comment va-t-il le prendre ?

— Disons qu'il ne montre rien de rassurant, osé-je dire, à tâtons.

— Je peux te garantir qu'en sa compagnie tu seras sous haute sécurité.

— Toujours la même ritournelle. Tu vas finir par m'angoisser sérieusement à force.

Silver me regarde de son air placide.

— Laisse Liz, il préfère te savoir en compagnie de quelqu'un qui maîtrise le maniement d'un Beretta plutôt que d'un sécateur. Bien sûr que tu ne crains rien, mais c'est un grand stressé ce gars ! fait Alex avec emphase.

— À mardi, me lance Silver dans une œillade, avant de faire cogner son poing contre celui d'Alex.

— Bye, fais-je d'une petite voix à peine audible, que ma déception a vidée de son énergie.

Il me tend mon sac, mais Alex est plus rapide que moi pour le récupérer.

Pourquoi ne m'embrasse-t-il pas ? Est-ce de la pudeur envers son ami ? Ce n'est que son ami, pas l'un de ses hommes !

Bras dessus, bras dessous, Alex et moi nous rendons jusqu'à la terrasse, où je m'affale littéralement sur l'une des chaises du salon de jardin. Alex me regarde faire pour finalement m'imiter, laissant glisser le sac à ses pieds.

— Un Beretta... J'ai entendu ce mot une fois, dans un James Bond, énoncé-je avec une lenteur signant la difficulté que j'ai à me représenter ce genre d'univers.

— Oui, Liz. J'ai l'impression que ce langage te surprend, cela veut dire qu'il ne se confie toujours pas mieux sur la nature de son emploi du temps.

Je confirme d'un signe de la tête.

— Et tu ne m'en expliqueras pas davantage, n'est-ce pas ?

Il secoue la tête en me souriant.

— C'est sa façon à lui de te préserver, tente-t-il de me rassurer.

— Pff, paraît-il, oui, fais-je en ponctuant ma mauvaise foi d'un petit rictus acidulé.

— Tu as une idée vers où cette relation va vous mener ?

— Pour lui, c'est une parenthèse hédonique qui se refermera le jour de mon départ. Pour moi, c'est à quelque chose près la même chose, avec la perspective supplémentaire d'une séparation.

Mon regard se noie dans le noir de l'horizon.

— Je suis désolé pour toi, mais j'imagine que si Silver n'avait pas été sur ton chemin, la séparation aurait tout de même eu lieu, tu ne crois pas ?

— Je ne sais pas... Ou bien plus tardivement, car j'aurais peut-être voulu patienter encore pour essayer... Des tentatives qui n'auraient pas forcément fonctionnées. Nathan et moi sommes si différents l'un de l'autre, ou bien, si indifférents l'un envers l'autre. Il voue une importance à son travail qu'il est bien incapable d'accorder à sa famille.

Cette routine qui s'est installée, je ne la supporte plus. Elle a fait de nous des colocataires.

Je me tais. Profitant du silence de la nuit en la présence bienveillante de mon Alex. Il me regarde patiemment sans que je ne puisse en faire autant. Sa disponibilité me fait du bien alors je reprends ma pathétique litanie :

— Je crois que c'est également pour cela que je veux changer de boulot et m'essayer en photographie. Je pense que ça pourrait apporter un peu de reliefs, de vibrations à ma vie.

— Liz, je te comprends complètement. Moi aussi, à une époque, j'ai eu besoin de m'investir dans des projets excitants pour connaître le grand frisson. Mais le bonheur que ça procure est fugace et ne vaut peut-être pas toutes les contraintes qu'il faut endurer, pour y accéder.

Alex s'interrompt, paraissant chercher ses mots avant de poursuivre avec une certaine hésitation dans la voix :

— Liz, permets-moi de faire le parallèle avec Silver. Il est mon ami depuis quelques années pourtant là… je t'avoue ne pas le reconnaître. Je suis content pour lui, et c'est sincère. Il s'investit enfin dans une relation, même si ce n'est que pour une courte période comme tu me l'expliques, ce sera toujours sa plus longue. Malgré tout, aussi courte que votre relation puisse être, j'espère que tu n'en sortiras pas dénaturée. Tu es une belle personne Liz, conclut-il d'une voix de velours que son accent ne parvient pas à percer.

— Que dois-je comprendre Alex ? Que tu ne cautionnes pas ?

Il s'éclaircit les cordes vocales, entre lesquelles l'émotion semble avoir tissé sa toile au fur et à mesure de son discours.

— Ah ça, tu t'en doutes, sûrement ? Non !? me lâche-t-il abruptement.

— Je préfère ne pas douter de toi.

— Je sais. (Il s'empare de ma main.) Je considère Silver comme mon frère et toi tu as gagné beaucoup de terrain dans mon cœur, ainsi je ne porterai préjudice à personne dans cette histoire, mais promets-moi que dès que ce sera le moment de rentrer chez toi, tu n'hésiteras pas. Liz ?

Le chant des cigales vient étoffer mon silence, révélateur des incertitudes qui m'animent. Alex dépose alors un baiser dans l'intérieur de mon poignet ; il est déçu.

Chapitre 9

Je tourne et me retourne dans mon lit, sans trouver ni la force d'en sortir ni la patience de me rendormir ! En même temps, ce doit bien être l'heure de se lever. Alex s'est probablement enfilé son café et doit, comme à son habitude, m'attendre pour que nous prenions le petit déjeuner ensemble. À cette pensée, l'entrain me revient, j'en profite alors pour poser un pied au sol avant qu'une idée contraire vienne ternir ce regain d'énergie.

Hier, Silver et moi n'avons même pas pris le temps de diner. Nous nous sommes réveillés de notre sieste bien méritée, après une parenthèse aquatique aussi ludique que câline et avons de suite emprunté le chemin du retour. Rien d'étonnant, donc, à ce que la faim commence à se faire ressentir. J'espère seulement qu'Alex ne sera pas en mode « bons conseils » comme hier soir ou je fais demi-tour immédiatement ! Je suis déjà assez en vrac comme ça, pour ne pas avoir à réfléchir en plus au point de vue moralisateur de mon hôte. *N'empêche, quelque chose me dit que je devrais l'écouter.*

Ah, tiens !? Il n'a pas fini son café ? Mais la table est bel et bien dressée, je n'étais pas si loin !

— Hé ! Ça va, Liz ? me lance Alex par-dessus sa tasse, en affichant un brin de suspicion.

Je lui retourne un « Salut ! » appuyé, pour dissiper tout doute, mais en vain !

— Oh peuchère, voilà qu'elle me couve une petite déprime !

Ah, non ! Il ne va pas me gonfler à nouveau avec ses pronostics pessimistes.

— Alex, fiche-moi la paix ou je remonte m'enfermer dans ma chambre jusqu'à demain !

Heu... Tu n'y vas pas un peu fort, là ? Au moins, il saura que je ne suis pas d'humeur à faire dans la complaisance.

— Ah, qu'est-ce que je disais, en pleine déprime ! renchérit-il, ne semblant pas surpris par ma réaction.

— Je vais bien !

— Alors pourquoi es-tu encore en peignoir ?

Quoi ? Quel rapport ? Je grimace en signe d'incompréhension, mais il refuse de m'éclairer davantage et attend sa réponse en laissant filer entre ses lèvres, une gorgée de sa boisson.

— Il est tôt. (Je cherche des yeux l'horloge du four, qui confirme mes dires puisqu'il n'est que 7 h 26.) J'ai la flemme de m'habiller, c'est tout.

Sans prévenir, il lance presque sa tasse dans le lave-vaisselle resté ouvert et fond sur moi les bras grands ouverts :

— Ma Liz, avoue-le, tu es triste de devoir bientôt me quitter ! s'exclame-t-il en m'enlaçant tendrement.

J'éclate de rire :

— Ils ont raison, les autres, tu es vraiment fada, le taquiné-je, ma joue pressée contre la sienne, en simulant, fort mal d'ailleurs, son merveilleux accent chantant.

Cette étreinte me ressource. C'est pile-poil ce dont j'ai besoin pour me sentir mieux en ce lendemain matin, pêle-mêle de grand bonheur et de désenchantement. Je suis toujours étonnée du bien-être que me procure sa présence.

Tout contre son polo, mon nez se gorge de son parfum dominé par des notes d'orange et de bergamote, qui siéent parfaitement à son tempérament doux et blagueur. Son odeur m'enivre d'insouciance et à l'intérieur de cette étreinte, désormais familière, je me détends complètement.

— En fait, tu me manqueras peut-être un peu, reconnais-je avec un détachement falsifié.

— Un peu, beaucoup... passionnément pour moi.

— Ah ! Les Marseillais et leur sens de la démesure, lui répliqué-je en me sortant de ses bras.

Il ne dit rien. Je m'installe derrière ma tasse de thé vert, mais il ne dit toujours rien. Un Alex muet est un Alex songeur ou... contrarié. Face à moi, il est resté figé, les mains dans les poches, le regard bas. Je l'observe avec embarras. Enfin, après de longues, mais alors très longues secondes, il tourne la tête en ma direction, sans se défaire de sa posture statique :

— Si le Marseillais que je suis a une tendance à l'exagération, que dois-je penser de la Ligérienne qui s'amuse à noyer le poisson si tôt qu'elle redoute de perdre pied ? Hum ?

— Tu délires là, Alex.

Oh, non ! Le voilà de nouveau en mode séducteur !

— Tu veux que je te le prouve ?

— Non, je souhaite surtout que tu t'installes pour finir de prendre ton petit déjeuner !

Il paraît ne pas m'écouter et poursuit :

— C'est simple, si tu essaies de noyer le poisson alors je me dis que tu es aussi capable de nager en eaux troubles...

Je le regarde perplexe et tente de me justifier :

— Houla, je viens de me lever et toi, tu enchaînes métaphore sur métaphore. Sois plus clair s'il te plaît.

— Tout de suite !

Il bondit sur moi et en un rien de temps, je me retrouve dans ses bras, sans que mes pieds ne touchent terre.

— Dépose-moi immédiatement au sol !

Son sourire de bon vivant accroché aux lèvres, il fait fi de mes injonctions, et me transporte jusque dans son jardin en prenant la direction... de la piscine ?

— Alex, tu me fais quoi là ? je lui crie entre deux secousses, tout en m'agrippant fermement à ses épaules pour ne pas tomber.

Je souris sans le vouloir, car au fond, j'ai plus envie de lui tordre le cou ! Merde ! Il s'arrête au bord du bassin et se déchausse en frottant ses chaussures l'une contre l'autre.

— Vérifions si tu sais nager en eaux troubles...

Il s'apprête à me jeter dans la piscine ! J'ai tout juste le temps d'inspirer un grand coup avant qu'il ne me lance sans ménagement, puis saute à son tour. La fraîcheur de l'eau me saisit l'épiderme sur l'instant. J'en ai le souffle coupé. Après être remontée à la surface, je m'essuie les yeux et repousse mes cheveux en arrière pour tenter de le voir, mais je l'entends émerger dans mon dos. Je me retourne alors pour lui faire face et l'incendier, cependant l'expression de son visage me décontenance. Il paraît à la fois si triste et si sérieux. Tandis que je l'observe silencieusement, ses mains referment délicatement mon peignoir sur ma nuisette, puis il reforme le nœud qui s'était défait sous l'effet de l'immersion.

— Alex, que t'arrive-t-il ? Je n'aime pas te voir ainsi.

— Tu sais.

Son regard est intense. Ses yeux bleus, d'ordinaire si brillants et pétillants, sont drapés de morosité. Je me sens si mal. Je dois me rendre à l'évidence, son attirance envers moi est toujours bien présente.

C'est vrai que c'est un bel homme, avec un cœur immense de surcroît... mais c'est Alex ! Non, mais sérieusement, Alex et moi ? Cela est insensé ! Je trompe Nathan avec Silver et maintenant Alex... Mais qu'est-ce qu'il m'arrive ? *Liz, calme-toi ! Tu n'as rien fait de mal, c'est lui qui a des attentes impossibles.*

— S'il te plaît, arrête tout Alex, je ne suis pas à l'aise quand tu te comportes de la sorte. Je n'avance pas en eaux troubles comme tu le prétends, je t'assure que tout est très clair pour moi !

Il secoue la tête en signe de contestation, tandis que je meurs de trouille en m'interrogeant sur ce qu'il va se passer. Enfin, il caresse ma joue du revers de sa main et immédiatement une houle de frissons, exacerbée par l'alliance du vent frais et de l'humidité, me picote la peau de la tête aux pieds.

— OK, comme tu veux. Mais sache que je n'ai pas dit mon dernier mot !

Brusquement, l'Alex farceur fait son retour et le voilà qui tente un croche-patte, sauf que je ne compte pas me laisser faire ! Dans ma chute, je m'accroche à son tee-shirt et il s'effondre en même temps que moi dans l'eau. La lutte est aussi longue que réjouissante. Nous nous amusons comme deux gamins, jusqu'à ce qu'il s'aperçoit qu'il a sauté dans la piscine avec son téléphone portable. Je fais une tête catastrophée, mais lui se met à rire en sortant son mobile de la poche de son pantalon.

— Mince ! Alex, il est foutu !

— Eh ben, au moins ma mère me fichera la paix ! Quoique, je crois qu'elle a le numéro du fixe, plaisante-t-il en paraissant, somme toute, un peu préoccupé par ce qu'il constate.

Comme je commence à grelotter, je sors de la piscine tandis que lui reste planté en plein milieu du bassin, le nez sur son téléphone, qu'il aimerait – semble-t-il – quand même bien voir se rallumer.

— Alex, tu rêves ! Ouvre-le et fais sécher les pièces comme la batterie et la carte S.D., mais je parie qu'il rouillera. Il est fichu !

— Ah, bonne mère ! Va falloir que j'aille m'en acheter un, cet après-midi !

Depuis le départ en congé précipité de Sylvie, je dispose d'un peu moins de temps libre, car je me suis approprié quelques tâches ménagères comme la lessive ou le repassage. Je dois avouer que si cela ne constitue pas une occupation des plus réjouissantes et exaspère Alex, elle présente au moins l'avantage de me distraire et m'évite ainsi de réfléchir au triptyque problématique formé par Alex, Silver et Nathan. Pour Silver... je ne peux pas lutter ; concernant Nathan, c'est l'envie qui me manque, je jette l'éponge. Mais pour Alex, c'est juste hors sujet. Ce qui s'est passé, ou plutôt, ce qui aurait pu se passer ce matin dans la piscine n'aura plus jamais l'occasion d'être. Je serai plus prudente à l'avenir.

Tandis que je ramasse le linge sur l'étendage extérieur, j'entends la voix d'Alex m'appeler. Je sors de derrière la haie et je le vois se rapprocher de moi, un porte-documents à la main, du type de celui que possède le comptable de Nathan.

— Liz, je te laisse un moment, je dois faire un saut en ville pour trouver un autre portable et j'en profite aussi pour rendre visite à un client potentiel.

— D'accord, je reste donc seule ? lui demandé-je, étonnée.

Il me regarde les yeux grands ouverts, presque choqué.

— Ça ne va pas ! Jess est là. Je lui ai téléphoné ce matin et elle était dispo. Je n'en ai que pour deux heures tout au plus, je serai de retour vers 16 h.

— J'aurais aussi pu t'accompagner, ça m'aurait changé…

— Je sais… mais ce n'est ni toi ni moi qui décidons de cela, me rappelle-t-il ennuyé. Promets-moi que dès que tu auras fini d'étendre ce linge, tu ne feras plus rien de la journée.

— Jurée, je me la coulerai douce jusqu'à ce soir !

Un grand sourire illumine son visage.

— Ah ! Là, tu parles comme quelqu'un du pays !

Je souris à mon tour en le regardant s'éloigner avant de retourner à ma besogne.

Installée sur la table du salon de jardin, je termine de plier le linge tout en m'étonnant de ne pas voir Jessica. Je la verrai lorsque je rentrerai.

À l'intérieur de la demeure, tout est silencieux. Chargée de ma panière, je m'attelle au rangement. Je décide de commencer ma tournée par la cuisine, puis ma chambre. Il ne reste plus qu'un pantalon d'Alex. Pressée d'en finir, je pousse énergiquement la porte de sa chambre qui se referme derrière moi dans un claquement retentissant ! Aussitôt, un cri s'échappe du dressing ; mon thorax se sangle, j'en tombe ma panière. *Ah, ce n'est que Jess !* Elle passe la tête de manière hésitante par la porte du dressing avant d'en sortir complètement. La surprise de me voir est flagrante.

— Liz ! *Good heavens, it's just you !*

Je prends une large inspiration de soulagement.

— En français, ça donne quoi ? dis-je le sourire aux lèvres, rassurée que ce ne soit qu'elle.

— Oh, sorry ! Tu m'as fait peur, c'est tout.

— J'ignorais que tu étais ici… Enfin, dans la chambre.

Elle se rapproche de moi et m'étreint rapidement, mais tout de même assez longtemps pour que je perçoive un réel soulagement.

— Je range le pantalon d'Alex puis on pourrait aller se boire un verre sur la terrasse, qu'en dis-tu ? Lui proposé-je en ramassant ma panière.

— Oui… oui bien sûr ! me confirme-t-elle, en tentant de retrouver un calme qui a du mal à s'installer. Je cherche une chemise à moi que j'ai dû oublier par ici et j'arrive.

Dis donc ! Quel stress pour un simple vêtement !

— OK, alors je t'attends en bas.

Jess me raconte sa dernière séance de massage réalisée par un hindou aux mains de soie. Je savoure mon thé vert glacé tout en l'écoutant moins qu'en la regardant. Elle rit, parle fort, badine, une euphorie inhabituelle semble l'animer. Alex débarque juste au moment où elle confessait un échange de numéros de téléphone avec le beau masseur. *Je suis sur le cul ! J'ai raté un épisode entre eux deux ?*

— Je sais, ce n'est pas bien ! fait-elle avec quelques remords dans la voix. Je me dis que peut-être, il couche avec toutes ses clientes… Mais en moins d'une heure, il m'a mené par deux fois à la limite de l'orgasme. Ce n'était qu'avec les mains ! me lance-t-elle dans une œillade.

J'éclate de rire. Alex ne manifeste aucune réaction. J'ai vraiment des difficultés à comprendre leur relation. À moins qu'ils ne soient plus ensemble ?

— Un macaron, Liz ?

Alex me tend l'assiette dans laquelle il a placé quelques pâtisseries fraîchement achetées.

— Merci.

Je me délecte d'une petite sphère gourmande jaune et marron, aux saveurs de citron et de chocolat.

— Bon Jess, ton patron a besoin de tes services, annonce Alex en lisant silencieusement un texto sur son nouveau mobile.

Jessica paraît étonnée, il lui exhibe alors le téléphone sous les yeux.

— OK, conclut-elle après avoir pris connaissance du message.

Elle lui lance un regard à faire fondre un glacier, mais il ne réagit pas. Ce spectacle me fait me sentir de trop, mais heureusement, ne dure pas.

— Liz, on se voit demain, je crois.

— C'est ça, à demain, Jess !

— Je reviens, je raccompagne Jessica jusqu'à sa voiture, m'informe Alex en lui emboîtant le pas.

Il me paraît tellement sérieux à ses côtés. J'aimerais bien connaître le fond de l'histoire. Oh, non ! Mais n'importe quoi, je ne vais pas me lancer dans les commérages, maintenant !

Installée au bord de la piscine, vêtue d'une robe fluide qu'en temps normal j'aurais jugée bien trop courte – mais ici dans le Sud, je suis bien loin de mes préceptes habituels –, je profite une dernière fois du calme provençal de cette fin d'après-midi, rempli d'un fond sonore aux notes itératives apaisantes que les cigales dispensent sans ménagement. Ainsi allongée sur la chaise longue, les yeux fermés, mes pensées convergent vers l'origine de ma renaissance ; vers celui qui sorti de nulle part, s'est imposé à mon existence. J'ai tellement hâte de le revoir. J'ai bien conscience qu'il s'agit d'une hérésie, mais c'est surtout la réalité ! Il me manque tant. Alors, pour tuer le temps et me changer les idées, je m'amuse à décoder les odeurs véhiculées par le mistral : la lavande, le chlore de la piscine. Mes lèvres s'assèchent et prennent le goût du sel. *Tiens ? Ce parfum...*

— Liz, un petit verre de ma collection personnelle ?

Bien sûr ! Alex ! Je me redresse et rouvre les yeux tout en m'étirant. Il tient dans une main une bouteille de vin rouge et dans l'autre, deux verres à pied.

— Maintenant ? Ce n'est pas un peu tôt ?

— On ne le dira à personne, me réplique-t-il sur le ton de la confidence.

Une idée me vient :

— C'est notre dernière soirée ensemble, on pourrait faire quelque chose de spécial pour marquer le coup ?

— Qu'y a-t-il de plus spécial que de s'empéguer d'un bon cru ?

Je laisse un petit silence nourrir le suspens avant de lui répondre :

— Aller prendre quelques clichés, tous les deux, du coucher de soleil sur ton vignoble.

Un soupçon de perplexité traverse son regard.

— Ce sera avec plaisir, fait-il de façon solennelle.

Il me déploie un sourire « à la Alex », version : toutes dents dehors. Nous trinquons à mon idée réjouissante.

La symétrie des rangées de vignes, la texture des sarments aux allures parfois tortueuses, la disposition en restanque pour limiter l'érosion du sol et adapter le vignoble à la pente... Tout est là, sur chaque vue que la molette fait défiler sur l'écran LCD de son grand format. Chaque image restitue la lumière dorée du crépuscule qui enveloppe unitairement les détails de ce paysage, lui conférant ainsi un aspect fantasmagorique dont je n'ai de cesse de me délecter.

Alex m'ôte son Reflex des mains et le dépose sur la couverture où nous sommes tous deux assis.

— Ne cherche pas ! C'est moi qui ai pris les plus beaux clichés. L'expérience, eh oui, tu connaîtras ça plus tard ! argue-t-il fièrement tout en me tendant une coupe de vin.

— Dis donc, il ne faut pas être susceptible avec toi ! répliqué-je avec humour.

— Ah, que veux-tu, tu es de loin plus talentueuse que moi, mais tu n'es pas Marseillaise !

J'éclate de rire.

— C'est fichu d'avance pour moi, n'est-ce pas ?

— Tu as tout compris !

Il se met à faire tournoyer le vin avec délicatesse, en le regardant d'un air empreint de nostalgie.

— Trinquons, ma Liz ! s'exclame-t-il tout d'un coup.

J'essaie de me remémorer son enseignement afin de déguster au mieux ce très bon rouge, tandis que je le sens m'observer du coin de l'œil.

— Tu tiens dans la main vingt-six siècles d'histoires Liz, alors promets-moi de toujours t'appliquer de la sorte pour apprécier les premières gorgées de chaque vin, dans lesquelles tu plongeras tes lèvres.

Mon Alex est un passionné de vin, de photo... de moi ?
Grrr, non ! J'avale enfin ma gorgée. Une douceur exquise.

— Il laisse une belle longueur, dis-je avec assurance.

— Tu es ma meilleure élève !

— Ah, tu dis ça parce que tu es Marseillais.

— Non, ça, je le pense.

— En même temps, tout le mérite te revient.

— Bien, tu commences à piger le truc, lance-t-il en rigolant.

J'ai un peu froid. Je caresse mes avant-bras pour tenter d'y faire naître un peu de chaleur, ce qui n'échappe pas à Alex. Il se lève pour attraper une petite couverture en laine qu'il avait emmenée par précaution et me la dépose sur les épaules.

— Merci.

— Je t'en prie, fait-il, le regard chargé d'affection.

Parmi les petites choses à grignoter sorties du panier en osier, je pioche une tranche de pain de campagne que je tartine de tapenade noire, tandis que lui se ressert un verre de vin. Le portrait est saisissant ! J'avale en quatrième vitesse mon dernier dé de fromage et attrape le Reflex pour immortaliser Alex en appui sur son coude, la chemise blanche largement déboutonnée, dénudant le haut de son torse, sa coupe de vin rouge à la main. Son regard bleu perce la pellicule. Il est splendide ! Je laisse doucement descendre l'appareil sur la couverture, sans parvenir à lâcher mon modèle des yeux.

— À quoi songe, Bacchus ?

Il échappe un rire tout en remettant son vin en mouvement dans le calice.

— Le dieu de la vigne, de la folie et de la démesure... Oui, je trouve que ça me va plutôt bien.

Il réfléchit un instant avant de me livrer sa réponse :

— Je dirais que Bacchus se délecte de pouvoir bientôt admirer sa couronne boréale auprès de son Ariane !

Je souffle d'exaspération en secouant la tête.

— Liz, ne tue pas mon rêve... S'il te plaît, pas ce soir.

Son ton suppliant m'attendrit, mais pas suffisamment...

— On en reparle demain dans ce cas, lui rétorqué-je avec détachement.

— Liz, tu es infernale ! grogne-t-il par-dessus son verre, d'une voix égratignée.

Je réceptionne positivement sa remarque en lui renvoyant un large sourire. Mais la réalité est toute autre et mon sourire s'évapore rapidement en ressentant mon cœur se serrer devant sa réaction. Il est clair que je me fais l'effet d'être un monstre, de planter ainsi mes canines dans toutes ses démonstrations d'affection.

Le silence prend maintenant toute la place et la nature en profite pour nous livrer un spectacle majestueux. Perchés sur la colline qui surplombe le domaine, nous admirons la plongée de l'astre flamboyant, dans les flots scintillants de la Méditerranée. Au fur et à mesure que le soleil disparaît, un vide dans ma poitrine gagne en profondeur. Je n'arrête pas de penser à demain. Je me sens tellement excitée et impatiente de retrouver Silver, tout autant que cela me stresse. Je me dis également que mon chardon a eu le temps de changer d'avis. Peut-être préfère-t-il renouer avec ses bonnes vieilles habitudes, auquel cas il ne se passera plus rien entre lui et moi. Après tout, il ne m'a pas embrassée lorsque nous nous sommes quittés hier soir. Était-ce la présence d'Alex qui l'embarrassait ou bien, une façon implicite de m'annoncer que ça s'arrêtait là entre lui et moi ? Au fond , je ne crois pas à cette deuxième option, mais je préfère la garder à l'esprit, au cas où.

Après avoir vidé son verre, Alex s'allonge silencieusement sur la couverture pour observer les étoiles. Je fais de même, ce qui donne le top départ à mon cerveau pour son activité favorite : la rumination. Je pense d'abord à Nine qui me manque continuellement, à Nathan qui d'une certaine façon, me manque aussi. Je me demande sans cesse s'il s'y prend correctement. Il est si peu présent habituellement, cela me paraît difficile qu'il puisse avoir les mots et gestes adéquats. Mes pensées vont et viennent et Silver réapparaît. Je n'arrive pas à croire qu'il soit mon amant. Et quel amant de surcroît ! Son côté dangereux et énigmatique le rend tellement attrayant. J'espère seulement que de tout cela, rien ne soit vrai. En grande froussarde que je suis, ça m'arrangerait.

Une étoile perce furtivement la Voie lactée.

— Liz, tu as fait un vœu ?

Je ne parviens pas à émettre ma réponse. Quoi lui dire qu'il ne trouve à redire ? Car le souhait qui me vient immédiatement à l'esprit est de connaître davantage Silver. Oserais-je aussi m'avouer que je désire secrètement rester en contact avec lui, lorsque je serai rentrée chez moi ? Je n'ai pas le droit de penser à cela et encore moins quand mon conjoint m'attend avec ma fille à la maison. J'inspire bruyamment pour essayer de m'apaiser.

— Tu ne veux pas connaître le mien ? me questionne Alex, dans un chuchotement à peine audible.

Ainsi allongés côte à côte, le visage tourné en sa direction, mon regard s'enfonce dans le sien. Désenchantement.

— Non ! Je sais.

Ses yeux – alourdis par l'alcool – se plissent. Il me regarde avec une telle intensité, je ne trouve rien à lui dire. Une hypothèse me traverse l'esprit : aurait-il pu me plaire si je n'avais pas rencontré Silver en premier ? N'importe quoi ! Ce n'est pas une question de timing ! Je renvoie cette supposition dans les tréfonds de ma conscience. Je préfère ne pas me poser la question.

— Tu sais aussi ce que l'on dit sur les étoiles filantes observées depuis Marseille ? m'interroge-t-il, la voix affaiblie d'une douce langueur, sans doute imputable aux gorgées de vin consommées immodérément.

Je réfléchis quelques instants en tentant de raisonner à sa place.

— Grâce à elles, tout vœu formulé est un vœu exaucé ?

Il esquisse un petit sourire présomptueux qui me fait perdre le mien, puis il détourne la tête pour contempler à nouveau le ciel étoilé… qu'il semble ne pas voir.

— Tu te marres Liz, mais elles sont de fines stratèges et le temps joue en leur faveur, plaide-t-il avec un aplomb et une froideur qui me donne la chair de poule.

Je le regarde, médusée ne trouvant rien à lui répondre. L'alcool le fait visiblement dérailler autant qu'il le rend pathétique. Enroulée de ma couverture, je préfère garder le silence, jusqu'à ce que le sommeil m'absorbe totalement.

En dehors de mon thé vert, je ne suis pas parvenue à avaler quoi que ce soit d'autre ce matin. Étrangement, je n'ai pas croisé Alex. Sans doute doit-il travailler dans ses vignes… Mais c'est quand même la première fois que je me retrouve seule au petit déjeuner.

La douche chaude n'apaise pas mon esprit tourmenté. Je tourne lentement le thermostat jusqu'à ce que l'eau glacée me coupe la respiration. Je ne parviens plus à rester dessous. Je ferme brutalement le mitigeur et sors me réfugier dans l'immense serviette. Je tremble de tout mon être ; j'ai l'impression d'être vidée de mon sang, mais toujours pas de mes soucis. Hier soir, Alex m'a autant contrarié qu'il est parvenu, un court instant au moins, à semer en moi un petit doute sur une possible attirance envers lui. Mais je préfère penser que c'est la fulgurance de notre forte amitié, qui a créé chez lui cet état de confusion. Il était temps de mettre un terme à cette relation devenue trop fusionnelle. J'enfile machinalement les vêtements préparés avant la douche : un pantalon camel avec un débardeur à bretelles blanc cassé et une paire de baskets basses. La tenue la plus passe-partout que je possède et donc idéale pour me rendre en un lieu inconnu. Je me sèche rapidement les cheveux que je noue ensuite en une queue de cheval. J'hésite à me maquiller un peu, mais finalement je n'en fais rien. Moins j'attirerai l'attention et mieux je me porterai ! Je souris devant le miroir de la salle de bain, en me disant que dans peu de temps, je vais le revoir. J'ai tellement hâte. À tel point, que depuis ce matin, cette idée m'obnubile littéralement. Et à chaque fois que Silver se matérialise dans mes pensées, c'est dans mon ventre qu'a lieu l'effet secondaire. Comme en cet instant où je sens des tiraillements presque douloureux émerger de mes intestins. Ça peut paraître dingue, mais j'adore les ressentir. Ce sont des vibrations de vie. Silver me fait vibrer et me sentir vivante. Et puis, je me pose tant de questions… J'ignore quel accueil il me réservera. Je rêve qu'il se montre tendre, mais je ne crois pas qu'il agira ainsi. Je m'interroge aussi sur cette fameuse résidence. Qui vit là-bas ? Vais-je y croiser Miloslovich quotidiennement ? Pitié, pourvu que non ! Devoir rester seule avec lui, le temps d'un trajet, me stresse déjà bien assez !

Dans le même sac qu'avait utilisé Silver dimanche dernier, je fourre quelques sous-vêtements et produits cosmétiques que j'aime bien. Alex m'avait bien dit que je n'avais rien à emmener, mais c'est au cas où...

Lorsque je pénètre dans le salon, je jette un coup d'œil en direction de la terrasse, mais ce que je vois me stoppe dans mon élan. *Punaise !* Alex discute en compagnie de Miloslovich. Ce dernier a beau être assis de dos, je le reconnais instantanément. L'adrénaline inonde mes veines pour se répandre à toute allure dans mon organisme. Mon cœur s'emballe et bat en démesure tandis que mon corps se fige sous l'effet de la contracture. Alex remarque que je l'observe et laisse Miloslovich seul pour me rejoindre. Finalement, je marche jusqu'à lui en tentant de me retenir de pleurer, mais rien ne lui échappe...

— Ah non ! s'exclame-t-il en me serrant dans ses bras.

Je réalise que je pars et que je n'aurai peut-être jamais plus l'occasion de le voir. De surcroît, je vais devoir faire le trajet avec un mec qui m'inspire au moins autant d'émotions que Jack l'Éventreur ! Une larme passe le barrage que j'essaie de maintenir solide coûte que coûte. Je la fais disparaître d'un revers de poignet en même temps que je m'extirpe de son étreinte.

— Tu étais où ce matin ? le questionné-je, sur un ton réprobateur.

— J'avais à faire dans la vigne. Je voulais donner quelques consignes à mes employés.

Évidemment. Liz, reprends-toi, on dirait un vieux couple ! J'inspire profondément en hoquetant pour tâcher de retrouver une attitude digne et tempérée.

— Merci de m'avoir portée jusque dans ma chambre cette nuit. Je n'ai senti que le moment où tu m'as… comment dire… larguée sur le lit.

— Liz, je n'y voyais vraiment pas clair. J'avais un peu forcé sur la bouteille hier. Enfin, je crois que je n'étais pas le seul…

— Il est quelle heure ? dis-je d'un air faussement naïf.

— Mouais… On n'assume pas ? (*Ben non !*) Il est l'heure d'y aller, mademoiselle. Pas loin de 10 h 30.

Devant mon absence de conviction, il rajoute :

— Je dois appeler Sly dès que tu pars. Il veut pouvoir réagir vite si jamais Milo prend un coup de sang en route, et qu'il ait toujours la possibilité de te porter secours.

Je le regarde les yeux et la bouche grands ouverts, complètement horrifiée ! Et en totale apnée ! Son visage à lui s'illumine et il laisse échapper un rire franc, qu'il semble soulagé de ne plus contenir.

— Peuchère ! Je finis de te stresser.

J'inspire à grand poumon puis le frappe sur le bras ; mes yeux le foudroient :

— Ouais, peuchère ! Tu veux me tuer ?

En même temps que je parle, je sens les muscles de mon corps se relâcher. Force est d'admettre qu'il a bien réussi son coup.

— Non, uniquement te détendre, mais je m'y prends mal. Je change de sujet. Je tenais à m'excuser pour hier soir, je crois que je me suis montré un peu insistant.

— Insistant ? répété-je, ironiquement.

— Bon d'accord, carrément lourdingue !

— Ah ! Là oui, je te reconnais bien.

— Tu n'as vraiment aucune empathie pour moi ! s'insurge-t-il, en prenant des yeux de cocker.

— Bien sûr que si, mais j'ai peur que tu confondes mon empathie avec un aveu implicite, et que cela finisse par aboutir à l'effet inverse. Je tiens à toi, Alex. Tu es formidable. Tu as su me mettre à l'aise tout de suite, ce qui m'a permis de te faire rapidement confiance. Jamais je ne me suis sentie aussi bien avec quelqu'un en aussi peu de temps, mais tu es tellement généreux et sincère… ça ne trompe pas ! Le problème c'est de devoir partir et de ne pas savoir où je vais mettre les pieds. Et pourtant, d'un autre côté l'idée de retrouver Silver m'obsède complètement. (Il souffle bruyamment en secouant la tête et en pinçant les lèvres.) Au fond, tout serait peut-être plus simple si je restais ici.

Il semble hésiter avant de répondre, tiraillé par une sorte de dilemme intérieur.

— Pour toi seulement, parce que ce serait de plus en plus compliqué pour moi. (Sa main s'empare de la mienne. Je la lui retire immédiatement. Décontenancé, il recule d'un pas en plongeant ses mains dans ses poches.) De toute façon, tu ne serais pas satisfaite puisque tu ne serais pas avec lui.

Les mots sortent de sa bouche en même temps que la contrariété rigidifie les traits de son visage. C'est presque de l'autoflagellation.

— Je sais que ça te coûte de me dire cela, mais je te remercie de faire l'effort de me comprendre.

— Je n'ai pas le choix.

Je crois que c'est le moment idéal pour lui faire se souvenir de Jessica…

— Juste une question pour éclairer ma chandelle, comme dirait mon grand-père : entre Jessica et toi, il y a quoi exactement ?

— Rien d'exact, pour être précis, me rétorque-t-il tout de go.

J'agite les mains en signe d'incompréhension, alors il complète :

— C'est une sex friend, rien de plus.

Ce terme dans sa bouche me gêne. J'ai tendance à idéaliser Alex, mais là il parle de Jessica comme d'une marchandise. En a-t-il seulement conscience ?

— Le « rien de plus », ce n'est que de ton côté, non ?

— Ouais, mais qu'est-ce tu veux, je ne peux pas lui reprocher son bon goût ?

Si ce n'était pas Alex, cette discussion me donnerait la nausée.

— Mais j'ai l'impression que vous ne vous voyez pas souvent ?

— Liz (son ton traduit son exaspération), c'est depuis que tu es ici que l'on ne se voit plus. Mais si l'on a couché six fois ensemble, c'est le bout du monde. Elle est plaisante à regarder mais c'est l'enfer à supporter. En plus Silver désapprouve. Il ne supporte pas que l'on chasse sur ses terres.

Ça veut dire quoi ça !?

— Tu insinues qu'ils ont eu une liaison ?

Il gigote ; son regard n'arrive pas à se poser ; je sens qu'il ne va pas tarder à me stopper.

— Ils sont peut-être même encore ensemble ? supposé-je à voix haute, catastrophée et stressée par mon hypothèse.

— Non ! Tu es folle ! (Il lève les yeux au ciel.) Elle est dans son équipe, c'est tout bonnement inenvisageable.

C'est plutôt que s'il y a des embrouilles entre elle et moi, ça pourrait nuire à l'ambiance générale. Enfin, le concernant, il semblerait que les règles s'assouplissent parfois…

Il me regarde avec insistance. Je ne sais pas quoi lui dire. Je suis surprise qu'Alex se montre à ce point soumis aux exigences de Silver, dont il parait, d'ailleurs, très au fait. C'est à se demander quelle est la nature précise de leurs rapports.

— Il te faut y aller, Liz, Milo va s'impatienter.

Je commence à marcher, mais lorsque je crois le dépasser, il m'attrape par la main et me souffle à l'oreille :

— Je te vois heureuse d'aller le retrouver comme un bateau rejoint son port. Mais prudence, Liz, n'en fais pas ton point d'ancrage ou il t'engloutira dans des profondeurs bien trop obscures pour toi.

Dans son regard, d'ordinaire lumineux et doux, s'installe un bien sombre orage. Je vois bien qu'il ne peut pas me dire tout ce qu'il souhaiterait. De fait, je prends note de son avertissement, car je ne pense pas qu'il n'y ait que de la jalousie. Je suis pleinement persuadée de sa bienveillance à mon égard. Et voilà l'inquiétude envers Silver, que j'essaie en permanence de terrer sous quelques arguments fragiles, s'installer désormais complètement pour ne plus me quitter, durant tout le trajet au moins.

Comme je m'y attendais, la compagnie de Miloslovich est tout sauf agréable. Jusqu'à présent, il ne m'aura adressé qu'une seule fois la parole, pour me dire bonjour ! Avec, en prime, un accent slave identique à celui du malfrat qui m'avait prise en otage dans ma voiture. J'en ai la chair de poule rien que d'y repenser. D'ailleurs, je ne sais pas à quoi réfléchir pour me détendre. J'essaie bien de me remémorer la blague d'Alex concernant Miloslovich, avec le coup de fil qu'il prétendait devoir passer à Sly, mais bien sûr, que dalle ! Le pire, c'est que cela doit faire une bonne vingtaine de minutes que nous sommes partis du domaine et la gêne que je ressens, d'être en sa présence, ne me lâche pas. Pire, elle transparaît et grandit de manière aussi flagrante que la buée sur une vitre, en plein hiver. En plus, je suis sûre qu'il adore ça, créer de l'inquiétude chez les autres ! Ce mec devait être un bourreau sanguinaire dans une vie antérieure !

— On arrive bientôt, annonce-t-il, sans intonation quelconque ni émotion...

Se pourrait-il qu'il soit un humanoïde ? *Non, je délire là !* Et sans que je ne sache pourquoi, les mots sortent de ma bouche :

— D'accord. Sinon, vous avez bien avancé sur l'affaire du forcené ?

Rien.

— Vous pensez que je vais pouvoir rentrer chez moi un peu plus tôt que prévu ?

Il échappe un rictus qui me décontenance.

— Vivante et exigeante.

Il énonce sa phrase dans un souffle glacial qui me fige dans une expression d'épouvante. Après quelques secondes d'apnée, je me force à prendre une profonde inspiration, le réflexe de respirer s'étant fait la malle avec le peu de sérénité que j'avais réussi à rapporter de chez Alex. Chacun des battements de mon cœur résonne sèchement dans tout mon être. J'ai tout simplement peur de ce qu'il s'apprête à rajouter, lorsqu'il pointe son regard austère en ma direction :

— Pas de témoin. (Il marque une pause qui laisse enfler mon inquiétude.) C'est une de nos règles. Tu as une très bonne étoile qui veille sur toi. Profites-en discrètement.

J'expire enfin. *Pas de témoin ? Je ne comprends pas.* L'étoile, ce doit être Silver. Je rassemble le mince courage qui se terre au fond de moi pour m'adresser une nouvelle fois à lui :

— Vous. Tuez. Vos. Témoins ?

Ma voix s'étrangle à chaque mot, comme si mes cordes vocales ne voulaient pas participer à l'élaboration de cette phrase abominable de sens, et cela sans cesser de l'observer, en restant absolument concentrée sur les réactions éventuelles qu'il pourrait avoir. Ce mec est trop flippant ! Pourquoi Silver m'a-t-il garanti être en sécurité avec lui ? Je suis choquée de constater qu'il porte autant de confiance en un personnage aussi abject. En tout cas, s'il se montre menaçant, je saute en route, tant pis, advienne que pourra !

— La consigne est de fermer les yeux aux témoins. (Il tourne le visage vers moi pour mieux m'observer.) Mais tu n'as rien à craindre pour les tiens.

Merde ! Putain ! C'est ça ! Je dois savoir :

— Qui me dit que ce n'est pas que partie remise ?

— Silver, c'est lui qui dit. Je m'exécute.

J'ai froid. J'ai peur. J'ai hâte de voir Silver, de plonger dans ses bras et de lui expliquer cette conversation. Il ne cautionnera pas ! Je ne crois pas un mot de ce Miloslovich, c'est impossible ! Une petite voix intérieure se fraie un passage toujours plus large pour me mettre en garde. Pourtant, ce qu'a dit Miloslovich ne peut qu'être faux, sinon pourquoi Silver aurait-il pris autant de risques pour me sauver la vie ? Je n'y comprends plus rien. Je devrais m'éloigner de lui – mon estomac se noue douloureusement, la chaleur du stress se répand dans tout mon être –, en serais-je seulement capable ? *Liz ! Bon sang, tu délires ! Tu ne cautionnes quand même pas ce genre de pratique ? D'autant que c'est toi, que ce Miloslovich voulait voir morte !* Dès que je trouve Silver, je lui demande des explications et là, j'aviserai. Je serre fort les dents jusqu'à ressentir une douleur dans ma mâchoire, pour m'empêcher de lui livrer le fond de ma pensée et tente de l'ignorer, en regardant par la fenêtre du SUV. *La mer !* J'aperçois la mer ! Voilà quelque chose qui me détend. Immédiatement, j'inspire un grand coup, ce qui a pour effet d'attirer son attention ; il me toise quelques secondes avant de se reconcentrer sur la chaussée, malheureusement, entre temps, je suis restée prostrée. Vivement qu'on arrive !

Nous nous éloignons un peu de Marseille pour atteindre, une demi-heure plus tard, le village de La Treille, dans lequel nous passons avant d'emprunter un chemin étroit situé en plein maquis, au bout duquel un colossal portail coiffé de multiples pointes de lance – encadré de caméras de surveillances – nous barre le passage. Miloslovich descend sa fenêtre pour taper le code au visiophone, alors un grand espace vert arboré, traversé d'un chemin goudronné, apparaît. Tandis que je scrute chaque parcelle de ce nouveau lieu, la résidence surgit de derrière un virage ; une demeure massive et résolument moderne. Son toit plat, ses nombreuses ouvertures rectangulaires, et sa blancheur immaculée lui confèrent, dans ce décor naturel, un attrait particulier. Miloslovich gare la voiture sous un abri couvert où d'autres véhicules sont déjà stationnés – j'aperçois notamment la ZZR de

Silver. Miloslovich descend, alors je me dépêche de faire de même, avant qu'il n'ait l'idée de venir m'ouvrir la portière – *sait-on jamais!* Je ne veux plus endurer sa proximité. Je dois voir rapidement Silver et cette fois, je veux qu'il réponde à mes interrogations!

Une femme d'une cinquantaine d'années, les cheveux blonds, presque blancs, tirés en un chignon impeccable, nous accueille sur le pas de la porte. La vision de ma mère me traverse furtivement l'esprit. Est-ce la coiffure? La couleur de cheveux? Si ma mère est brune d'origine, je reconnais que sa coloration blonde lui va à merveille, au moins autant qu'à cette dame. Ma petite maman… Nathan va devoir lui mentir à elle comme à mon père. Cela me désole profondément.

— Milva, me renseigne sèchement Miloslovich, l'employée de maison.

L'image de ma mère s'évapore subitement.

Elle me salue d'un hochement de tête doublé d'un timide sourire, avant de m'inviter à entrer. À sa demande, je lui cède mon sac. Miloslovich – à mon grand soulagement – s'éloigne vers le fond de la demeure. Milva me conduit alors jusqu'à la cuisine : un immense espace ouvert où trône en son centre un îlot tout aussi démesuré, entouré d'une douzaine de tabourets de bar.

— Vous devez avoir faim?

Sa voix éraillée et ferme tranche avec la douceur de ses traits.

— Pas vraiment.

— Soif peut-être?

— Non plus, merci.

— Souhaitez-vous que je vous fasse visiter avant de manger un petit quelque chose ?

Je ne parviens pas à répondre, car si je le faisais, je hurlerais : NON, NON et NON, tout ce dont j'ai besoin c'est de parler au plus vite à Silver ! Et si je lui demandais où je peux le trouver ?

Devant mon silence, elle s'inquiète :

— Tout va bien ?

— Non.

— Laissez faire, Milva, je m'en occupe. Je souhaite m'entretenir avec Éliza, seul à seul.

Milva opine et s'en va immédiatement. Sous mon regard ahuri, Silver s'installe à la place de Milva, face à moi. Immédiatement, je ressens un immense soulagement. Je souffle un grand coup ; une chaleur agréable m'envahit le ventre. C'est fou comme sa seule présence suffit à mettre de l'ordre en moi. J'aimerais me jeter dans ses bras, mais il reste à distance, alors, la mort dans l'âme, je me contrains à ne rien en faire.

— Salut, me lance-t-il d'une voix basse.

— Salut.

— Assieds-toi, me commande-t-il en me désignant une chaise de la main.

Tranquillement, il ouvre une porte de placard pour en sortir un verre qu'il remplit au robinet, puis me le dépose devant moi.

— Bois.

Docile, je vide le verre d'un trait, sous l'inspection de son regard.

— Milo m'a confié la conversation que vous avez eue dans la voiture. Il m'a dit aussi que tu lui paraissais terrorisée depuis. J'ai donc pris deux minutes pour venir te voir.

— C'est trop généreux ! laissé-je échapper avec amertume, en me mordant la lèvre inférieure de regret.

— Je peux également repartir de suite et tu n'auras pas d'autres occasions pour cette conversation. C'est ce que tu souhaites ?

— Bien sûr que non. Désolée.

— Très bien.

— Alors, est-ce vrai que vous auriez dû m'éliminer !?

Je hurle presque en achevant ma phrase.

— Non. (*Je soupire de soulagement.*) Nous sommes extrêmement prudents, si bien que nous n'avons jamais été confrontés à ce genre de situation. Milo avait simplement envie de te chambrer, car il connaît la règle suprême en matière de personnes étrangères à nos affaires : ni femmes, ni enfants, ni innocents.

Il me regarde du coin de l'œil et jauge la manière dont j'accueille ses propos. Seulement, j'ai beau comprendre que je n'étais finalement pas en danger, l'inquiétude est toujours présente ; les traits de mon visage restent crispés. Il me ressert un verre, que j'éloigne aussitôt de moi.

— J'ai besoin d'en savoir plus. Tu dis : « ni femmes, ni enfants, ni innocents », mais dois-je comprendre qu'en certaines situations, là, vous pouvez…

Le mot qui me vient, c'est « tuer », mais je ne parviens pas à le verbaliser. Je ne parviens pas à y croire, surtout.

Silver se contente de me fixer, calmement, mais s'abstient de répondre. Au fond, pour l'instant, je préfère.

— Et ce Miloslovich, il est terrifiant ! Je ne sais pas où il a planqué son cœur, mais il devrait aller le rechercher au plus vite, ça lui éviterait d'oser ce type de canular. Je ne suis pas fan de l'humour noir.

— Miloslovich est russe, Éliza. Il y a environ six ans, sa femme et ses deux enfants se sont fait assassiner sous ses yeux parce qu'il a refusé d'exécuter les ordres. Ils ne lui ont donné aucun avertissement et ont agi de façon barbare. N'importe qui aurait sombré dans la dépression ou pire encore, mais lui est devenu fou de rage et a su canaliser cette colère pour se venger. Il a fait tomber les têtes de ceux qui ont commandité la mort de sa famille. (*Mon sang n'irrigue plus mon cerveau, je suis au bord du malaise.*) Depuis il travaille pour moi et c'est un de mes meilleurs éléments. Tout cela fait de lui un homme aussi peu rassurant qu'il n'est avenant, je te l'accorde, mais il est loyal et efficace. Tu n'as rien à craindre de lui.

Je suis épouvantée. Mais quel est ce travail dont il parle ? S'agit-il de devoir tuer des individus ? Et si le sort qu'a subi la famille de Miloslovich m'attriste, évidemment, cela ne légitime en rien les crimes qu'il a ensuite commis, ni la façon qu'il a de se jouer de ma crédulité pour mieux me terroriser !

— Tu dis qu'il travaille pour toi, mais que fait-il au juste ?

Il détourne la tête, agacé.

— Silver, j'ai besoin de savoir. J'ai besoin de juger par moi-même de mon adhésion, ou non, à votre activité.

— Pour ne pas regretter de m'avoir côtoyé de si près lorsque tu rentreras chez toi ? C'est bien ça ?

— Peut-être, oui, lui confirmé-je fermement, en tentant de paraître affranchie de son opinion.

Il se rapproche tout prêt ; ses lèvres sont maintenant à quelques centimètres des miennes. Il est si prêt et je le désire tellement que mon corps semble se tendre vers lui, se moquant effrontément de la gravité de la conversation. Son regard toise le mien quelques secondes, en silence, avant que son demi-sourire ne réanime joyeusement son visage. Il recule, apparemment satisfait et s'appuie contre le plan de travail en croisant les bras, les yeux pétillants.

— Je peux savoir ce qui te réjouit à ce point ?

— Ta réponse Éliza. Ton corps est plus franc que tes pensées. Arrête de te poser des questions et essaie de me faire confiance une bonne fois pour toutes. Je ne veux plus avoir cette conversation, cela ne nous mènera toujours qu'à un échange stérile et une pure perte de temps. (Il marque un silence.) Tu semblais être sereine avec tout ça, dimanche ?

— C'est vrai, admets-je, vaincue.

— Rien n'a changé depuis dimanche. Absolument rien. Évite simplement de discuter avec Milo, il vaut mieux se contenter de son mutisme. Tu veux bien ?

— Je vais essayer.

— Bien. C'est tout bon ?

— Je ne sais pas puisque tu ne m'embrasses pas.

Merde ! C'est parti tout seul. Il me sourit discrètement et lance un coup d'œil ennuyé autour de lui.

— J'ai envie de partager avec toi bien plus qu'un baiser, mais ici ce n'est pas une colonie de vacances, Éliza. Alors en dehors de la chambre ou d'un lieu privé, je préfère que l'on ne s'affiche pas. D'autant que c'est un peu délicat pour moi, je suis le patron et je t'ai déjà expliqué que ce n'est pas une situation que j'autoriserais à quiconque dans l'équipe.

Je lui souris, heureuse de savoir que je lui fais toujours de l'effet. En revanche, je garde en tête l'idée d'en connaître davantage sur leur activité, qui me semble se situer de plus en plus à la frontière de la légalité et de la morale. Mon ressenti est-il bon ?

Au moment où Silver se redresse pour partir, il se rapproche finalement de moi d'un pas lent, et m'observe avec curiosité.

— Dis-moi ma belle, Milo m'a relaté qu'Alex et toi aviez mis un peu de temps à vous séparer… (Son regard plissé a pris au lasso le mien.) Tu avais du mal à le laisser ou bien était-ce l'inverse ?

Ce Russe me sort des yeux ! J'ouvre la bouche pour répondre, mais lorsque je m'apprête à parler, son index vient se presser contre mes lèvres.

— Chut, je te fais confiance.

— Je crois plutôt que tu as analysé méticuleusement ma réaction et que celle-ci t'a satisfait ! Hum ? (Il sourit.) Mais tiens ! Puisque tu abordes le sujet de la confiance… puis-je en faire de même ?

Il soulève un sourcil, affichant un air surpris :

— Je n'y ai pas encore songé.

Sa langue caresse sa lèvre inférieure tandis qu'il semble cogiter à ma question. *Que cet homme est sexy !* L'évidence transparaît à la lueur de ses traits. Exit mes doutes envers Alex. Il est le seul que je veux et le seul que je n'ai jamais désiré de la sorte !

— Cette situation est inédite pour moi. Me montrer fidèle durant trois semaines relève du challenge, cependant ça me paraît possible.

Je sens une hésitation poindre en fin de phrase :

— Mais…

— Mais il faudra faire preuve d'une grande disponibilité, mademoiselle Ruiz. Je suis un homme très exigeant, comme vous le remarquerez bientôt.

— Concernant l'exigence, je m'en fais une idée de plus en plus précise.

— Bien. Dans ce cas, tu ne te montreras pas surprise d'apprendre que j'ai fait installer tes affaires dans ma chambre.

Ah ! À bien y réfléchir, cela m'inquiète et me réjouit à la fois. Je lui renvoie mon plus beau sourire, en réponse ses lèvres se resserrent jusqu'à ne former qu'une fine ligne ; j'ai le sentiment qu'il se retient de m'embrasser. Dans la foulée, il se passe une main nerveuse dans les cheveux sans bouger l'autre de sa poche. Son visage ne se tient plus qu'à un souffle du mien.

— J'entends user et abuser de toi, ma belle.

Il marque un silence durant lequel il fait glisser lentement l'élastique de ma couette. Je secoue alors légèrement la tête pour donner à ma chevelure une forme plus convenable. Silver m'observe un instant, les cheveux ainsi détachés, puis jette l'élastique à la poubelle. *Ben voyons !*

— La queue de cheval c'est pour les gamines.

— Message bien reçu.

— En trois semaines, je te promets que tu vas gagner considérablement en assurance.

— J'aimerais bien.

— Non, c'est ce que tu veux !

— OK, c'est ce que je désire.

— Bien, ça vient doucement, me félicite-t-il en souriant.

Je suis subjuguée. Il a un charisme incroyable ! La femme qui vivra à ses côtés devra effectivement savoir s'affirmer, ou bien elle s'enfoncera dans le sillage de son ombre. Pour ma part, je doute que trois semaines suffisent pour me parer de cette qualité. Mais puisque monsieur plein d'assurance semble si confiant, c'est que ce doit être jouable !

Malgré moi, je laisse échapper un soupir d'hésitation servi par une moue dubitative – juste de quoi foutre en l'air les vingt secondes d'efforts précédents.

— Chut, fait-il à voix basse, arrête de stresser. Ça m'agace. (Je hausse un sourcil en signe d'interrogation.) Plus tu te montres fragile et plus je te désire. Je me demande si j'ai vraiment envie de te voir t'affirmer.

— C'est peut-être toi, qui vas changer ? (Il me regarde surpris.) Le chardon redoute-t-il de devenir bleu ?

Dis-moi que non, je t'en prie...

Il continue de m'observer silencieusement sans rien laisser filtrer de ses pensées. Finalement, il se rapproche de moi jusqu'à faire buter ses lèvres contre mon oreille, une sensation délicieuse qui tranche avec la dureté de ses mots :

— Toi et moi, c'est trois semaines max, je ne bleuirai pas, mais surtout, je ferai mon possible afin de ne pas te transpercer de mes épines.

J'accuse ses paroles avec une déception que je ne parviens à masquer, mais que je tente tout de même de canaliser au travers d'une petite réplique irréfléchie :

— Je serai, peut-être, le doute qui ébranlera tes certitudes.

Il claque la langue tout en faisant « non » de la tête. Cette fois, je bats en retraite laissant mon espoir descendre six pieds sous terre. Et voilà que dans ma conscience la mère de famille moralisatrice réapparaît, et lance des éclairs à la frêle jeune femme insouciante !

— Regarde-moi !

Nos yeux s'entrelacent et les promesses que j'y puise poussent mon désir à son plus haut point d'impatience, fermant alors le rideau sur mes doutes.

Durant un bref instant, je le revois m'extirpant de la voiture et se plaçant en protection au-dessus de moi ; lorsqu'il m'enleva le tee-shirt dans la chambre d'hôtel. Je me remémore aussi le plaisir naissant sous ses doigts au gré de son massage ; la découverte de son tatouage ; notre premier baiser à bord du jet ; l'excitation éprouvée quand, à son insu, je l'attendais, la serviette ouverte tout en le dévorant des yeux, et nos ébats... à la fois ardents et magiques. En écho me reviennent les mots qu'Alex me glissait dans l'oreille, au moment de mon départ de chez lui, me déconseillant fermement de faire de Silver mon point d'ancrage. Mais incontestablement, plus mon regard s'engouffre dans la noirceur de son âme, fardée d'un beau vert céladon, et plus je comprends être déjà à l'intérieur de ces « profondeurs bien trop obscures » que me prédisait Alex.

Vous avez aimé votre lecture ?
Découvrez les autres romans des éditions So Romance
disponibles en format papier et numérique.

À l'ombre de nos frères
Tome 1 : Apparences trompeuses

Louise travaille depuis chez elle. Pour arrondir ses fins de mois et garder son appartement, elle répond au téléphone rose. Jonas, chanteur d'un groupe de rock, a tout plaqué depuis qu'il a perdu un être cher. L'homme à femmes reste prostré dans son appartement, ne chante plus, ne touche plus à sa guitare jusqu'à ce qu'il compose un numéro de téléphone rose.

Ces deux êtres que tout sépare vont, sans le savoir, s'apprécier au bout du fil et se détester dans la vraie vie.

You... and Me
Tome 1 : Un été explosif

Les passions de Zoé se comptent sur les doigts d'une main : la danse, la musique, son chat et ses soirées Netflix sur son canapé. Pas question de se faire draguer tous les soirs par des mecs qui ne pensent qu'à la mettre dans leur lit !

Pour surmonter son échec amoureux, Adrian décide de ne plus s'attacher aux femmes qu'il rencontre en soirée. Des aventures déjantées sans lendemain, il ne veut plus que ça !

Leur rencontre provoquera des étincelles...
Mais leur attirance est indéniable.

Passion d'été
Tome 1 : Les prémices de l'amour
Plus que deux mois avant de commencer ses études d'infirmière ! Laurène est plus motivée que jamais pour profiter de son été tout en gagnant de l'argent. Une occasion inespérée se présente à elle : la foire près de chez elle recrute ! Dès son premier jour, elle y fera la rencontre de Mathias, jeune forain qui semble bizarrement la prendre en grippe... Pourtant, elle se sent irrémédiablement attirée par lui. Mais les traditions des forains sont différentes des siennes, Laurène s'en rendra vite compte.

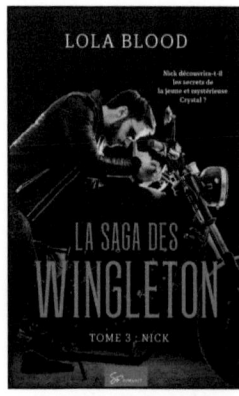

La Saga des Wingleton
Tome 3 : Nick
D'apparence fragile et naïve, Crystal surprend rapidement les habitués du bar de Nick avec sa force de caractère et son besoin farouche d'indépendance. D'où vient-elle ? Pourquoi refuse-t-elle d'aborder son passé ? Quels dangers a-t-elle l'air de fuir ? Une chose est sûre, Nick est décidé à connaître le passé de la magnifique jeune femme. Au risque d'être entraîné dans des folles aventures...

Pour en savoir plus
www.soromance.com

Éditions So Romance
159 avenue de la Couronne
1050, Bruxelles
www.soromance.com

D/2020/14.771/42
ISBN : 9782390451785

Maquette de couverture : Philippe Dieu
Photo : © Nejron Photo / Shutterstock